读客外国小说文库

熊猫君激发个人成长

尚待商榷的爱情

[英] 朱利安 · 巴恩斯 著　　陆汉臻 译

文匯出版社

TALKING IT OVER

JULIAN BARNES

巴恩斯作品

JULIAN
BARNES

献给帕特

他撒起谎来就像一个目击者。

——俄国俗语

目录

第一章

他的，他的或她的，他们的

斯图尔特：

我叫斯图尔特。我什么事都记得。

斯图尔特是我的教名。我的全名是斯图尔特·休斯。我的**全**名全部在这里了。没有中间名。我父母姓休斯，他们已经结婚25年了。他们给我起名斯图尔特。一开始我不怎么喜欢这个名字——在学校里有人叫我斯都或斯都泡特[①]——但我现在已经习惯了。我能忍受他们这样叫我。我拿得起，放得下。

对不起，我这个人不太会开玩笑。别人当面对我说过，我不擅长此事。但不管怎么样，斯图尔特·休斯——我想这个名字适合我。我不想起圣约翰、圣约翰·德·维尔·纳齐布尔这样的名字。我父母姓休斯。他们死了，我得到了他们的姓氏。等我死的时候，我还会被人

① 斯都（Stew），意为炖汤；斯都泡特（Stew-Pot），意为炖锅。

叫作斯图尔特·休斯。我们这个伟大的时代有太多的不确定，但这一件事是确定无疑的。

你明白我的意思了吗？对不起，你没有理由非明白不可。我才刚刚开始呢。你还不了解我。重新开始吧。你好，我叫斯图尔特·休斯，很高兴见到你。握握手吧？好的，好的。说来说去，我想说的是：**这里的每一个人都改了他们的名字**。这个想法了不起，甚至有点诡异呢。

哎，你注意到我刚才的话里“每一个人”后面跟了一个物主代词“他们的”吗？“这里的每个人都改了他们的名字。”我是故意这样说的，或许就是为了惹恼奥利弗吧。为了这个，我与奥利弗大吵了一场。这也可以说是一场争辩吧，或至少可以说是一个分歧。他的学问可大了——这个奥利弗。他是我结识最久的朋友，所以他允许我称他为大学问家。吉尔——就是我妻子吉莉安——见了他一面，就对我说：“你的朋友说起话来，活脱脱像一部字典。”

那个时候，我们在离弗林顿不远的海滩上，奥利弗听到吉尔的这句话，便滔滔不绝地说开了。他用一个名词来形容他的长篇大论——“重奏”。我不喜欢这个词。我无法描摹他说话的样子——你必须亲耳听他讲才知道——只听他的话在你耳边呼啸而过。他那时说了这些话：“我是什么样的字典？我有索引吗？我是双语的吗？”如此这般。他就这样说了好一会儿。最后一句是：“你们谁要买我？如果没有人要我，怎么办？被丢弃一边，我的书脊落满灰尘。哦，不，我要被降价处理了，我看得出来，要被降价处理了。”他开始猛击沙地，对着海鸥哀号——真像《今日剧》[①] 里的场景。避风板后边一对正在听收音机广播的老年夫妇看到这一幕，不禁大惊失色。吉莉安大笑起来。

不管怎样，奥利弗是一个大学问家。我不知道你是怎么理解“每一个人”后面跟了一个物主代词“他们的”。或许没有什么大不了的，你没有理由非理解不可。我记不得事情的起因是什么，总之，我们发生了争执。奥利弗、吉莉安、我，三个人吵了起来。我们各执一词。且让我细细道来各方的不同观点。或许我要做一个会议纪要，就像银行里的那种。

奥利弗说，像“每一个人”“某一个人”“没有人”这样的词都是单数人称代词，因此后面必须跟上单数的物主代词——“他的”。

吉莉安说，你不能这样泛泛而论，这样做你就把一半的人类排除在外了，因为这“某一个人”有50%的可能是女性。所以，出于逻辑和公平的考虑，你应该使用“他的”或者“她的”。

奥利弗说，我们讨论的是语法，不是性别政治学。

吉莉安说，这两者是不可分割的，因为语法是语法学家制定的，而几乎所有的语法学家都是男性，其结果可想而知了。她说的大体上是常识。

奥利弗翻了一下眼睛，点起一支香烟，说道：“常识”这个词实际上是自相矛盾的。如果人类（Man）——说到这里，他假装感到非常

---

① 《今日剧》（*Play for Today*），为英国BBC一台在1970年至1984年播出的剧集。

难堪，马上纠正为男人或女人（Man-or-Woman）——如果男人或女人在过去几千年里依靠常识生活的话，那么，我们至今还依然住在泥做的小屋里，吃着可怕的食物，听着德尔·香农[①]的唱片。

斯图尔特想出了一个解决方案。“他的”要么不准确，要么具有侮辱性，要么两者兼而有之，而“他的”或“她的”，则颇具外交辞令的色彩，又显得累赘。很显然，用“他们的”最合适不过。斯图尔特很有自信地提出了这个折中方案，却被法定人数中的其他两位拒绝。

奥利弗说，比如这个句子：“某人在门口探出了他们的头。”听上去这人有两个身体、一个头，就像某一个可怕的俄罗斯科学实验那样。他还说起以前游乐场展示的怪人，长着胡子的淑女，畸形的绵羊胎儿……他正要说个没完没了，被主席（就是我）阻止了。

吉莉安说，依她看来，“他们的”这个词同样累赘，与“他的”或“她的”同样具有外交辞令色彩。何必一定要分出是男是女呢？既然多少个世纪以来，女人一直接受这样的教育：要使用男性物主代词来指代整个人类，现在又何必作出这迟到的修正呢？即使这个用法使得有些人（男性）的喉头不快。

斯图尔特继续坚持“他们的”是最合适的用法，认为这是中间道路的代表。

这个**讨论会**无限期地[②]休会了。

---

① 德尔·香农（Del Shannon，1934—1990），美国著名的摇滚和乡村音乐家，歌曲作者。
② Sine die，原文为拉丁语。

在此后的好长一段时间里，我一直在想这场争论。我们这三个人，三个相当有知识的人，在为“他的”“她的”“他们的”这三个词的用法争论不休。对这三个无关紧要的小词，我们都无法达成一致意见。而我们还是朋友呢。我们却这样争论不休。这使我很担忧。

我怎么说到那上面去了？啊，是的，这里的每一个人都改了他们的名字。这是千真万确的，这是一个了不起的想法，不是吗？比如，吉莉安与我结婚之后就改了姓。她原来姓怀亚特，现在改姓休斯。她想改成我的姓的心情是很迫切的，这样说并非是为我脸上贴金。我想，实际上更为迫切的是，她想摆脱怀亚特这个姓。因为，你要知道，那是她父亲的姓，而她与她父亲不和。他抛弃了她母亲，而她母亲这几年依然姓着那个抛弃她的那个人的姓。别人称她为怀亚特太太或怀亚特夫人，是很不合适的，因为她原先是个法国人。我猜想，吉莉安是为了与她父亲断绝关系才想摆脱怀亚特这个姓的（顺便提一句，他甚至没有前来参加她的婚礼），还对她母亲说，她早就该这样做了。怀亚特太太没有接受这个暗示，即使暗示早就在那里了。

奥利弗说，这恰如其性格，结婚之后，吉尔应该称呼自己为吉莉安·怀亚特太太或休斯太太，如果她想显得有逻辑、符合语法、有常识、符合外交习惯和累赘的话。他就那样说话，这个奥利弗。

奥利弗。我第一次见到他的时候，他并不叫这个名字。我们上同一所中学。在学校里，有人叫他奈杰尔，有时候叫他N.O.，或者罗斯，但是这个全名叫奈杰尔·奥利弗·拉塞尔的人，从来没有被人叫作奥利弗。我想我们甚至不知道字母O代表什么，或许这是他胡编的。

不管怎么样，问题就出在这里：我没有上过大学，而奈杰尔上过。奈杰尔在大学第一学期结束回家时，就成了奥利弗。他把N扔掉了，甚至把印在他的支票本上的姓名N都去掉了。

你要知道，我什么事都记得。他走进银行，让银行的人印制新的支票本，他的签名不再是N.O.拉塞尔，而是奥利弗·拉塞尔。银行的人对改名的事竟放任不管，对此我非常诧异。我以为，他想改名字得通过单边契约或别的什么方法。我问他是如何成功改名的，他闭口不答。他只是说："我威胁他们，说我要到别的银行去透支。"

我没有奥利弗聪明。上中学时，我的成绩常常比他好，但那是因为他不想用功。我的数学、科学比他好，动手能力比他强——在金属车间，你只要让他看一眼车床，他就会假装突然晕倒——但是，他什么时候想超过我，就一定能超过我。对了，不仅是我，任何人。他有办法。我们玩"学员旅"士兵游戏的时候，奥利弗总是"因腿受伤无法着靴战斗"。他想变成聪明人的时候，真的很聪明。他还是我认识最久的朋友。

他是我的伴郎，但不是严格意义上的伴郎，因为我的婚礼是在婚姻登记处举办的，并不需要伴郎。实际上，为了这件事，我们也愚蠢地吵过一架。真的是愚蠢。我以后找时间讲讲这件事。

那是一个美好的日子。是人人都应在这一天举办婚礼的那种日子。温柔的六月早晨，天空晴朗，微风和煦。六个人：我、吉尔、奥利弗、怀亚特夫人、我姐姐（已婚，但与丈夫分居，改过姓了——我刚才怎么对你说的？）和一位上了年纪的阿姨，是怀亚特夫人在最后一刻不知从哪里挖出来的。我没有记住这位老阿姨的名字，但我敢打赌，她没有改过姓。

婚姻登记官是一个很有尊严的男人，他的形式感拿捏得恰到好处。我买好的那枚戒指躺在天鹅绒材质的紫红色衬垫上，好像在对着我们眨眼。戒指戴到了吉尔的手指上。我大声说出了誓言，声音太大了一点，在淡色的橡木装饰的房间里发出阵阵回声。吉尔似乎为我的行为作了补偿，但补偿过头了，她的誓言轻声轻气的，只有我和登记官听得见。我们都很开心。几位见证人在登记证上签了名。登记官将婚礼誓章递给吉尔，说："这是**你的**，休斯太太，与这个年轻小伙子不相干的。"市政厅的外面有一只大钟，我们在大钟底下拍了几张照片。第一张照片是在12:13拍的，我们结婚三分钟了。最后一张是在12:18拍的，我们结婚八分钟了。有几张照片的角度很不好，因为奥利弗在捣鬼。然后我们来到一家餐馆，吃了烤三文鱼，喝了香槟，喝了很多香槟。奥利弗说了一大篇话。他说他本想给伴娘敬酒，但今天没有伴娘，所以就要给新娘敬酒。大家都大笑，拍手。奥利弗使用了一大堆长长的单词，他每用一个长单词，我们就大叫一次。我们的房间差不多是一间密室。这时奥利弗用了一个特别长的单词，我们的叫声也就特别响，弄得服务生以为我们在叫他，探头进来问有什么事，见没有事就走开了。奥利弗讲完话，坐下来，大家都过来拍拍他的背。我转过身去，对他说："对了，有一个人刚刚在门口探出他们的头。"

"他们想干什么？"

"听我说，"我重复了一遍，"**有人**在门口探出**他们的**头。"

“你喝醉了吗？”他问我。

我想他一定忘记了。但我记得，你知道的。我什么都记得。

吉莉安：

听好了，我认为我自己的事情与别人无关。我真的这样认为。我是一个普通人，我很内向。我没有什么事要对别人说。这年头，你一出门，就总有人追着你要把他自己的人生故事讲给你听。打开报纸，就有这样的栏目：《快进入我的生活》。打开电视，在一半节目里都有人在谈论他或她的问题，他或她的离婚，他或她的非婚生地位，他或她的疾病，酒精依赖症、毒品成瘾、性侵、破产、癌症、截肢、精神疗法，他的输精管结扎术，她的乳房切除术，他或她的阑尾切除术。他们为什么要这么做？《看看我》《听我说》[①]。他们为什么就不能随遇而安、好好自处呢？他们为什么要这样**喋喋不休**？

我天性不爱向人倾诉，但这不是因为我记性不好。我记得放在深紫红色衬垫上我的那枚结婚戒指，我记得奥利弗翻着电话簿寻找稀奇古怪的名字——我记得我那时是什么样的心情。但是，这些事情不是供大众消费的。我记得的事情，都是我自己的事情。

奥利弗：

你好！我是奥利弗·拉塞尔。来支烟吗？我知道你是不抽烟的。

---

① 电视栏目名。

我抽一支你不介意吧？是的，我当然知道抽烟对身体不好，但那正是我喜欢抽烟的原因。上帝啊，我们才刚刚认识，你就像一只松鼠那样咄咄逼人了。这跟你到底有什么关系？50年之后，我就死了，你就成了一只快乐的蜥蜴，用吸管吸着酸奶，啜饮着泥炭沼水，穿着健康拖鞋。对了，我喜欢这样。

我给你说说我的理论吧？我们到头来都会得病，要么癌症，要么心脏病。这个世界只有两类人：一类人将感情闷在心里，另一类人将感情发泄于外。如果你喜欢，也可以说成内向型和外向型两类人。内向型的人，众所周知，往往将自己的各种情绪、愤怒、自我鄙视等内化于心，这种内化，同样众所周知的是，会导致癌症。另一方面，外向型的人将快乐、愤怒都发泄给世界，将自我鄙视引导到别人身上，这种情绪的外泄，通过其逻辑过程，导致心脏病的发生。非此即彼。我碰巧是一个外向型的人，所以，我要吸烟，这样就会使我成为一个完全平衡的、健康的人。这就是**我的**理论。最重要的是，我现在有尼古丁瘾，这样我吸起烟来就不怎么难受了。

我叫奥利弗，我记得所有**重要的**事情。这就是记忆的意义所在。我注意到大多数40岁以上的人不断抱怨自己的记忆力不如以前那么好了，或者不如他们希望的那样好了。说实在的，我一点儿也不吃惊：看看他们脑子里储存了多少垃圾。想象一下，这个可怕的废料库里塞满了多少无关紧要的东西：无数个有关童年的千篇一律的记忆，20亿个体育比赛的结果，他们不喜欢的人的面孔，无数电视肥皂剧的情节，如何洗去洒到地毯上的红葡萄酒的各种窍门，国会议员的名字，诸如此类。这么多空洞的垃圾塞满你脑子，你的记忆力怎么会不堵塞？想象一下，在轰隆隆的终点站的失物招领处工作的保管员，他为你保管着那些不值钱的物品，等待你下次来取。想一想，你请他保管的是些什么东西？他能得到的保管费这么少！得到的感谢这么少！难怪这柜台上一半以上的时间里是没有人的。

我处理记忆库的方式是：只存放那些在保管过程中会让你感到自豪的东西。我永远不去记电话号码。我只记得我自己的号码，这样就不必大费周章地在电话簿上查找奥利弗·拉塞尔了。有些人——思维领域里的那些冷酷的**专家**——说什么记忆要靠训练，训练之后记忆力就会变得十分敏捷，像运动员那样身手不凡。唉，我们都知道运动员是怎么回事。年轻时训练得厉害的划桨手，一到中年，身体就完蛋。足球运动员呢，得上了关节炎，走起路来关节吱嘎吱嘎响。肌肉拉伤，椎间盘粘连。看看老运动员的聚会场面吧，活脱脱一则养老院的广告。假如当年他们没有过度损耗肌腱就好了……

所以，我相信，对记忆要娇惯一点儿才好，让我的脑子里只留人生的精彩片段，比如，婚礼之后的午餐。我记得，我们喝的是斯图尔特点的口感极好的无年份香槟（牌子？我不知道。*忘了名字的葡萄酒厂的瓶装酒*[①]），吃的是*烤野鲑鱼加秘制西红柿酱*。我是不会点这样的菜的，但他们当时没有征求我的意见。菜是极好的，只是缺少想象……怀亚特夫人，她坐在我旁边，好像吃得很开心，至少很享受这

① 原文为法语，如无特殊说明，后文楷体字皆指原文为法语，不再逐一说明。

盘鲑鱼。但是，她将鲑鱼周围的那些粉红色的透明小方块推到一边，转过头，问我：

“你说这些可能会是什么呢？”

“西红柿。”这个我知道，“去了皮，带着芯，去了籽，切成丁。”

“真有趣啊，奥利弗，你通过特征认出了这个水果，我却把它扔到一边。”

你不觉得这了不起吗？我抬起她的手，吻了一下。

而另一方面，我恐怕记不起那天婚礼上斯图尔特穿的衣服是什么颜色，是中黑灰的，还是深黑灰的？

你明白我的意思吗？

我清楚记得那一天天空的样子：白云翻滚，就像大理石般的衬纸。风有点大，走进结婚登记室的门，大家忙着捋好吹乱的头发。我们围坐在低低的咖啡桌边，等了10分钟。咖啡桌上放着三本伦敦电话簿和三本**黄页**。奥利弗努力在电话簿里寻找离婚律师和橡胶制品经销商的号码，想以此逗乐大家。但是没有人发笑。不一会儿，我们就进到里面，见到了那个坐在昏暗之中，个头矮小、满面油腻的登记官，肩膀上落满了头屑。一切都按常规进行。那枚戒指躺在黑紫色**衬垫**上闪闪发光，犹如一个宫内给药器。斯图尔特大喊着说出婚誓，好似在军事法庭回答法官审问，好像不最大声回答就会被法官多判几年一样。可怜的吉尔的声音却很小，几乎听不见。我猜想她在哭，但是不敢去仔细看，那样做就太俗气了。后来，我们走到外面，照了几张相。斯图尔特看起来特别神气，我这样觉得。他**是**我认识最早的朋友，这**是**他的婚礼，但是我看他的神情太镇定，太扬扬自得了，所以就悄悄夺过相机，对大家说，结婚相册需要几张艺术照。我昂着头走了几步，然后躺到地上，将镜头转了45度，取了一个特写镜头，连毛孔都能照出来。其实我真想做的，我真想拍到的，是**斯图尔特的双下巴**。他可只有32岁。说**双下巴**也许有点过头，就说是一块猪腰嫩肉一般的下巴垂肉吧。但是到了虹膜镜头后面的大师手里，这块肉就能被放大，发光。

斯图尔特……不，等一下。你刚才一直在与他说话，对吗？你一直在与斯图尔特说话。我提到他的双下巴的时候，感觉到了你脸上掠过一丝迟疑。你的意思是你没有注意到？是的，在他背对光的时候，在阴影中，你是看不到的……他或许故意拉长下颌以消去双下巴。依我看，如果他的头发再长点，他短矮的脖子也就不会那么明显了，但是他从不给他那灰褐色的粗糙毛发以任何**生存空间**。他长着一张圆圆的脸和一双圆圆的温和的小眼睛，从那并不时兴的眼镜后面望着你。我的意思是，他的长相足够**温顺**，但是他还是需要**修整**，你说呢？

什么？他不戴眼镜？他当然戴的。从他只有小学校长膝盖那么高的时候，我就认识他了……对了，有时候他偷偷戴了隐形眼镜，试试你能不能看出来。好吧，这是有可能的。一切皆有可能。或许，他一直在追求一种更有气势的外形，这样，等他走进城里的肮脏的小屋，盯着他那个神经质地闪烁的小屏幕，对着他的手机大叫着买下新的一单**期货**（或者别的什么）之后，他出来就变得更有男人气魄了——大大出乎我们的预料。不过，自我们一起上学开始，他可是养活了一大拨眼镜商——特别是那些备足了老式镜架的眼镜商。

你为什么偷偷笑？我们一起上学……哦，是这么回事。斯图尔特一直在说我改名字的事，是吗？你知道的，他对那种事总是不能释怀。他的名字可真是乏味——斯图尔特·休斯。我要对你说，布艺装饰业有一个职位可以提供给你，不需要别的要求，只要求你有一个完美的名字，先生，你正好有这样的名字——他一辈子只有一个名字，他为此感到十分满足。而我，奥利弗，过去叫奈杰尔。我的过错，我最伤心的过错[①]。不对——我不叫这个名字。不对——谢谢，妈妈。不管怎样，你不能让别人一辈子都叫你奈杰尔，不是吗？你甚至不能在一本书里从头到尾都叫**奈杰尔**。过了一段时间，有些名字就显然不合时宜了。比如，你原来叫罗宾。这个名字在九岁以前是一个很好的名字，但是很快你就得作些改变，对吗？通过将你的名字改为萨姆森，或者哥利亚，或别的什么名字。而有些名字的情况则相反。比如瓦尔特这个名字，你坐在婴儿车里就不能叫作瓦尔特。在我看来，你到75岁才适合叫这个名字。所以，如果有人为你洗礼，准备给你起瓦尔特这个教名，最好让他们在瓦尔特前面加上几个名字，一个供你坐在婴儿车里使用，另一个在你正式成为瓦尔特之前的漫长岁月里使用。所以，他们可以给你起这样的名字：罗宾·巴塞罗缪·瓦尔特，我看这个名字是有点笨拙，但是毫无疑问，它适合你人生的各个阶段。

---

① Mea culpa，mea maxima culpa，原文为拉丁语。

所以，我把奈杰尔换成了奥利弗，自此，奥利弗一直是我的中间名。奈杰尔·奥利弗·拉塞尔——你看，我不用把脸颊涨得红红的就可以说出这个名字。我到约克去上大学的时候还叫奈杰尔，上了一学期回来我就成了奥利弗。这有什么奇怪的？这就像你参军去了，第一次休假回家，人家看你脸上长了胡子。这只是一个人生过程。但不知为什么，老斯图尔特就怎么也想不通。

吉莉安是一个很好的名字，这个名字适合她。这个名字她会一直用下去。

奥利弗这个名字适合我，你没看出来？这个名字与我这一头黑发，与我象牙般的牙齿（吻起嘴来一定很舒服），与我的纤纤细腰，与我的这个做派，与我这一身亚麻色的西服（上面的黑皮诺酒渍是怎么也洗不掉了）非常相配。这个名字适合于透支，适合于在普拉多博物馆一带闲逛。这个名字适合于想让我乖乖就范的**那些人**。就像我在大学第一学期末去见的那个银行经理，那个深居洞穴的类人猿。就是那种一听到银行利息上涨了千分之一就会情不自禁勃起的家伙。不管怎么样，这个类人猿，这个……瓦尔特让我进到他办公室，那个墙上镶着木条的手淫窝。他认为我的支票本改名请求——从N.O.拉塞尔改为奥利弗·拉塞尔——不符合本银行20世纪80年代的政策，并提醒我，除非我赶紧弄来钱将我的透支黑洞补上，否则，我就得不到新的支票本，即使我改名为圣诞老人都无济于事。一听这话，我坐在椅子上笑个不停，这笑中带有神奇的奉承假象，然后在这个老迷死人面前来回晃悠，挑逗了他好几分钟。突然间，瓦尔特就扑通一下跪在地上，哀求我给他最后一击。于是，我给了他一个莫大的荣幸：同意他为我改名。

以前叫我奈杰尔的所有朋友好像都被我弄蒙了。当然，斯图尔特除外。你应该让斯图尔特讲讲以前我们一起上学的事。我当然绝不会让我的记忆受辱，让它记住那时的所有破事。斯图尔特有时候没事找事，会念叨“亚当斯、艾特肯、艾帕特德、贝尔、贝拉米，等等[①]”（这些名字都是我杜撰的，你懂的）。

“你在念叨什么？”我问，“你的新曼特拉[②]？”

他一脸迷茫。也许他以为曼特拉是一个汽车牌子，奥兹莫比尔的曼特拉。“不，”他答道，“你还记得吗？5A班。老比夫·沃金斯是我们的年级主任。”

我不记得。我不会去记。记忆是一个意志的行为，忘却也是。我想我已经把我人生的头18年的事情都抹去得差不多了，把它们净化为无害的婴儿食品了。还有什么事比受到这些东西的纠缠更糟糕的？第一辆自行车，第一次啼哭，一只耳朵被咬掉的泰迪熊。这不仅是一个美学问题，这也是一个实用性问题。过去的事你记得太牢，你会因此责怪眼下的生活。看看他们是怎么对待我的，我变成现在这个样子全是因为这个，那不是我的错。请允许我纠正你的说法：那或许**是**你的错。请原谅，细节我就不说了。

有人说，你年纪越老，过去的事情就记得越清楚。其实，他们面

---

① Adams，Aitken，Apted，Bell，Bellamy ...

② Mantra，来自梵语，指能够“创造变化”的音、音节、词，此处意为咒语。

临着一个巨大的陷阱：衰老的复仇。我给你说过我的人生理论吗？人生就像一场入侵俄罗斯之战。闪电般地开战，无数高筒一样的军帽聚在一起，羽毛乱飞，就像身临一个鸡飞狗跳的鸡舍。敌人溃败，战报飞传我们长驱直入的消息。接着，开始了艰难跋涉，士气低沉，配给不足，而这时第一片雪花落到了你脸上。敌人烧掉了莫斯科，你只得屈服于“一月大将”，这位大将的手指甲就是连天的冰柱。痛苦地撤退。烧杀抢夺的哥萨克。在波兰的一条甚至没有标记在你的将军的地图上的河流前，你正欲渡河过江，却终于倒在一个少年枪手的霰弹之下。

我不想变老。不要让我变老。你有这样的魔力吗？没有，连你都没有这样的魔力，啊哈。再来支烟吧。来吧。啊，好吧。随你便。各有各的喜好。

第二章
借我一英镑

斯图尔特：

真是没想到！《爱德华人》杂志居然活到了今天。但我很高兴，这份杂志至今犹在。圣爱德华中学也活到今天，这又是一个惊喜。他们把英国的所有文法学校都裁掉了，把它们变成了普通中学和高中。学校合并来合并去，不知怎的，就是没有把圣爱德华中学给合并了。好像没有人管我们。所以，这所学校至今还在，靠各地的毕业校友供稿的这份杂志至今还在。在毕业之后的头几年里，我不怎么关心这些事。现在毕业差不多15年了，我对母校的事却产生了极大的兴趣。你在杂志上读到某一个熟悉的人名，记忆的闸门就哗地打开了。校友们从世界各地寄去文章，讲述各自的近况。天哪，我怎么也不会想到，贝莱现在竟然负责整个东南亚的生意！我记得当年老师在课堂上问他，泰国的主要农作物是什么？他回答，晶体管收音机。

奥利弗说，学校里的事，他什么都不记得了。他说——他怎么说的来着？——他说，即使把石头扔进他记忆的井里，也不会溅起任何水花了。每当我把《爱德华人》杂志里写的人和事告诉他的时候，他总是哈欠连连，问，**谁啊？**语调极其无聊，但我不相信他不感兴趣。只是他没有主动说起过这个学校的事情罢了。在别人面前，他或许在吹嘘他上过更牛的学校——伊顿或别的什么学校。他这样做，我并不奇怪。我一直以为，你本来是什么，就是什么，不应该去伪装成别的。但是，奥利弗以前一直说我的想法不对，还说你假装什么，就是什么。

我与他太不一样了，你也看出来了吧。有时候别人真的奇怪我们俩怎么成了朋友。他们虽然没有明说，但是我能感觉到。他们觉得我与奥利弗交了朋友，是我的幸运。奥利弗让人难忘，他能说会道，他去过远方，他会说外语，他熟悉艺术——岂止是熟悉——他即使穿上一件并不合身的衣服，他的朋友们也都会说穿在他身上就是时尚。这些我都不会。我总是词不达意，当然在工作场合除外。我去过欧洲和美国，但我没有去过尼尼微和遥远的奥弗；我没有多少时间去搞什么艺术——确实没有时间——但是，你要知道，我没有任何**反对**艺术的意思（有时候我也在汽车的收音机里听一场不错的音乐会，与大多数人一样，假期里也会看上一两本书）；我不太在意穿着，上班的时候只求利索，回家的时候只求舒服。我以为，奥利弗喜欢我，就是因为喜欢我本来的样子。我去学奥利弗的样，是毫无意义的。啊，对了，我们俩还有一大不同：我有很多很多的钱，奥利弗却几乎身无分文——至少没有任何知道钱为何物的人称作钱的那种东西。

“借我一英镑。”

这是他对我说的第一句话。那时我们的座位挨得很近。那时我们都是15岁。我们在同一个年级已经两个学期了，却没有真正说过一句话，因为我们有各自的朋友。再说，在圣爱德华学校，座位是按照上一学期的期末成绩排定的，所以，我们不可能坐得那么近。不过，或许是前一个学期我的成绩上去了，或许他的成绩下降了，或许两种情况兼而有之——总之，这次我们总算坐在一起了。奈杰尔——当时他叫奈杰尔——开口向我借一英镑。

“借钱干啥？”

“太无礼了！你为什么想知道这个？”

“不了解贷款的用途，审慎的财务经理是不会批准发放贷款的。”我答道。这句在我看来完全在理的话，不知怎的，却引发了奈杰尔的一声大笑。坐在讲台上的比夫·沃金斯先生抬起头来——这是一节自习课——满心疑问地瞟我们一眼。说实在的，这眼神不只是带着疑问。这一看不要紧，却进一步触发了奥利弗的笑神经，笑了好一会儿，他才想到应该给老师一个解释。

“对不起，先生，”他终于对老师说，“我向您道歉。真没想到维克多·雨果竟然会如此滑稽可笑。”说完，他又大笑了几声。我感到这一切都是由我而起的。

下了课，他对我说，他在商店里看到一件漂亮的衬衣，很想买一件。我问他这件衬衣二次转让的前景如何——我想着如果他破产了，也好回收我的贷款。这一问让他更乐了。我提出了我的贷款条件：四周内还清本金，加上5%的利息；否则，第五周开始利息升至10%。他说我是一个放高利贷的，这是我第一次听别人这样叫我。四星期之后，他还给我1.2英镑。每到周末他就穿上新衬衣到处显摆。之后，我们就成了朋友。朋友：我们的主意已定，就这样做了朋友。在那个年纪，你们不用纠结要不要做朋友，自然就做朋友了。这是一个不可逆的过程。不少人对此很是吃惊，我记得我们就故意做朋友给他们看。奈杰尔假装是我的老大，我假装很笨，竟然觉察不到他在做我的老大。他更装出一副爱出风头的样子，而我则装得更为呆板木讷。我们知道自己在做什么：我们是朋友。

我们后来一直是朋友，即使他上了大学，我没有上；即使他去过尼尼微和遥远的奥弗，而我没有去过；即使我进银行上班，有了一个稳定的工作，而他不断跳槽，最后在埃吉维尔大道边上的一个小巷里做了一名英语教师，教外国人学英语。他教书的这所学校名叫莎士比亚英语学校，校门外，一面霓虹灯做的英国国旗闪烁不停。他说，他之所以接受这份工作，就是因为这面霓虹灯国旗总让他热血沸腾。不过说实在的，真正让他热血沸腾的是钱——他太需要这份工资了。

接着，出现了吉莉安，我们就成了三人了。

吉尔与我说好了，不对任何人说起我们相识的真实经过。我们对外的一致说法是，我办公室一个叫詹金斯的同事下班后带我去附近的酒吧喝酒，我们巧遇了他的某一个前女友，而吉莉安碰巧与她在一起，其实她们也不甚相熟。我与吉莉安一见如故，之后很快又约会了一次。

“詹金斯？”奥利弗听完我用不甚肯定的语气讲述的这个故事

之后问道。其实我紧张的是，怕他问及吉莉安。“他是套利交易员吗？”奥利弗喜欢假装知道我的工作情况，嘴里不时蹦出这个奇怪的词，以显示他对一切都了如指掌。现在我一般不理他那一套。

“不是，”我说，“他是新来的，不过他年纪很大了。他没干多久。干不了。”这是实话。我之所以挑选了詹金斯来说事，是因为他刚刚被炒了鱿鱼，以后不会有人碰到他。

“好了，他在那里上班的时候，至少给了你一份幸事。”

“一份什么？”我问道，一脸的愚笨。他笑了一下，一脸的老练。

说实在的，与人打交道，我从来不在行。有些人天生善于与人交往，有些人就不行。我的家庭不像别人家，不是什么大家庭，没有那么多兄弟姐妹，也不会有各种各样的表妹堂哥“冒出来”，我在家里的时候，这个家就一直冷冷清清的，没有多少亲戚来往。我20岁的时候，父母过世，姐姐搬到兰开夏郡，做了护士，结了婚。这个家也就散了。

现在我一个人住在斯托克纽因顿的一间小公寓里，按部就班地上班下班，有时也熬个夜，形影相吊，十分孤单。我不是别人所说的那种外向型性格的人。即使我遇到我喜欢的人，我也不会在他们面前多说两句，多问几个问题，以表示我喜欢他们，相反我会闭嘴歇声，好像我不指望他们会喜欢我，好像我不觉得他们认为我很风趣。结果，他们也就看出我确实不是一个很风趣的人——这倒没冤枉我。以后我对此一直耿耿于怀，但并不下决心加以改正，让自己变得善于交际，相反我还是麻木不仁，一如既往。在这个世界上，有一半的人总是自信满满，另一半的人则自卑不堪。我不知道如何从自卑的世界一跃进入自信的世界。为了做一个自信的人，你首先就得有自信：这是一个恶性循环。

广告不错，标题是："年轻有为的专业人士？25～35岁？工作太忙碌，社交无起色？"这个广告，做得真不错。没有鼓动大家一窝蜂地赶往度假胜地，进行无上装狂欢。也没有流露这样的信息：缺乏社交，全是你自己的错。缺乏社交，这甚至也是发生在最优秀的人士身上众多事情中的一个。一个明智的补救做法是，花上25英镑，坐到伦敦的一家酒店里，喝上一杯雪利酒。即使事情不见得有起色，但是保证不会让你受到侮辱，这是毋庸置疑的。

我觉得，他们应该给我们每一个人发一个姓名牌别在胸前，就是某个大型会议上常见的那种。但是我又觉得，他们会认为，那样一来就暗示我们连自己的名字都不会说。有一个人，应该是主办方的人，在分发雪利酒，每见一个新到的人，就领着这个人与大家见面。因为来的人太多了，他记不住所有人的名字，所以我们只好自报家门。或许他是故意不记我们的名字的。

我正在与一个有口吃的男人说着话，他在接受培训，准备做房地产经理。这时，主办方的人带着吉莉安进来了。这个家伙口吃，这个情况倒让我增添了几分自信。这话说起来有点残忍，但是以前我经常遇到这样的事：你觉得自己口才平平，说出的话平淡无奇，可边上的家伙突然慧根大开，口吐莲花。是的，我经常遇到这样的事。这差不多成了一个最原始的生存法则：找一个比你差的人在身边，这样你就心花怒放了。

或许，“心花怒放”这词有点儿夸张，但我还是给吉莉安讲了一两个奥利弗给我讲过的笑话，我们两人都说见到这么多人真是不自在。聊着聊着，我发现吉莉安有一半的法国血统，这下我有话说了，而那个房产经理想说说德国的事，但我们没有任何兴趣。我还没有太弄清楚这里的情况呢，就把半个肩膀转过去，将房产经理撇到一边，对吉莉安说：“瞧，我知道你刚到这里，但你不想找个地方吃晚饭吗？我的意思是，如果你今晚没空，下次也行。”不瞒你说，我对自己说出这样的话都感到不可思议。

“你觉得我们这么快就离开这里合适吗？”

“有什么不合适的？”

“不是必须先与所有人见面吗？”

“不是必须这样的。”

“那好吧。”

她对我笑笑，低下了头。她很羞涩，这我喜欢。我们出了门，来到一家意大利餐厅吃晚餐。三星期之后，奥利弗从某一个充满奇光异彩的地方回来了，于是我们就成了三人。整个夏天，我们仨，就像那部法国电影。电影里的几个人成天在一起，骑着自行车兜风。

吉莉安：

我不羞涩。我只是紧张，不羞涩。这不是一回事。斯图尔特才羞涩呢。一开始就看得出来，很明显。他手拿雪利酒杯站在那里，太阳穴都微微沁出了汗，显然一副无所适从的样子，但努力地想克服这种不适，看他那样真是痛苦。当然，在这样的场合没有人会感到轻松自在。那一刻，我觉得，这真有点儿像人口市场，我们没有受过这种培训，我们的社会不提供这样的培训。

斯图尔特一上来就讲了几个笑话，但一点儿也不好笑，因为他太紧张了，而且我觉得这些笑话本来就不好笑。然后我们说起了法国，但他说的仍是老一套，说什么光闻气味都能分辨这是法国的什么地方，即使蒙着眼睛也能分辨。但重点是，他很**认真**，无论对我，还是对他自己，都很认真。你知道的，这太感人了。真的感人。

我在想，那个想聊德国的口吃男人不知后来怎么样了。希望他找到了人。

我在想，詹金斯不知后来怎么样了。

奥利弗：

别告诉我，让我猜猜。让我把我的心灵感应全部集中在我朋友斯图[①]那可爱的、有点儿打皱的肥臀上。肥臀？我的意思是，他的臀部非常突出：霍屯督人[②]的臀部。

《祖与占》？我记得没错吧？我想没错。以前他提过一次，但只是向我，从来没向吉莉安提过。《祖与占》。奥斯卡·威内尔，那

① 斯图尔特的昵称。

② The Hottentot，南部非洲的种族部落，他们自称科伊科伊人，主要分布在纳米比亚、博茨瓦纳和南非。在体形特征上，该种族的妇女大多臀部肥大，为其他人种的三四倍，医学上称之为臀脂过多。历史上，欧洲猎奇者曾将她们作为“动物”到处展览，牟取暴利。

个家伙身材矮小，一头金发，另外——真还说不准——或许也有个肥臀；让娜·莫罗；还有那个个头高大、一头黑发、举止优雅、长相迷人的家伙，满口的牙齿长得真好，直叫人想亲吻（他叫什么名字来着）。唉，演员倒没问题，唯一的问题就是记不住情节了。他们整天一起骑车，过桥，一起**嬉闹**，对吗？我想是这样的。《祖与占》这部电影是不错，但远非二战后电影史上最重要的一部，斯图尔特挑选这部电影作为他学习法国文化的参考资料，倒是他的典型做法。我最好提前给你提个醒，斯图尔特是这样一种人，他竟然把莫扎特的《第21钢琴协奏曲》与《艾尔维拉·麦迪根协奏曲》混为一谈[①]。说起古典音乐，他最喜欢的就是弦乐队模仿鸟叫或钟鸣，要不就是模仿小火车爬过山岗的轰鸣声。这难道不是老土得太可爱了吗？

或许他修过一门法国电影课，目的就是为了钻研泡妞的技法。你要知道，泡妞可从来不是他的强项。我经常帮他，为他安排四人约会，但是到最后往往是这样的局面：两个女孩都为了我而吵起来，斯图尔特则躲在角落里生闷气，展现着一个老顽固的全部魅力。哎呀，那真是令人伤心的场面。我担心我的斯图尔特日后会指着我的鼻子骂我。

“你应该多帮我。”有一次，他非常难过地向我抱怨。

“**帮**你？**帮**你？我找来女孩子，我介绍给你，我还费劲地推动晚上的气氛向上走。而你呢，枯坐一旁，怒视远方，活像《众神的黄

---

① 《第21钢琴协奏曲》，是莫扎特1785年创作的作品。1967年，大获成功的瑞典电影《艾尔维拉·麦迪根》（*Elvira Madigan*）使用了该协奏曲的第二乐章，使得该协奏曲的第二乐章也被称为《艾尔维拉·麦迪根协奏曲》。

昏》里的哈根[①]——请原谅我用了这个典故。”

“我有时候觉得你请我来，只是让我来买单。”

“我当年要是在股票牛市里抽了身，”我这样提醒他，“而你，我的好朋友，失了业，带了两个这么棒的女朋友来，我一定会荣幸之至地买单的。”

“对不起，”他说，“我只是觉得你不应该对她们说我在女人面前没有一点儿自信。”

“啊，原来你对**这**一直耿耿于怀哪。”现在我开始明白了，“约会最终的目的是让每个人都舒心。”

“我觉得你不想让我得到一个女朋友。”斯图尔特悻悻然，下了这个结论。

这就是为什么当我看到他找了吉莉安时感到非常吃惊。谁会相信这事？还有，谁会相信他是在一个酒吧搭上她的？请你想象一下这个场景：吉莉安，穿着齐臀缎子裙，坐在吧台凳上；斯图尔特，一边用腕上计算器算出当前日元无比坚挺，一边漫不经心地滑动他的领结；一个男招待，不问也知道休斯先生想要一杯刚出窖的1918年的舍西亚尔，必须倒在可以集聚葡萄酒特有气味的特殊杯子中；斯图尔特，悄悄移到吉莉安旁边的凳子上，不经意地散发出带有他男性性感的微妙麝香；吉莉安，向他借火；斯图尔特，从他凌乱的阿玛尼西装口袋里轻轻取出登喜路玳瑁打火机……

---

① 哈根是瓦格纳创作的歌剧《尼伯龙根的指环》第四部《众神的黄昏》的主要角色之一，以邪恶、狡猾著称。

哎呀呀，我的意思是，**得了吧**。我们来看看实际情形吧。我已经听人轻声细语地讲过这个令人心跳的故事。说实话，没有你想象的那么脏。一个设法使自己在下星期被炒鱿鱼的神经错乱的银行职员（真的，你必须神经错乱了，才会被解雇），一天晚上与斯图一起去乡绅酒吧喝一杯下班[①]后的饮料。我让斯图尔特向我数次重复了这个店名：乡绅（Squires）酒吧。

“我们是不是可以这样理解，”我问道，“这家酒吧的拥有者是一个自视为乡绅的人？或者，这是一个像你这样的乡绅想要开怀畅饮的地方？”

斯图尔特想了好一会儿：“我不知道你在说什么。”

“这么说吧，撇号放在哪里？”

“撇号？”

“是e一撇s（Squire's），还是s一撇（Squires'）？这可是大有差别的。”

“我不知道，我觉得没有这一撇。”

“肯定有这一撇，即使是下意识的。”我们互相盯着对方看了几秒钟。我觉得斯图尔特根本没有弄明白我在说什么，看他那样子，好像他认为我在有意破坏他的现代版《保尔和维吉妮》[②]。“对不起，你继续讲。”

① post-Arbeit，原文为德语。

② 法国作家伯纳丁·德·圣皮埃尔（Bernardin de Saint-Pierre，1737—1814）所著的爱情小说，讲述的是发生在法属毛里求斯岛上的一段青梅竹马的爱情故事。

就是这样，他们俩，温克尔考夫特和斯图，在这个酒吧——不管是Squire's酒吧，还是Squires'酒吧——大享其乐之时，进来了一位小姐，不是别人，正是温克尔先生的一个老情人，紧随着这位小姐进来的，竟然是我们亲爱的吉莉安。这约会四重奏接下来的进程在正常情况下是可以预料的了，不可预料的只是：这四人当中的一个人是斯图尔特，而在四人约会中的斯图尔特总是愣头愣脑，就像没有打开包装纸的面包棍。他是怎么从这昏暗的地下密牢的默默无闻的状态中突围的呢？我把这个难题抛给了他，当然用了一种更为得体的方式，你懂的。

“我们差不多谈起来了。我们差不多相互熟悉起来了。”

啊，那就是我的斯图尔特。我听到谁在说话？特里斯坦？唐璜？卡萨诺瓦？淘气到无法形容的侯爵吗？不，我听到的是我的伙伴和朋友，斯图尔特·休斯。“我们差不多谈起来了。我们差不多相互熟悉起来了。”

哦，亲爱的，你又用那种眼神看我。你不用说，我明白。你以为我是一个自认为高人一等的下半身动物，不是吗？事实并非如此。或许你没有理解我的语气。我用这种口气说话，只因为斯图尔特是我的朋友。我的老朋友。我爱他，这个斯图尔特。我们的友谊一直可以追溯——一直可以追溯到很早很早的时候，那个时候你还可以买到单声道唱片，奇异果的名字还没有发明，穿着卡其布衣服的汽车协会代表会向经过的每一个汽车驾驶员致敬，一包金薄片香烟只要四个半便士的银币，你的零钱可以买到一大壶蜂蜜酒。我们就是**那样**，斯图尔特和我。铁哥们儿。我得说一句，你不要低估我的朋友。有时候他的动作是有点慢，上边的那台老涡轮机不像兰博基尼那么突突地飞转了，但他能成事，能成事。有时候不见得比我慢。

“我能借一英镑吗？”在学校里（那学校叫什么名字？斯图尔特知道，你问他吧）我们坐在相邻的座位上，我向这个迄今为止智力平平，不过经过艰难跋涉，终于登上了一个差强人意的学业高地的男孩抛出了这个问题，我觉得这是一个非常有礼貌的可以打破僵局的开场白。结果你猜怎么着？他并没有乖乖递上钱来——任何一个暂时被允许呼吸高层空气的识相知趣的小喽啰都会这样做啊。相反，他开始背诵各种贷款条件。利息、百分比、股息、市场运行、市盈率……诸如此类。我想要的不过是区区一英镑，而他差不多要我在《欧洲货币体系》上签字。接着还问我拿钱干什么！好像关他什么事似的！好像我知道似的！我不屑地咯地笑了一声，这一声笑就让那个管理教室纪律的老壁虎很不高兴地朝我抖动了一下他的环状领子。我用一句俏皮话使他平静下来，然后与我这位胖乎乎的、对钱物异常谨慎的新朋友继续谈判。几个月后，我还了钱，丝毫不理会他嘴里利率什么的那一套，因为，说实话，我也弄不懂。从那以后，我们就成了好伙伴和好朋友。

他有过一个女朋友。我的意思是，在吉莉安之前。那是在四个半便士的银币就能买一包金薄片香烟这样的东西的日子里。你知道吗？我给你说说这个，我想他不会介意的——**他不愿与她上床**。听清楚了，他们没有干那事。他不愿对她窄窄的腰胯为所欲为。这种斯达汉诺夫式[①] 的贞洁一连保持了几个月，那个女孩终于忍不住，做出了孤苦的示爱举动，但他正色告诉她，**他想更进一步了解她**。我说这女孩一直在暗示他，**笨蛋**，但是斯图尔特不吃这一套。是的，没错，他不吃这一套。

当然，我认为他是在说谎，不过他要走到那一步，那将是需要想象力的。此外，我还有别的证据。科学家已经发现了性与食物之间确定无疑的对应关系，对性的兴趣，与对食物的兴趣密切相关。（你不相信？那么请看这一条：人类最重要的费洛蒙[②]，学名异丁醛，在强大的脉冲碳链中，与……豆芽的气味极其相近！好好琢磨这句话，朋友。）如果你以前没有发现，那么你很快就会发现，斯图尔特竟然相信食物之所以存在，其最主要的理由是为了掩盖食物下面的这个碟子上的隐秘图案。但是，用古老的筷子夹菜，那速度，没有几个人能比得过我——年轻时的奥利[③]。这可不是吹牛。

因此，在人类行为的相关方面，我从来没有遇到过太多麻烦。我从来不让家庭来妨碍我。可能我风流种的名声使斯图尔特男子气概全无。在莎士比亚英语学校的这个工作毫不妨碍我往那个方向发展。课后的单独辅导，即一对一面对面教授。斯图尔特一定打过我房间的电话，知道了我的电话到目前为止是用差不多15种语言应答的。他现在

① 指苏联煤矿工人阿列克谢·斯达汉诺夫（Aleksey Stakhanov），社会主义劳动英雄。苏联在第二个五年计划期间在全国开展名为斯达汉诺夫运动的社会主义劳动竞赛运动。

② Pheromone，信息素。个体分泌到体外，能被同物种的其他个体通过嗅觉器官察觉，并使后者表现出某种行为、情绪、心理或生理机制改变的物质。

③ 奥利弗的昵称。

万事大吉了。他得到了吉莉安，不是吗？

说实话，在他悠然地走进乡绅酒吧，然后与吉莉安一起双双出来的那个时候，我还没有一个固定的女朋友。我的情绪有点儿低落，而这低落的情绪总让我对什么事都看不惯，嘴里总会冷不丁地冒出来古怪的酸话。不过我为他高兴。我怎么可能不为他高兴呢？他们俩第一次一块儿到我家里来的时候，他实在是太可爱，太小狗模样了：摇尾乞怜、叼骨讨好，连我都差一点儿要抚摸他的耳背帮他挠痒了。

我好好布置了一下公寓，否则真会把客人吓跑的。我拉上摩洛哥窗帘，窗帘下摆不那么规整地盖住了沙发，把《奥菲欧》第三幕的唱片放到唱机的旋转垫上，点上一炷埃及线香——这样就算收拾好了。颇有一种欢迎来到奥利家的效果，我想。噢，我本来可以把房间布置得更好一些——挂上一张斗牛海报，让斯图尔特觉得轻松自在——不过我发现，一个人不能完全掩盖其个性，否则他的客人来了之后，不会留下什么印象。听到门铃响起，我赶紧点上一支高卢香烟，准备迎接我的末日。说不定是斯图尔特的末日，且看事态发展。

她没有问我为什么大白天还紧闭窗帘。近来，我对这一怪癖的解释已经变得越发巴洛克化了：从一种罕见的眼疾到对早期的奥登①致以永不消退的敬意，我发现现在我可以做到话在嘴边张口就来。也许，斯图尔特早就对她打过预防针。

“你好，”她说，“斯图尔特老跟我说起你。”

---

① 威斯坦·休·奥登（Wystan Hugh Auden，1907—1973），诗人，被公认为艾略特之后最重要的英语诗人。

听了这句话，我做了玛卡洛娃[①]在芭蕾舞剧《罗密欧与朱丽叶》中的一个动作，好让大家都放松下来。“啊，上帝，”我站在摩洛哥窗帘旁边，说道，“他没有泄露我战争受伤的秘密吧？说真的，斯图尔特，我知道不是每个人都能成为阿尔巴尼亚佐格一世国王的后裔的，但这也用不着到处吹嘘啊。”

斯图尔特碰了碰她的胳膊——我以前从来没有看到他表情自然地做过这个动作——然后低声地说道：“我对你说过，他讲什么你都不要信。”她点点头。我突然奇怪地感觉到我不在多数人的那一边。那的确很奇怪，因为他们只有两个人，而通常有需要更多的人，才能让我产生少数派之感。

让我来重构一下她那天的模样。我没有在记忆的行李寄存员那里存下她的面容和外表的精确模样，但我**觉得**，她当时穿了一件颜色介于鼠尾草与拉维纪草之间的衬衣，一条灰色的501s[②]水磨石洗牛仔裤，脚穿一双绿袜子，一双荒唐可笑毫无美感的运动鞋。栗色的头发梳向后面，夹于耳际，自由地背在后面；不施粉黛的脸一色白净，突出了她棕色的大眼睛；樱桃般的小嘴和挺括的鼻子处于锥形的椭圆脸庞的较低位置，使她傲慢的额头更加醒目。我不由自主地发现，她的耳朵几乎没有耳垂，毫无疑问，这种现在越来越多见的遗传特征连达尔文都无法解释。

---

① 娜塔莉娅·玛卡洛娃（Natalia Makarova，1940—），俄罗斯芭蕾舞女演员，当代芭蕾史上的传奇人物，同时也是一位极具天赋的音乐剧和戏剧表演艺术家。

② 美国服装品牌李维斯的一款著名牛仔裤。

是的，我想那就是她打动我的地方。

我不是那种在外围费劲地啰唆了一圈之后才最后说到紧要的私人问题的人。我不会大谈特谈当下的新闻事件来转移鸟巢里的一只凤头麦鸡的注意力：东欧的政治骚乱，非洲的最新**政变**，鲸鱼的生存概率，当前悬挂在格陵兰岛的衣钩[1]上的令人讨厌的低压涟漪。我把台湾乌龙茶端给吉莉安和她的“乡绅”之后，马上问她多大年纪，做什么工作，她的父母是否健在。

斯图尔特看上去就好像兔子抽搐的鼻子，但她心情愉悦地回答了所有的问题。我弄清楚了：她28岁；父母（母亲是法国人，父亲是英国人）分手多年，当年她父亲与一个荡妇私奔了；她自己呢，是一个勤劳的艺术女仆，她的工作内容是让往昔暗淡的颜料重新鲜亮起来。什么？哦，她是古画修复师。

在他们离开之前，我忍不住将吉莉安拉到一边，凑近脸告诉她我的一个金光闪闪的看法：运动鞋配501s牛仔裤，说实在的，绝对是一场灾难；这大白天的，就她这身打扮，穿街走巷一路走到我的公寓，不招致别人的公开嘲笑才怪呢。

“告诉我，”她问道，“你没有……”

“什么？”我催她把话讲完。

“你没有……你没有化过妆吧？”

---

① 从地图上看，格陵兰岛的不少海岸线形状酷似衣钩。

第三章

那个夏天我光彩照人

斯图尔特：

请不要那样排斥奥利弗。他做得是有点儿过，但本质上他心地善良，待人和气。很多人不喜欢他，有些还很厌恶他。但我们也要看他好的一面。他没有女朋友，几乎身无分文，做着内心非常讨厌的工作。他常常冷嘲热讽，其实不过是虚张声势。如果我能忍受他的嘲讽，你就不行吗？多往好处想他。看在我的分上。我很快乐。别让我烦心。

16岁那年，我们一道住青年旅舍，一路搭便车去苏格兰。我对每一辆路过的车子都做出搭车的手势，但是奥利弗只对他真正想搭的那些车子伸手示意，有些他不喜欢的车子停下来了，他还对那些司机怒目相向。所以我们这一路搭车搭得并不很顺。但是我们还是到了目的地。这里老下雨，白天我们不能待在青年旅舍，只好四处瞎逛，坐在巴士候车亭里躲雨。我们两个都穿着厚夹克，但是奥利弗从来不戴上兜帽。他说那样使他看起来像个僧侣，而他不想做出任何赞同基督教的举动，所以他总是淋得比我湿。

有一天我们待在一个地方——我想应该是皮特洛赫里附近的一个电话亭里，玩儿了一整天的舰队游戏。这是一种在一张画着格子的纸上跳格子的游戏，每个玩家有一艘战舰（走4个方格）、两艘巡洋舰（走3个方格）、三艘驱逐舰（走2个方格），以此类推。你必须击沉对手的舰队。我们玩儿了一局又一局，一个人只能坐在电话亭的地上，另一个人站着，靠在电话亭里放电话簿的架子上。我整个早上都坐在地上，下午则靠着架子。我们在村庄的商店买了受潮的燕麦饼，当中饭吃。我们玩儿了一天的舰队游戏，正巧也没有人来打电话。谁赢谁输我都记不得了。傍晚时分，天放晴了，我们走回青年旅舍。我戴着兜帽，所以我的头发是干的。奥利弗的头发则湿透了。太阳出来了，奥利弗拉着我的手，我们并肩而行。我们在一位女士面前走过，她正站在自己的门前花园里。奥利弗对她鞠了一躬，说："看！夫人。一个干僧侣，一个湿罪人。"她听得莫名其妙。然后我们继续朝前走，步调一致，手拉着手。

我与吉莉安认识几星期之后，就带她去见奥利弗。我得向她先说明奥利弗是什么样的一个人。你认识了我，但不能就此推断我最好的朋友是什么样子的。奥利弗常常让人讨厌，他有各种略显古怪的习惯和爱好，但是如果你见怪不怪的话，你就能很快认识奥利弗的本性。我对她说，他的房间可能窗帘紧闭，处处弥漫着线香的味道，但是如果她不表现出大惊小怪，那一切就没有问题。她的确没有感到大惊小怪，而我倒觉得奥利弗可能因此有点儿不高兴。不管怎么说，奥利弗是一个喜欢搞事的人。他确实喜欢给别人出其不意的惊喜。

“你的朋友不像你说的那样古怪。”我们离开的时候，吉莉安说。

“那就好。”

我没有对她说奥利弗今天的表现一反常态地好。

“我喜欢他。他很好玩儿。模样也不错。他化妆吗？”

“不化妆，据我所知。”

“那一定是光线的缘故了。”她说。

接着，在唐杜里[①]风味的晚餐上，在我喝第二杯啤酒的时候，我想起了一件事——现在我记不清是什么事了。我觉得有几个问题想问她，我觉得她不会介意的。

“你化妆吗？”我们一直在谈论别的事情，突然之间我抛出了这个问题。我脑子里觉得我们一直在谈论奥利弗，而她的回答——好像她也觉得我们一直在谈论奥利弗，尽管那时我们谈到了好几个不同的话题，但整个谈话似乎都在围绕奥利弗转——让我非常开心。

“不化妆。你难道分辨不出来？”

“我不会分辨。”

她的面前是吃了一半的提卡鸡肉[②]，喝了一半的白葡萄酒。在我与她的中间，立着一支粗短的红蜡烛和一枝塑料做的非洲紫罗兰，烛火已经浸到一摊蜡油之中了。透过烛光，我第一次好好端详了吉莉安

① Tandoori，印度最负盛名的美食烹饪方法，也叫泥炉炭火烹饪法。烤制的原料一般有羊肉、鸡肉、鱼、大虾、鱿鱼等。

② Tikka，一道常见的印度菜，用多种香料和酸奶混合在一起作为腌泡汁，用无骨鸡肉腌制而成，吃起来鸡肉味道酸酸辣辣的，还带有酸奶的香味，闻起来又有咖喱味。

的脸庞，她……对了，你亲眼见过她，不是吗？你注意到她左脸颊上的那个小雀斑了吗？你注意到了？那天晚上，她把头发拢过耳后，后面用两个玳瑁发卡夹起。她的眼睛似夜幕一般漆黑，我的眼光根本离不开她。我一直盯着她看。烛与蜡在不断地争斗，在她的脸上投下一片跃动的光影。我的眼光无法离开她。

“我也不会。”我最后说。

“也不会什么？”这次她没有自动接上这个话头。

“化妆。”

“很好。那你介意我穿运动鞋来配501s吗？”

“就我而言，你想穿什么，就穿什么。”

“这话有点儿轻飘飘的。”

“我真感觉有点儿神魂颠倒了。”

后来，我送她回到她与人合租的公寓，倚在生锈的栏杆上看她找钥匙。她让我吻她，于是我轻柔地吻了她，然后我看着她，又轻柔地吻了她一次。

“如果你不化妆的话，”她耳语道，“脸上这个就盖不住。”

我将她拥入怀中，双手环绕着她。我没有再吻她，因为我觉得我几乎想哭。接着我又拥抱了她一下，把她推进门去。我觉得如果再多亲热一秒钟，我真的会哭出来。我独自站在门口，闭上眼睛。吸气。呼气。

我们谈到了各自的家庭。我父亲几年前心脏病发作去世了，我母亲看起来应对自如——说实在的，她似乎有点儿兴奋。接着，她得了癌症，癌细胞到处都是。

吉莉安的母亲以前是法国人——不，我得纠正，现在是法国人。她的父亲曾经是一名中学教师。他去里昂接受了一年的培训，回来的时候带回了怀亚特夫人。吉莉安13岁的时候，她父亲与一个前一年毕业的学生私奔了。她父亲42岁，那个学生17岁。传言说，在他做她老师的时候，他们的关系就暧昧不清，那时她不过15岁。也有传言说那个女孩怀孕了。一个人一旦丑闻缠身，这丑闻就会越传越可怕。他们就这样私奔了，消失了。怀亚特夫人一定是受不了了，就像这两件事——丈夫死了，丈夫与别的女人私奔——同时发生了一样。

“这对你有多大影响？”

吉莉安看着我，好像我问了一个愚蠢的问题。

“太痛苦了。但我们挺过来了。”

“但是13岁……我不知道该怎么说……这个时候被父亲抛弃太不幸了。”

“2岁被抛弃也很不幸。”她说，“5岁也很不幸，10岁也是，15岁也是。”

“我只是想说……从我读过的文章来看……”

“40岁倒不是很不幸。”她用一种我从未听过的响亮的、几乎强硬的声音说，“如果他等到我40岁再和别人私奔，那就好了。也许他们应该把这定为一项规则。”

我心里想，我不想再让你碰到这样的事了。我们紧握着对方的手，不说一句话。我们的父母四人只剩下一人了。两个死，一个失踪。

“我希望人生就像银行业务一样就好了，”我说，“我的意思不是说人生直截了当。有时候人生实在是复杂烦琐，但是如果你付出了足够的努力，你最终还是能够理解它的。或者说，总会有人，在什么地方，能够理解它的。即使在后来，即使为时已晚。生活最大的困惑，在我看来，似乎是一切为时已晚，但你仍无法理解生活。”我注意到她正认真地看着我，“对不起，有点悲伤了。”

“你可以悲伤一下，只要你大多数时间都是开开心心的就好。”

“好吧。”

那个夏天我们**确实**非常开心。有奥利弗在我们身边，这起了很大的作用，我想确实是这样。莎士比亚英语学校的霓虹灯已经关了几个月了，奥利弗一直无所事事。他假装很忙，但这瞒不了我，于是我们一起游逛。我们一起在酒吧喝酒、玩水果机，一起跳舞看电影。如果我们愿意，可以凭一时兴起，一起做出愚蠢的事。吉莉安和我坠入了爱河。你也许会以为，我们只想两人待在一起，看着对方的眼睛，一起拉着手，一起上床。当然我们做那些事了，但我们也会和奥利弗出去闲逛。并不是你想的那样——我们不需要一个见证者，我们并不想炫耀我们处于热恋之中。与奥利弗在一起就是开心。

我们去了海边。我们去了弗林顿北边的海滩，吃冰激凌，租了帆布躺椅。奥利弗让我们在沙滩上用很大的字母写上我们的名字，让我们站在名字旁边，相互拍照。潮水一来，写在沙地上的名字就被冲刷得无形，看到这里，我们就感到难过，像孩子一样呻吟着呜咽起来。我们有点装腔作势，但是我们这样装腔作势，只因为我们看到自己的名字被潮水吞没的时候内心确实感到了悲伤。过了一会儿，吉莉安说了些“奥利弗说起话来就像字典一样”之类的话，奥利弗便在沙滩上发作了，我们都大笑起来。

奥利弗也与平时不同。在通常情况下，他和我一起跟女孩们出去，他在各个方面都比我有优势，即使他不是有意为之。但是现在我觉得他既不能得到什么，也不能失去什么，这样一切就简单了。我们三个人都隐约感到，这样的夏天是一次性的，这是我们的第一个也是最后一个夏天。因为不会再有另一个夏天让吉莉安和我坠入爱河——不是简单的恋爱或别的什么。那个夏天，是一个独特的夏天。我们都感觉到了。

吉莉安：

大学毕业之后，我开始接受社会工作方面的训练。这个工作我没干多久。但是我始终记得一个辅导员在某堂课上讲过的一句话，她说：“你必须谨记，每一种情形都是独特的，每一种情形又都是普通的。”

以斯图尔特的方式谈论你自己，有这样一个毛病：这会让人匆匆下结论。比如，当别人知道我的父亲和一个女学生私奔之后，他们总是用一种异样的眼光看待我。这意味着以下两点中的一点——如果不是两点都是的话：第一点，如果你父亲跟一个比你大不了几岁的人私奔了，这也许意味着他**真正**的想法是与**你**私奔；第二点，一个众所周知的事实是，那些被父亲抛弃的女孩常常恋上年长的男人，以此作为情感补偿。这就是你现在所处的情形吗？

对此，我会这样回答：首先，目击者没有出庭，也没有就此事接受过盘问；其次，仅仅是因为某件事是“众所周知的事实”，不意味着这个“众所周知的事实”与我有关。每一种情形都是普通的，每一种情形又都是独特的。如果你喜欢，你也可以这样倒过来说。

我不知道斯图尔特和奥利弗为什么要以这种方式谈论他们自己，这一定是他们玩的另一个游戏。就像斯图尔特假装他从未听说过毕加索，奥利弗假装他完全不懂珍妮纺纱机之后的任何机械发明。但我不想参与这个游戏。不想参与，非常感谢。游戏是为童年准备的。有时我觉得，我很小就没有了童年。

我想说的，就是我完全不同意斯图尔特对那个夏天，与奥利弗一同度过的那个夏天的描述。是的，我们两人共处的时间很多，开始上床了，等等，但是我们都是有理智的人，都知道，即使在热恋中，两个人也不应该如胶似漆，天天黏糊在一起。但在我看来，这也并不意味着非得与奥利弗一起玩不可。当然我喜欢他——一旦真正了解了他，你很难不喜欢他——但是他有控制欲，喜欢指挥我们干这干那。我不是真的在抱怨什么，我只是做出一点小小的修正。

这样聊天，往往就会有这样的问题。对被谈及的那个人来说，情况似乎并非那样。

我遇到了斯图尔特，我爱上了他，我嫁给了他，这是什么样的经历？

奥利弗：

那个夏天我光彩照人。为什么我们总用“那个夏天”来指代它呢？——只不过**去年**夏天而已。我猜想这就像一个完美保存的记号，准确无误、色彩透亮。那就是它在记忆中的样子。我们每个人那时都不着痕迹地捕捉到了它，我觉得。最为关键的是，我光彩照人。

在莎士比亚英语学校关门放暑假之前，我的情况有点儿吃紧。一种昏暗的情绪弥漫在我心头，一切由一个误解引起，但我没有告诉欢快的乡绅和他高贵的夫人，以免打搅他们的好事。我想，这样去打搅他们现在的心情，是不公平的。我发现了一个问题，我的外国学生身上存在的一个根深蒂固的问题：他们的英语说得不太好。这就是我昏暗情绪的根源。我的意思是，那个女学生在朝我点头或对我微笑，而奥利，这个可怜的、没脑子的老傻瓜奥利，竟然一下子得出了结论：这种外在的行为性抽搐就是表示我吸引了她这样一个可靠信号。这就导致了一个误解，在我看来，产生这样的误解是不令人奇怪的，这个误解，虽然其最终结局说来令人遗憾，却完全洗去了这个倒霉老师的罪责。我坚决不让她从我的公寓神色慌张地跑出去，在她突然泪流满面之时我依然不动声色——这样的说法完全是可笑的无稽之谈。我，一个狂热的歌剧爱好者，面对这样的催泪大戏怎么会如此无动于衷？我的校长，那一片来自久不喷发的死火山的可怕岩浆，竟然要求我放弃对学生的私下辅导，皮笑肉不笑地让**性骚扰**这个语义含糊的词徘徊在我俩之间的空气中。他又表示，在暑假期间，他可能会重新考虑雇用我的条件和要求。我回答说，在我看来，他的雇用条件和要求用于直肠植入手术是最好不过的了，连麻药都不用，这下他暴跳起来，说这件事最好经由警察交付“女王陛下的司法”的充分权威来裁决，或者至少交给某个陈腐的法庭，由它慢条斯理地对雇主与雇员之间的争执做出决断。我回应说，他当然完全有权做出这样的决定。接着我陷入了一种沉思，努力地想回忆上星期罗莎问我的有关英国社交习俗的事。她问我，定期来检查你的学业成绩的那些年老的先生，用手拍拍沙发垫来指示你接受问询时该坐的位置，而等你坐下来，他们的手却放在原地不动了——这种情况正常吗？我把我对罗莎的艰难答复知会了校长：我解释说，这与其说是个礼仪问题，倒不如说是个生理学问题；身体的极度衰老常常导致二头肌和三头肌的萎缩，结果导致大脑控制手指的理性中枢的指令链崩毁。罗莎走后，我就向校长汇报了这件事，不知怎的，他竟然浑身颤抖起来。这个时候，我才想起还有一两个别的女生过去一年中也问过我同样的问题。我已经不太记得她们的名字了，但是她们目前尚在校学习，可以将她们在放松的气氛中集合起来——或者，像警察局让嫌犯列队叫人指认那样——我觉得，这个事件肯定可以作为补充材料，在学校的周课“20世纪80年代的英国”上进行讨论。此时，校长的脸红得像校门口的霓虹灯，而我们互相盯着对方，眼神中毫无友爱之情。我觉得这一下可能要丢饭碗了，但是我无法确定。我的象将住了他的后，他的象将住了我的后。这一盘棋我们准备握手言和，还是准备两败俱伤？

要想看我那个夏天如何光彩照人，这些事情都应该被考虑进去。我说了，工作上的这些小麻烦我自己处理了，没有就此打搅斯图和吉莉[1]：依我的经验来看，分享一个麻烦并不会使麻烦减半，反而会使它在巨大的八卦网里传开。喂，有谁想要从辉煌的高处跌向悲伤的奥利?

回想起来，我郁郁寡欢的性格真的帮了我不少忙。他们在教室里给我留了最好的前排位置，这确实有助于驱散我的忧郁。确保他们自己的幸福时光的幼苗有时间生长发芽，扎根抽枝——为报答他们，还有什么比这更为实际的方法吗？有我跳跃的姿态在，害虫就躲得远远的。我是他们的蚜虫喷雾，他们的猫屁，他们的蛞蝓药。

我应该让你知道，扮演丘比特，并不只是在美丽的乐园飞来飞去，等最后恋人们终于亲吻在一起的时候，感受你的小鸡巴的兴奋跳动。事情多了去了：日程安排、街道地图、看电影，还有菜单、金钱和活动组织。你必须既是快活的啦啦队领队，又是温柔的精神医生。你必须有在场时隐身，缺席时在场的双重本事。别跟我说，让情侣感到快乐的活儿是不赚钱的。

我得把我的人生小理论告诉你。你知道，吉莉安的父亲与小美女跑了，那时吉莉安只有10岁——要么10岁，要么15岁，反正差不多那个年纪——那个年纪被错误地定义为“易受影响的年纪”，好像其他年纪就不那么具有可塑性似的。现在，我听那些信奉弗洛伊德主义的色迷迷的家伙说，被父亲遗弃的女儿，心理会产生很大的创伤，等女儿到了谈情说爱的年纪，她往往会去寻找一个遗弃她的父亲的替代品。换句话说，她们会去搞比她年纪大的男人。这种行为，实际上我

① 吉莉安的昵称。

总觉得几近病态。你看到过这样的老年男人吗？就是那种勾引年轻女人的老年男人：屁股高翘，迈着流里流气的大步，诱人的棕色皮肤，袖口的链扣闪着金光，干洗味十足。走到哪里，响指打到哪里，好像整个世界都是他们的服务生。呼来喝去，要这要那……真是恶心。对不起，我不得不说。想起长满老年斑的手掐着少女紧致的奶子——赶紧给我一个呕吐袋吧。另外还有一件事处于我理解的礁石之外：如果你被老爸抛弃了，你为什么做出决定要找老爸的替代品上床呢？把鲜花一样的年纪奉献给老咸猪手？啊哈，教科书给出答案了，你没有弄懂：女孩那样做的目的是，为被粗暴剥夺的安全感寻求一个替代品；她在寻找一个不会抛弃她的父亲。说得是有道理，但我的看法是：如果你被野狗咬伤，伤口感染，你还继续与野狗混在一起，这种行为是理智的吗？我要说，综合来看，这是不理智的。买一只猫，养一只鹦鹉吧，别再与野狗混在一起了。女孩会怎么做？她还是与野狗混在一起。我必须承认，这是女性心智中的一个模糊区域，还没有从理性的烤箱清洁器中获益。另外，我觉得这还很令人恶心。

你也许会问，我的这个理论如何解释这个吉莉安找斯图尔特这件事呢？当然，我的这位肥臀朋友，还没有到上面讲到的头发花白的好色之徒那般年纪，也没有带着未成年的美丽女孩开车奔向夕阳。也就是说，他没有成为吉尔的老爸。但是仔细打量斯图尔特，你就不得不得出结论：即使他现在还没有到那一把年纪，其实也差不多到了。我们来分析一下有关他的全部事实。他拥有两套中度黑灰色的西装和两套深黑灰色的西装。他受雇于一家银行，且不管他具体干什么工作，这家银行的老板爱穿细条纹内裤，很有体贴之心，一直会关照他，直到他退休为止。他交了养老金，买了寿险，要分担一半的为期25年的抵押追加贷款。他的食欲一般，性欲不知怎的也寡淡了（不要脸红）。他唯一不符合进入“50岁以上俱乐部”的条件是，他只有32岁。这些都是吉莉安明白的，都是她觉得她想要的。波希米亚式的烟火不是这桩与斯图的婚姻所能给予的。吉莉安到头来找了一个她能找到的最年轻的老头子。

他们两人正在英国的某一个海滩相互缠绵，还以为我没有看见，但我却说了上面这些话，合适吗？是朋友就不该那样。另外，我为斯图尔特感到高兴，他的肉乎乎、耷拉状的臀部，再也不用黄油来体现存在感了。他带着一种令人震惊的感激之情紧紧抓住吉莉安的手，就好像之前的那些女孩子总要他戴上烤箱手套一样。在她身边他好像不再那么笨手笨脚。他的舞跳得都比以前好了。我的意思是，斯图以前只会稀里糊涂地乱蹦，但那个夏天他竟然能双脚旋转，轻盈自在，活力四射。而我呢，在我的日程表记载的都是吉莉安的那些日子里，我一再抑制着自己，大大方方地不去引发令人不快的对比。有时候，在镶木地板上跳吉格舞的我，甚至显得一反常态地笨拙吗？也许吧。每个人都要为自己做决定。

我们就是那样，在那个夏天。我们的日程上没有悲伤两字。在弗林顿，我们玩吃角子老虎机，咔嗒咔嗒玩儿了两小时，但是从来没有连续得过三个水果——但我们不开心了吗？不过，我确实想到了一个刺心般悲伤的时刻。那是在海滩上，有人——也许是在啦啦队队长模式下的我——建议把我们的名字用很大的字母写在沙滩上，然后大家分别与自己的名字合影。我知道这是一种贝奥武夫[①]时代的老套游戏，但是你不能总想出新游戏来。轮到我与自己的名字拍照的时候，吉莉安走到斯图尔特身边，也许他得有人帮他设置自动对焦。下午将逝，一阵东风刮向北海，似乎招摇着在自我显摆；太阳正失去热度，大多数人都已回家。我孤零零地站在花哨的斜体“奥利弗”旁边（当然，名字的其他部分都用了大写），眼睛朝照相机看去。斯图尔特大喊：“Cheese[②]！”吉莉安喊：“Gorgonzola[③]！”然后斯图尔特喊：“Camembert[④]！”吉莉安又喊道：“Dolcelatte[⑤]！”突然，我感觉想哭。我站在那里，凝视着上方，哭了出来。阳光照进我的泪眼，我什么也看不见，眼前只有一片炫目的色带。我感觉我可能要哭个没完。这时斯图尔特大喊：“Wensleydale[⑥]！”我哭号得更厉害了，哭得像一只豺狼，像一条可怜的野狗。过了一会儿，我坐在沙滩上，用脚踢着字母“R”，直到他们过来营救了我。

很快我就又开心了。他们也很开心。你注意到了吗？当人们坠入爱河的时候，他们会突然产生一种复原力。这不仅意味着，没有什

---

① *Beowulf*，现存古英语文学中最古老的作品，完成于公元8世纪左右，讲述了斯堪的纳维亚的英雄贝奥武夫的英勇事迹。

② 英文原意为奶酪。这是照相时照相师请被拍人张嘴微笑的常用提示语，犹如中文中的茄子。下面吉莉安和斯图尔特又开玩笑似的喊出了欧洲几种奶酪的名字。

③ 意大利戈根索拉奶酪。

④ 法国卡芒贝尔奶酪。

⑤ 马德里的一种奶酪。

⑥ 英国温斯利代干酪。

么能伤害他们（**那是**古老而世故的幻想），而且还意味着，没有什么能伤害他们在乎的任何人。奥利兄弟？突然在海滩上哭泣的人？朋友们为他拍照时情感崩溃？不，这都不算什么。叫那些穿白大褂的人走开，也不要叫救护车，我们有自己的急救包。这叫爱。各种各样的小盒子。这是绷带，这是膏药，这是软纤维布，这是纱布，这是乳霜。看，甚至还有麻醉喷雾器。在奥利身上试用一下。看，他摔倒了，打碎了他的皇冠。喷，喷，呼，呼，好了。好多了。奥利，你起来吧。

我站了起来。我站起来，又变得快活了。快活的奥利，我们已经治好他的伤了。那就是爱的力量。要再来一针吗，奥利？最后来杯饮料提提神？

那天晚上，他们开着吉莉安那辆令人讨厌的、普通得不能再普通的车把我送回了家。绝对不是阿斯顿·马丁的“拉贡达”牌[①]。我下了车，他们也下了车。我轻轻地吻了一下吉莉的脸颊，弄皱了斯图尔特的衣服，而他正以关切的目光看着我。我迈着努里耶夫[②]般轻盈的舞步走上门前的台阶，一溜烟地穿门而入，然后一头倒在善解我意的床上，大哭起来。

① Lagonda，英国一著名的名贵汽车品牌。拉贡达公司成立于1906年，1947年至1976年，在阿斯顿·马丁V8平台上生产了7辆四门轿车。

② 鲁道夫·努里耶夫（Rudolf Nureyev，1938—1993），苏联—奥地利芭蕾舞演员，一生跌宕起伏、坎坷传奇，他的悬空跳跃和快速旋转堪称完美。

第四章
现在

斯图尔特：

就在现在。就是今天。我们上个月结婚了。我爱吉莉安。我很幸福，是的，我很幸福。我终于结婚了。现在正是**好时候**。

吉莉安：

我结婚了。我的心里有一个声音对我说，你不会结婚的；另一个声音不同意这桩婚事；老实说，又有一个声音对这桩婚事感到一点儿害怕。但是我坠入爱河了。斯图尔特是一个好人，他非常爱我。现在我是有夫之妇了。

奥利弗：

啊，见鬼。啊，见鬼见鬼见鬼见鬼，见鬼。我爱上吉莉了，我也刚刚意识到。我爱上了吉莉。我太吃惊了，真被吓到了，吓得屁滚尿流了，真他妈的该死。我吓得都没有小脑了。从今往后我该怎么办？

第五章
一切从这里开始

斯图尔特：

一切从这里开始。我对自己不断地念叨着这句话—— 一切从这里开始。

在学校里我向来成绩平平。从来没有人鼓励我应该争取上大学。中学毕业后我进修了一门经济和商业法的函授课程，然后被一家银行录用为一名普通实习生。我在外汇部上班。我最好还是不要提这家银行的名字，怕他们不喜欢我这样做。但你一定听说过这家银行。他们对我说得很清楚，我绝对不会成为一个有远大抱负的人，但是每一家公司总是需要一些不那么雄心勃勃的普通职员，做普通员工我心安理得。我的父母属于这样类型的家长，他们不管你做什么事，心头总会感到一丝失望，好像在任何细微的地方你都辜负了他们的期望。我觉得这就是我姐姐离家搬到北方去住的原因。在另一方面，我倒看清了我父母的所思所想。我过去是有点儿令人失望。我对我自己也有点儿失望。我以前解释过，我为什么不能与我喜欢的人自在相处，我为什么不能让他们看到我的优点。现在我意识到了，我的大部分生活就是如此。我无法让别人理解我的想法。但是这时吉莉安出现了，一切从这里开始了。

我想奥利弗的话让你产生了这样的印象：我在结婚的时候是一个童男。毫无疑问，在提出这个假设的时候他用了很巧妙的言辞。不过，我想告诉你，这不是事实。我不会把什么事都告诉奥利弗。我敢打赌，你也不会把什么事都说给奥利弗听。他一高兴，就满嘴跑火车，他一不高兴，就恶声恶气，变得非常不友好。所以，不让他知道你生活的每一个细节，是人之常情。我们经常搞四人约会，但这样的约会无一例外，都统统失败。奥利弗总能找来女孩子，我总是出钱付账，一般情况下我总是提前将他该付的那份钱悄悄塞给他，这样，女孩子就不会知道这账实际上是谁付的。有一次，他甚至叫我将所有的钱先交给他，这样，看上去好像所有人的钱都是他付的。我们去一家餐馆吃饭，奥利弗非常霸道，什么事都要他说了算。

“不行，你不能把**那个**做主菜。你的开胃菜里已经有蘑菇和奶油了。”要么小茴香和潘诺酒。要么这个，要么那个。你是否有这样的感觉：这个世界是不是对食物的兴趣**过多**了？我的意思是，毕竟，很快就会在那一头出来的。你无法储存食物，无法储存很久。这个不像钱。

“但我喜欢蘑菇和奶油。”

“那么把它做主菜，将茄子做开胃菜。”

“不喜欢茄子。”

“听说过这句话吗，斯图？她看到光溜溜的茄子就退缩了。好吧，今天我要把你改造一下。”

如此这般，接着就与服务生讨论葡萄酒。有时候我在这个点去上洗手间，奥利弗会先对大家说：“今晚我们来一瓶亨特河霞多丽怎么样？”

在理论上征得了大家的同意之后，他就开始折磨这可怜的服务生了：“你要建议我们喝‘珍藏酒’吗？你说这酒瓶装年份足够了吗？我喜欢霞多丽的浓烈和黄油味，但是也不要**太**浓烈和**太**有黄油味，你懂的。这瓶怎么样？我发现殖民地的居民对葡萄酒瓶使用木塞痴迷过头，你没有发现吗？”

大多数情况下，服务生会奉陪，知道他是这样一个顾客：尽管问个不停，实际上不会听取任何建议，就这样慢慢折磨他，就像钓鱼人钓上了一条鱼，不慌不忙收着鱼线。终于点完餐了，但我的焦虑并不到此结束。奥利弗还得在大家面前表现出他对自己选择的葡萄酒十分满意的样子。为此，他咂吧咂吧嘴巴，把酒含在嘴里久久不咽，半闭着眼睛，神秘地沉思半晌。接着，他说他在什么地方读到过一篇文章，上面说不用倒在酒杯里就能品味出葡萄酒的好坏，要诀就在于，不要去看这是否是你喜欢的酒，但一定要确信这酒瓶没有使用木塞。如果你不喜欢这酒的味道，那就太糟糕了，因为这是你自己选定的。你该怎么办才好？如果你是酒场老手，你就把酒杯一晃，鼻子一闻，你马上就知道这酒是否淡而无味。这就是奥利弗常常做的动作，他将他的表演压缩为这样的连贯动作：喝下去的时候声音弄得很大，紧接着是敷衍了事地点头。有时候，如果有一个女孩不明白他为什么这样做，他就长篇大论地解释他为什么实际上没有品尝到这酒的味道。

我必须说，我与奥利弗出去这么多次，他点过不少下等酒。很多酒瓶是用木塞的，我也就不奇怪了。

但是，那有什么关系？我认识吉莉安的时候，我是不是童男，又有什么关系？我说过，我不是童男，但是，即使如此我也不欺骗自己，我向奥利弗隐瞒的这一生活细节是我人生的辉煌战果中的一个。我想，这非常普通——不管这普通两字在这个语境下意味着什么。有时候，这非常好，有时候这又令人焦虑，有时候，我不得不提醒自己不要想中间状态的其他事情。普通，你懂的。接着，吉莉安出现了，一切就从这里开始了。是时候了。

我喜欢这个词，**是时候了**。现在**是时候了**。不再是**以前**了。**以前**已经过去了。我让父母失望过，这没有关系。我让自己失望过，这没有关系。我不能让别人明白我的想法，这没有关系。那是以前，都过去了。现在**是时候**了。

我说的不是这个意思：我突然改头换面，成了另外一个人。我不是那只被哪个童话里的公主轻吻了的青蛙。我没有突然变得令人难以置信地聪明和好看——你会注意到的，是吗？——我没有突然变成了一个有宏大抱负的人，我也没有一个可以将吉莉安揽入怀抱的大家庭。（世上有那样的家庭吗？在电视里你总看到那些令人向往的家庭，有无数的古怪老姨妈，无数可爱的孩子，各色有趣的大人，他们生活沉浮不定，但总是能同舟共济，“站在家族的一边”——不管这个词语意味着什么。）我的生活从来没有像那样。我所认识的人似乎都有一个破碎的小家，导致家庭破碎的原因有多种：有的是亲人去世，有的是父母离婚，有的只不过是家人意见分歧，或家庭生活无聊。我认识的人当中，**没有一个人**有“家庭”的感觉，只是有一个他们喜欢的妈妈、讨厌的爸爸罢了，或者有一个他们喜欢的爸爸、讨厌的妈妈。我所遇到的古怪的老姨妈之所以古怪，是因为她们是不为人知的酒鬼，身上的味道就像没有洗过澡的狗，或者得了阿尔茨海默病或别的什么病。这就是我的生活，我一直过着与以前一样的生活，现在看来，我以前什么样，一点儿关系都没有。公主轻吻了这只青蛙，青蛙也没有变成英俊的王子，这没有关系，因为她喜欢他青蛙的样子。如果我变成了一个英俊的王子，吉莉安可能会让我——让他——马上离开家。她，吉莉安，不是奔着王子来的。

我可以告诉你，我去见她母亲的时候真有点儿紧张。那天早上，我把皮鞋擦得油光锃亮，将一切安排停当。岳母（我心里早就把她当成这个角色了）？法国岳母？她被一个英国男人遗弃，今天她女儿带着另一个英国男人来见她，这个英国男人说是想娶她女儿。我想象她是这样一个女人：冷若冰霜，坐在一把镀金小椅子上，身后是一面花哨的镀金镜子；或者：身体肥胖，满脸通红，从炉灶边出来，手里拿着一把木勺，浑身散发出大蒜和汤锅的味道，上来给我一个大大的拥抱。总的说来，我绝对愿意她是后面那种女人，但是结果她哪种都不是（真是各人有各样的家庭啊）。怀亚特太太，或怀亚特夫人，穿一双黑漆皮鞋，一套带点棕色的漂亮套装，上面别着一枚金胸针。她彬彬有礼，但是并不表现出过分友好，她带着不屑的神情看着吉莉安身上穿的牛仔裤，但没有说什么。我们一道喝茶，一道谈论各种事情，但就是没谈我非常感兴趣的两个话题：我爱上了她女儿，她丈夫跟着一个女学生跑了。她没有问我的前途如何，没有问我挣多少钱，也没有问我有没有与她女儿上过床——所有这些，我以为，都是可能的谈资。她是——从前、现在都是——一个人们所说的结实好看的女人。结实好看，这个说法总让我感觉有点儿自命不凡。（这个词是什么意思？它的意思大概如此：有令人惊奇的迷恋价值，如果迷恋那个年纪的女人，是被社会认可的话。或许有人真的——过去和现在——迷恋着怀亚特夫人。我倒愿意真有这样的事。）也就是说，她体格坚实，身材匀称，可能染过的头发显然经常梳理，她的一举一动表明，从前她走在街上是有百分之百回头率的，希望你也能明白这一点。喝茶的过程中我多看了她几眼，不是出于礼貌的注视，而是想借此努力想象吉莉安以后的样子。这应该算得上是一个关键时刻，对不对？第一次见到你妻子的母亲。你应该要么去跑上一英里，要么快活地瘫倒在地。哦，是的，如果她以后变成**那样**，我就更能处理了。（这就是这个年轻人脑子里打转的东西，这未来的岳母一定是明白这一点吧？或许她们故意装出非常可怕的样子，好将他吓跑。）但是在怀亚特夫人身上，这两种反应我都没有看到。我看着她的脸，看着她下颌的形状和前额的弧线；我看着这位母亲的嘴巴，这可是这个姑娘的母亲——这个姑娘的嘴巴我是怎么也吻不够的。我看啊，看，虽然看出了母女相像的地方（前额、眼睛的结构），但我要说，别人可能自然而然会将她们看作母女，但我不这样看。我看不出来吉莉安将来会变成怀亚特夫人的样子。这是完全不可能的，原因很简单：吉莉安不会变成别的**任何人**的样子。她当然会变化。我是爱上了她，但我不会笨到连那个也不知道。她会变，但不会变成别人，她只会变成另一个版本的自己。我会看着她变的。

“怎么样？”我们开车离开家的时候，我这样问她，“我通过了吗？”

“没人考你啊。”

“哦。”我有点儿失望。

“她做事不是那样的风格。”

“那她是怎样的风格？”

吉莉安没有马上回答，她换了挡位，咬紧了嘴唇。这嘴唇真像——又一点儿也不像——她母亲的嘴唇。过了一会儿，她回答道：“她喜欢等。”

一开始我不喜欢她的回答。但是，后来，我想，很好。我也可以等。我可以等到怀亚特夫人看清我的为人，等到她明白吉莉安为什么会看上我。我可以等到她认可我，我可以等到她明白我为什么能给吉莉安幸福。

“开心吗？”我问她。

“嗯。”她的眼睛一直盯着前方，左手短暂地放开了换挡杆，拍拍我的大腿，然后将手收回，换挡，“开心。”

我们要生孩子的，你懂的。不，我的意思不是说她已经怀孕了，当然如果她现在怀孕了，我也不会太在意的。这是一个长远计划。说实在的，我们还没有好好讨论过这件事。有一两次我看到她与小孩子相处，她好像天生喜欢孩子。他们在一个波段上。我的意思是，她好像习惯于孩子们的行为方式，对孩子们遇事的反应也不感到惊奇。她似乎觉得孩子们的行为都是正常的，她可以接受。我一直认为孩子是没问题的，但是我还不能完全理解他们。我看不透他们的心思。他们为什么是这个样子：对小事大惊小怪的，对要紧的大事却不管不问？他们一头撞到电视机的角上，我想这下要撞得头破血流了，但是他们的身子弹回来，啥事儿也没有。下一刻钟，你看到他们静静地坐在那里，屁股鼓鼓的，垫的尿布得有15张吧，突然间他们哭开了。怎么回事？为什么他们没有一丝分寸感？

即使这样，我还是想与吉莉安生小孩。这似乎是一件自然而然的事。我想等时机合适了，她也一定想要小孩的。等时机合适了——有些事，女人是明白的，不是吗？我早就对他们，就是我们将要生的这些孩子，许下了一个诺言——我不会像我自己的父母那样去对待你们。我要努力去理解你们的意图，不管你们的意图是什么，我会支持你们的。不管什么事，凡是你们想做的，我都支持。

吉莉安：

有一件事我很为斯图尔特担心。有时候，我在这里，在工作室里工作很久——这个工作室不大，只有12英尺见方，但工作室这个名字听起来却有点儿大——收音机里飘着音乐，我几乎处在一种自动工作的状态。我突然想到，我希望他不会感到失望。你结婚才一个月，就说这样的话，也许有点儿令人怪异。但情况确实如此，这是我的心里所感。

我一般不向人提起我曾经做过一个社会工作的实习生。我倒是不在乎有人会说风凉话，或做出粗鲁的推断。比如，显而易见的是，我想为客户做的事情，就是弥补他们的人生，修复他们的关系，但我却无法为我的父母做这样的事。对此，所有人都看得很清楚，对吗？除了我。

即使我在某种意义上是在做这样的事，我当然一无所成。这样的活儿我干了18个月，然后就打包走人了。在这段时间里，我见过太多失落的人。我几乎天天看到伤害，看到生活出了大问题的人，感情上的，社会关系上的，财务上的——有时是自我造成的，大多数是别人给他们的伤害；家庭带给他们的不幸。父母，丈夫，她们永远无法释怀的东西。

还有别样的伤心失落的人。那些伤害真是够大的，无法挽回。这些人开始对世界抱有很高的期望，然后都把一切交给精神病患者和幻想家了，都去相信酒鬼和打手了。他们就这样维持了很多年，那种坚持不懈的精神真不可思议，在毫无理由可以再相信什么的时候，在只有疯子才可以再相信什么的时候，他们继续保持着信仰。直到有一天，他们只得无奈放弃。有一个名叫吉莉安·怀亚特的22岁的社会工作实习生能为他们做什么？听我的，专业人员加上乐观情绪，对这些客户几乎没有什么用处。

人的精神垮了，这就是无法面对的东西。后来，我开始爱上斯图尔特的时候，我就想：请不要让他失望。以前我与别人在一起的时候，从来没想过这一点。从来不担心他们的长远未来，从来不担心他们到头来会变成什么人，从来不担心他们最后回望人生时会怎么想。

听着，我不再玩这个……游戏了。坐在角落里，嘴巴里塞着手帕，这同样毫无意义。我想说什么，就去说什么吧，知道什么，就去说什么吧。

在认识斯图尔特之前，我与很多男人约会过。有好几次几乎可以说爱上人了，但有一年时间，我没有找任何男人，没有性生活——这两种情况都很麻烦。我找过的不少男人，有人说“年纪大得足以做我的父亲”。我也找过很多年纪不大的男人。那又怎么样呢？有人得到一丁点儿消息，就马上去炮制他们的理论了。我嫁给斯图尔特，是不是因为我觉得他不会像我父亲那样令我失望？不，我嫁给他是因为我爱他。因为我爱他，尊重他，迷恋他。我开始并不迷恋他，不那么迷恋。迷恋是一件复杂的事情，除此之外，从我刚才的说法中得不出任何别的结论。

我们曾经手里拿着雪利酒杯，坐在那个酒店里。那是选美比赛吗？不，这是一群有理智的人迈出了人生中非常有理智的一步。这样的方式正适合我们两个，我们很幸运，但是我们不“只是”幸运。自我哀怜地孤坐一旁，并不是交友的好方法。

我认为，人活着必须弄清楚自己擅长做什么、不会做什么、想要什么，然后朝着目标努力，这样就不至于以后后悔。上帝啊，这说起来很好听。话语不能总确切表达你的想法，是吗?

也许那就是我热爱我的工作的一个原因。不用嘴巴说话。坐在顶楼的房间里，手拿拭子、溶剂、刷子和颜料。我的面前只有画，想听音乐，就打开收音机，这里没有电话机。我真的不希望斯图尔特有事没事老打电话过来，那会打乱这里的工作气氛。

有时候，你在修补的这幅画会与你交谈。这个工作最有意思的方面就是这个，你去掉厚厚的颜料，结果发现底下意想不到的东西。当然，这样的情况不常有，但是一有这样的情况，一切辛苦都值了。比如，19世纪的油画画了太多的女人胸脯，有时候，你在修补一个意大利贵妇的画像，慢慢地你却发现有一个婴儿在吃奶。这个贵妇在你的面前成了圣母。这么多年来，好像你是第一个揭开这个女人秘密的人。

前几个月，我在修复一幅表现森林的油画，结果发现里面藏着一只野猪，这就完全改变了这幅画。原来以为这是一个骑马人悠闲地穿行在森林里——应该是在郊游吧——等我发现了这只野猪，一切就完全清楚了：这是一个打猎的场景。这只野猪竟然在一个很大的但不甚清晰的灌木丛后面隐藏了差不多100年。在我的工作室里，虽然没有说一句话，一切都摆在你眼前了，好像这画本来就如此。只要你把厚厚的颜料刮去就是了。

奥利弗：

啊，见鬼。

都是因为她的那张脸。那时，她站在结婚登记所的外面，身后

是市政厅的那个大钟，正嘀嗒嘀嗒地记录着幸福婚姻最初的闪光时刻。她穿着一件亚麻套装，豆瓣菜汤那样的灰色，一条裙子正好露出膝盖。亚麻，我们都知道，是很容易起皱的，就如腼腆的爱情，但穿在她身上毫无褶皱。她的头发往后梳向一边，面露微笑，但这微笑并不针对任何特定的人。她并没有紧紧贴着臀脂肥厚的斯图，但她还是挽着他的胳膊，这是事实。她站在那里光芒四射，她的身体完全在那里，但是她的心却不在，她的心离开了这热闹的场面，躲进了某一个私密的角落。只有我看出了这一点，其他人只看到她面露幸福的光芒。但是我能看出来。我走上前去，吻了她的脸，对着她那只没有被头发遮住、没有耳垂的耳朵轻轻地送上祝福。她听到了，但是表现出我并不在她面前的样子，于是我对着她的脸做了几个动作——信号员对失控的快车使劲挥旗，差不多这一类——这一下，她的注意力暂时放到我身上了，笑了笑，接着又回到了她隐秘的婚事喜悦中了。

“你的样子真像一件珠宝。”我说。但她没有反应。如果她有反应，或许情况就不一样了——我不知道。因为她没有反应，所以我多看了她几眼。她的脸整个是绿色加栗色，喉咙闪着翡翠绿的光芒。我的视线在她的脸部上下漫游，从她突出的额头的曲线，到她的下巴上梅子一样的凹陷；她的脸颊常常是苍白的，今天涂抹成了粉红色，就像提埃坡罗[①] 画的黎明，但是我不知道这支化妆笔是外在的，装在她的手提包里的，还是内在的，是由心中的狂喜而形成的，我猜不到，也不愿意去

① 乔凡尼·巴蒂斯塔·提埃坡罗（Ciovanni Battista Tiepolo，1696—1770），巴洛克及洛可可时期意大利著名画家，威尼斯画派最后的代表人物。

猜；她的嘴巴被一种好像永远不会消退的似笑非笑的神情包围；她的眼睛是她最丰盛的嫁妆。我在她的脸上**漫游**，你听到了吗？

我不能忍受的是她那似在又不在的感觉，我好像在她面前，又好像不在她面前。记得某些哲学家的理论吗？他们说，我们只有在别物或别人（而不是我们自己）认为存在的情况下才是真的存在的。在新娘子对他摇摆不定的认可中，老奥利感到他的存在是摇摇晃晃的，是充满危险的。如果她一眨眼，我就可能消失。也许这就是我将自己变身为抓取快乐瞬间的黛安·阿勃斯①，手握照相机，快活地上蹿下跳，为的是找到一个角度，将胎盘时期就甲状腺肿大的斯图尔特的身体变成一个让人哭笑不得的T形。替代性行为。你看得出来——绝对的失望，对遗忘的恐惧。当然他们永远猜不到。

这是我的错，但又不是我的错。你知道，我想要他们在教堂举行婚礼。我想做伴郎。我的这个想法，他们当时不理解，我也不理解。我们都没有宗教意识，家里也没有人是正统的基督徒，所以无人能抚慰我们。但是，没有穿镶褶边的白色神袍的家伙在场，也不至于导致因为继承权的剥夺而**切腹自杀**。但是奥利弗一定是有先见之明的。我说我想做伴郎。我说我想让他们办一个教堂的婚礼。我一直在他们耳边唠叨这件事。我后来还大喊大叫了。变得有点儿像哈姆雷特了。那个时候我喝醉了——如果你一定想知道的话。

“奥利弗，”过了一会儿，斯图对我说，“你是不是疯了？这是

① 黛安·阿勃斯（Diane Arbus，1923—1971），美国知名摄影师。

我们的婚礼。我们请你来，是叫你做我们的见证人的。”

我提醒他们两个人，古老仪式的力量有多大，能带来多少的婚姻幸福，镏金的《圣经》又是多么庄严。“快点，”我最后请求他们，“快叫牧师来。”

斯图尔特那肥嘟嘟的小脸一下子紧绷到了极致。“奥利弗，”他说，在这个神圣的时刻，竟然滑稽地用上了冷冰冰的商业语言，“我们请你来，是来做见证人的，这是我们最终的邀约。”

“你们会后悔的，”我大喊起来——来自中欧的一个工商业大佬就这样被垄断委员会击败了，“你们会后悔的。”

我所说的先见之明是这个意思——如果他们在教堂举办了婚礼，她就要穿白色蕾丝边的新娘服，就会有头披婚纱、婚裙拖地之类的场面。我或许会在教堂外面看着她，就像看又一个流水线新娘一样。这样，以后的所有故事就不会发生了。

一切都是因为她的那张脸。但当时我并没有意识到。我想那时我也只是兴奋了一点儿，与其他人一样。但是我就此消沉了。不可想象的事情发生了。像魔鬼那样坠落，像1929年的股市那样坠落（这是说给你听的，斯图）。就此我也好像换了一个人似的，彻底改变了模样。你一定听说过这样一个故事，一个人早上醒来发现自己变成一只甲壳虫。我是那个甲壳虫，早上醒来发现自己有变成人的可能。

不是说，那个时候我的感知器官明白了这一点。坐在婚宴上的时候，我始终坚持这样一个平常不过的看法：我脚下沙沙作响的废弃物就是一堆包香槟酒瓶的衬纸。（我必须要求亲自开启这无年份的小小的香槟酒瓶，这样的酒斯图尔特买了一大批。这年头没有人知道怎么开香槟了，服务生也不会。服务生都不会。我一再对他们说，要点不在于将瓶塞噗的一下麻利弹开，于是瓶口猛地喷出香槟泡沫。不，不要这样。开瓶要轻，那声音就像修女放一个屁。按住瓶塞，摇晃瓶子。这是秘诀，我还要重复多少次？别提白色餐布上的花样，别提按在木塞头上的两个大拇指，别提将瓶口对准天花板凹槽里的顶灯。只要按住木塞，晃动瓶子就行了。）那天下午像风滚草一样打到我脚踝的不是无年份的玛姆酒的泡沫，而是我的前身丢弃的皮，我的甲壳虫硬壳，我的蜕去了的棕色外皮。

惊慌——这是我的第一反应，不管刚刚发生了什么事。当我意识到，我竟然不知道他们将去何处度蜜月，这种惊慌尤其加深了。［对了，在法语和英语中都保留了这同一个词语“Lune de miel”，真是太愚笨了。你可能会想我们当中会有人抓耳挠腮去想出一个新词，而不是接受这个现成的语言学遗产。或者说，问题出在这里：词语一样，是因为经验一样。对了，如果你对词源学有强烈兴趣的话，你应该知道英语中的**蜜月**一词（Honeymoon）只是近期才出现的，用来指代一个主要用来购买免税商品，在同一个地方拍太多彩色照片的婚后假期。约翰逊博士在他那本不时叫人哭笑不得的《大辞典》中，如此定义蜜月——他可不是想让你发笑的：“结婚后的第一个月，除了柔情和快感，别无其他。”伏尔泰，这位更具同情心的先哲，一不小心给自己倒了最好的勃艮第酒，而让客人享用普通的酒。他在其中的一个哲学故事中写道，紧接着蜜月之后，下一个就是苦艾酒月了。］

你明白了吧，我突然感到无法忍受了，因为我不知道接下去的三个半星期里，他们两个人要一起去哪里。（不过回头看来，我倒是在想，是不是新郎的下落让我大为恼火？）午宴即将结束之时，斯图尔特歪歪斜斜地站起身，告诉客人们——为什么非得选这个时机来宣布这忏悔性的请求——他接下去“只是想给酒换瓶”（听听他们用了何等可怕的说辞：我的朋友是从哪个携带猎兔犬去打猎的部门经理那里偷来那个说法的）。听到这里，我一句话没说，就从椅子上起身，一脚踢开我过往生活的废墟，就是现在我脚下的一堆香槟瓶衬纸，跟着他朝男厕所走去。

我们两个人并排站在与屁股平齐的瓷做的便器前，目光严肃，向前盯着，好像英国人盯着墨西哥行刑队，谁也没有斜眼偷看一下对方的便器。我们就这样站着，一对情敌，但是心里还不完全明白对方是情敌，各自抓着自己的**阴茎**——我是不是要向新郎提供如何调度那玩意儿的建议？——将几乎没有变质的可以重新装瓶的无年份的玛姆酒洒进装清香剂的紫罗兰色的小方盒子里。（如果有很多钱，我的生活将会有怎样的改变？我会不断干这两件奢侈的事：让人每天早上为我洗头，朝碾碎的冰块上撒尿。）

我们撒的好像比喝下的还要多。斯图尔特尴尬地咳嗽起来，好像在说：“原来是你啊，我还没有撒到一半呢。”我觉得这似乎是一个问他婚后计划到哪里去撒野的好时机。但我所得到的回答是，斜眼的傻笑和嘘嘘的撒尿声。

“不要这样，真的，”大约一分钟之后，我一边洗手，一边又问他，他在毫无必要地用一把臭烘烘的塑料梳子刮着他的头盖骨，“你们要去哪里？你要知道，万一有事我要联系你们。”

“国家机密。甚至连吉莉安都不知道。我只告诉她带上轻便的衣服。”

他还在那里傻笑，于是我想需要用上少年时期的猜谜游戏。我随便抛出斯图尔特可能会去的多个地名，比如佛罗里达、巴厘岛、克里特岛、西土耳其……每个地名都会被他扬扬自得的点头所否定。我试了世界上所有的迪士尼城，猜了几个以沥青铺路的香料之岛；我猜他会去马贝拉，想他一定会去桑给巴尔岛，最后直接猜到他要去圣托里尼岛。我什么也没猜着。

“要知道，可能会有什么事要联系你们……”我又开始这样说。

“在怀亚特夫人那里留了一封信口封好的信。”他回答我，一反常态地用一只手指碰了一下鼻子，好像他在间谍学校学来的就是这些。

“别他妈的这么小资。”我喊了起来。但是他就是不告诉我。回到宴会桌上，我的情绪昏黑了几分钟，然后又强作欢颜，继续履行我逗乐婚礼来宾的任务。

他们去蜜月旅行的第二天，我打电话给怀亚特夫人，你猜怎么着？那个老浑蛋竟然不告诉我。声称没有打开过这信封。我说我想他们，想打电话给他们。这是真的。我的确想他们了。我差不多要在电话里哭起来了，但是恶龙夫人就是不从。

到他们该回来的那个时候（是的，是克里特岛，我猜到过，但他未置可否，这个两面三刀的杂种），我知道我坠入爱河了。我收到了来自希拉克里翁的“阳光加性爱”明信片，设法弄清楚了他们的返回日期，我打电话到机场，查询了他们可能乘坐的各个航班，然后到盖特威克机场接他们。当展示板噼里啪啦打出他们航班的“行李已到大厅”的信息时，在我的肚子里很多敲钟人同时拉动了他们手中的钟绳，我脑子里响起的这可怕的当当声只有靠酒吧里的几杯酒才能平息。然后，我就等在栏杆外面，周围的各色人等都为马上见到心爱的人而兴奋不已。

我看到他们了，但他们还没有看到我。斯图尔特推着一辆一个轮子被锁住的小推车——他就是那样，专挑这样的推车——他滑稽地弯着身子，在海关人员温柔目光的注视下从那里走了过来，他推着车歪斜地走着，这个样子遭到了吉莉安无所忌惮的大笑声和小推车无休止的吱嘎声的嘲弄。我理了理这顶借来的司机帽，举出用粗糙的笔画写出的标牌，上面写着“斯图亚特·休斯夫妇”——这故意拼错的名字，我想应该算是我的一个杰作[①]。我深吸一口气，准备直面我那即将到来的混乱不堪的生活。在她发现我之前，我就一直在注视着她，我轻轻地对自己说，一切从这里开始。

---

① 奥利弗故意将Stuart错拼成Stewart。

第六章

远离阿尔茨海默病

斯图尔特：

你知道，这真是相当叫人不快。我一直为奥利弗感到难过。我的意思不是说，我不应该——不，现在我可以举出很多理由——只是，这件事太令我不快了。我本不应该对他有这种想法的，但是我确实有。你见过那种布谷鸟钟吗？里面有一个预报天气的小人的那种。钟敲响时，布谷鸟就叫，接着一个小门打开，出来一个预报天气的小人。要么出来一个预报好天气的小人，满脸堆笑，穿着晴天的衣服；要么出来一个预报坏天气的小人，带着雨伞，穿着雨衣，一脸的暴躁。要点是，这个小门每一次只能出来一个小人，不是因为两个小人一起出来就无法预报天气，而是因为这两个小人是用一根金属杆连在一块儿的：一个出来时，另一个只得待在里面。我与奥利弗也总是这样的情形。我一直是拿雨伞穿雨衣的那一个，被迫待在漆黑的屋里。现在，该我出来见太阳了，那样的话，奥利弗就得委屈一下了。

他在机场的样子真是惨，我觉得我们也帮不了他。我们在克里特岛度过了三星期无比美好的日子——美丽的天气、很好的饭店，还有游泳，真是快活极了——即使航班延误了，我们回到盖特威克机场的时候，心情还是奇好无比。我在旋转传送带那边等行李，吉莉去取小推车，等她回来的时候，行李早就来了。我把行李装上小推车，她推起小推车，发现有一个轮子在晃，不能走直线，还吱嘎吱嘎响，好像在不停地提醒海关官员："快来查查这家伙的行李。"在我们通过绿色通道的时候，我想，手推车这样吱嘎吱嘎响，就是这个目的吧。

所以，我们进入大厅的时候没有看到奥利弗，这一点儿也不奇怪。没有人知道我们坐的是这个航班。另外，说实在的，我们两个人只管相互照应着，没有顾及别的。所以，在乱哄哄的接机人群中，有一个人拿着名字牌在我们的面前晃，我想也没想就把他推开了。我真的没有好好看他，但我马上闻到他一身酒气，心想哪一家公司竟派一个醉醺醺的司机来接机？这样的公司肯定长不了。这个人是奥利弗，戴着司机帽，手里拿着的字牌上写着我们的名字。我装出很高兴见到他的样子，而我心里的第一个念头却是，我与吉莉无法静静地坐火车回维多利亚站了。奥利弗来了。是不是太扫兴了？我说我为他感到难过，你明白我的意思了吧？

他的样子很糟糕。他好像瘦了一大圈，他的脸很白，很消瘦，他的头发，一般都是很整齐的，现在也是乱成一团。他站在那里，等我们看到他之后，一下子扑上来，又是拥抱，又是亲吻。不是什么正常的举动，因为这种欢迎仪式让人觉得怪怪的。他满身酒气。怎么回事？他说，我们的航班延误了，他就去酒吧待了一会儿，还说——谁信？——有一个女人一定要“请他喝酒”，但是他说话的语气显得很虚空，吉莉和我都不相信他的话。还有一件奇怪的事：他并没有问我们蜜月过得怎么样，过了很长时间之后才问。他一上来就不停地说吉莉安的母亲是如何不愿意告诉他我们去哪里了。我心里在想，我们能让他开车送我们回家吗？看他这醉醺醺的样子。

后来，我弄明白这是怎么一回事了。你永远不会猜到吧？他丢了工作。他终于成功地让莎士比亚英语学校的老板炒了他鱿鱼。凡事都有个开头。我不知道奥利弗是怎么给你说起这个学校的情况的。要我说，这个地方烂透了。这个学校是怎么得到办学许可的？想想都叫人不寒而栗。我去过一次。那一带有古老的斜坡大屋，大概是维多利亚早期的，门廊的柱子又大又粗，大街上有栏杆，有台阶通往地下室。但是整个地区已经变得大为萧条了。电话亭里贴满了妓女的拉客电话，街道脏得不行，或许从1968年以来就没人打扫过。在某些阁楼里，还有残余的嬉皮士没日没夜地弹奏着疯狂的音乐。你可以想象这是什么样的地方。**况且**，这个学校还是在地下室；**况且**，校长看上去像一个连环杀手；**况且**，奥利弗终于成功地让人炒了鱿鱼。

他不想谈这件事，只是吞吞吐吐地说他辞职不干了，因为他明年另有重要的安排。他还没说完，我就起了疑心。不是说这样的事不可能发生——的确，这还很符合奥利弗的做事风格——而是我现在不太相信他说的话了。这太糟糕了，是不是？他是我最好的朋友。我对他深表同情，但这也于事无补啊。一两年前，我还会相信他的话，但是几个月后就会有真相。现在，直觉告诉我：噢，不是的，奥利，你不是辞职的，你是被炒了鱿鱼的。我想这与我有关——我得到幸福了，我结婚了，我知道自己的处境：我现在比以前更明白世事了。

所以，等下次我与奥利弗独处的时候，我平静地问他："你告诉我，你不是辞职的，对吗？"他沉默许久——这不像他的风格——然后承认，他被炒了鱿鱼。我问他什么原因，他悲哀地叹了一口气，然后苦笑了一下，看着我的眼睛，说："性骚扰。"很显然，就是那个女孩，我想要么是西班牙人，要么是葡萄牙人，奥利在他的公寓里单独辅导她，他以为她对他有意思了，他对她动了几次手，以为她只是害羞，然后就想吻她，就是这样老套的、低级的故事，对吗？结果，这个女孩不只是一个想提高英语水平的虔诚天主教徒，她的父亲还是一个工商业大佬，在大使馆有很广的人脉……女孩告诉了父亲，一通电话之后，奥利弗就被赶到了满是聚乙烯泡沫汉堡盒的臭水沟边，连一分离职费都没得到。他讲着讲着，声音越来越低，我相信这一切都是真的。他也无法面对我了。到最后，我意识到他在哭。他说完，抬头看着我，满脸泪水，对我说："借我一英镑，斯图。"

还是像上学的时候那样，可怜的奥利弗。这一次，我出手大方，给他开了一张数目不小的支票，并告诉他不用想着还的事。

"啊，我会还的，我必须还。"

"呃，这事我们以后再说。"

他擦了一把脸，然后拿起那张支票，他湿乎乎的大拇指将我的签名都弄脏了。上帝啊，我真为他感到难过。

你看到了，照看他的生活，成了我的一份职责，就好像我在回报他在学校的生活照顾了我。多年前，我与他交上朋友好几个月之后（他从我那里借了好几次钱了），我对他说，有个叫杜德利——杰夫·杜德利的坏蛋一直在欺负我。我从《爱德华人》杂志上看到，他现在已经被任命为我国驻中美洲某国的贸易参赞。这么说，他现在或许成了一个间谍。为什么不能？在学校时，他最好的功课就是撒谎、偷窃、盘剥、敲竹杠，还是一个黑帮头目。我们这个学校还算是一个文明的学校，所以杜德利的黑帮成员其实只有两个：他自己，加上“大脚”肖菲尔德。

如果我更擅长于游戏，或者我更聪明一点儿，我就会更安全的。我没有一个可以保护我的兄长：我家里只有一个小妹妹。另外，我戴着眼镜，不像会柔道的样子，所以杜德利就盯上了我。还是老一套：要钱，为他做事，无缘无故的侮辱。一开始我没有告诉奥利弗，怕他看不起我。他没有看不起我。他只用两星期，就把他们搞定了。他先是对他们说，不要再碰我。他们嘲笑他，说碰了又怎么样。他的回答只是：“那就等着一连串不可解释的不幸吧。”这不是学生常用的说辞，所以他们嘲笑得更厉害了，等着奥利弗来挑战，好好打一架，但是奥利弗从来不按常理出牌。的确，一连串不可解释的不幸事件发生了，但没有一件能明白无误地证明是奥利弗干的。一天老师在杜德利的课桌里发现了五包香烟（那时，一包香烟就够打一顿的了）。在学校的垃圾焚烧炉里，发现了肖菲尔德的运动用品，已经烧得不成样子了。有一天，到了午餐的时候，老欺负我的这两个家伙忽然发现他们的自行车座都不见了，他们这一路骑车回家，照奥利弗的说法，骑得“极其难受，近乎危险”。不久之后，有一天下课后杜德利拦住奥利弗的去路，或许正要建议各自戴上金属指节套中午到自行车棚后面决一死战吧，奥利弗就一拳打中了他的喉咙。“又一个不可解释的不幸。”他说，看着杜德利躺在地上直喘气。从那之后，那两个家伙再也没有来找过我麻烦。我向奥利弗表示感谢，作为答谢，我甚至提出来他欠我的有些钱可以另行处理。但他只是耸耸肩膀走开了。他就是那样的人。

“大脚”肖菲尔德后来怎么样了？他的绰号是从哪里得来的？我只记得，这个绰号其实与他的脚没有关系。

吉莉安：

你不可能确实知道你是什么时候爱上一个人的，是吗？没有这样的事：突然间，音乐停止，你盯着另一个人的眼睛，第一次这样盯着他看，诸如此类。也许有些人是这样开始恋爱的，但我不是。我有一个朋友，她告诉我她是这样爱上一个男生的：一天早上醒来，她发现他晚上没有打呼噜。这没多大意义，是不是？只不过是一个事实罢了。

我认为，人回忆起往事的时候，往往会选择过去的某一个特定时刻，将它深深刻在脑子里。妈妈老是说，她看到爸爸装烟管的时候手指特别灵巧轻柔，就一下子爱上了他。我半信半疑，但是她说起这事时总是信誓旦旦的。每一个人都得有个说法，对吗？我**那样就**爱上了他，我**所以就**爱上了他。这是一种社交需要。你总不能说，唉，我忘记了怎么爱上他的。或者，原因不怎么直截了当。你不能那样说，对吗？

我与斯图约会过好几次。我喜欢他，他与别的男生不同，一点儿也不死心眼，除了一心一意想让我开心，这在某种意义上来说还是让我心里美美的。我老是想说，这挺好的，别忙活了，我的确太开心了，慢慢来。这慢慢来，不是“身体移动不要太迅速”的意思。我的意思正好相反，我还没有吻够呢，他总是先停下来了。

我想告诉你一件事。有一次，他主动提出来为我做顿晚饭，我说好啊。我大约8:30到了他的公寓，闻到了烤肉的香气，这时天还没有黑，他却点上了蜡烛，桌子上还有一碗印度零食，咖啡桌上插着鲜花。斯图尔特穿着上班时的裤子，但衬衣换过了，上面罩着围裙。看到我，他的脸似乎一下子分成了两部分：下半部堆满笑容，表示见到我很高兴；上半部却皱着眉头，正为晚餐焦虑不安呢。

“我不太做菜的，”他说，“但我愿意为你做。”

我们吃了羊肩、冻豌豆、烤土豆加肉。我说，我很喜欢土豆。

“先把土豆煮个半熟，”他一本正经地说，“然后用叉子刮，刮成脊形，这样烤起来更脆。”他肯定看他妈妈这样做过。我们喝了一瓶美美的葡萄酒，每一次倒酒的时候，他总是有意识地将酒瓶上的价格标签挡住，事先他忘了把它撕下来。看得出来，他特意用手挡住标签，也许是不好意思吧。他在想他本来应该把标签撕下来的。你明白我的意思吗？他一直**想着**撕下标签来着。

吃完饭，他不让我收拾。他走进厨房，出来的时候端出一盘苹果派。这是一个温暖的春天夜晚，我们吃的是冬季的食物，这没有关系。我吃了一块苹果派，他给咖啡壶盖上盖，转身上厕所去了。我站起来，将布丁盘送回厨房。我正要放下盘子的时候，看到香料架上斜放着一张纸。你知道这是什么吗？一张时间表。

6:00 刮土豆皮

6:10 做饼

6:20 开烤

6:20 洗澡

后面还有：

8:00 开红酒

8:15 看土豆是否变棕色

8:20 泡豌豆

8:25 点上蜡烛

8:30 吉莉驾到！！

我赶紧回到桌边，坐下。我的身体在颤抖。看到这张纸条，我心里很不安，因为，我想斯图尔特一定会以为我在偷看。但这纸条上写的事都与我有关，不只是最后一条。8:25点上蜡烛。我心里想，没关系的，斯图尔特，我到了之后再点蜡烛也没有关系。接着是，8:30吉莉驾到！！这两个惊叹号真让我感动。

他从厕所里出来了。我竭力克制住自己，不告诉他我看到了纸条，也没有对他说，这样做不傻，不神经质，也不无可救药或别的什么，这正好说明做事体贴周到，令人感动。当然，我什么也没有说，但我的动作肯定不一样了，他也意识到了，因为从这时起他显得更为放松了。那个晚上，我们在沙发上厮磨缠绵了很长时间。如果他提出来要我留下过夜，我会留下的，但他没有提，那也没有关系。

斯图尔特这个人心事很重。他真的想把事情办好。不只是为他自己，为我们两人。现在他特别担心奥利弗，我不知道他出了什么事。纠正一下，其实我知道。他在莎士比亚英语学校里想占那个可怜的女孩的便宜，结果被开除了。这是我从斯图尔特告诉我的那些话里听出来的。斯图尔特有偏心，总是从奥利弗的角度看问题。事实上，他偏心过头了，我们还为此发生了可笑的争执。斯图尔特说一定是那个女孩在引诱他，是她主动的。我说，她也许很害羞，被老师的动作吓坏了。最后我们两个都意识到，我们谁也没见过这个女孩，也不知道到底发生了什么。我们只是瞎猜而已。但是，即使是瞎猜，也让我现在对奥利弗产生了反感。我真的一点儿也不赞同师生恋，原因我就不说了。斯图尔特说，他借了一些钱给奥利弗，我想这是没有必要的，但我没有说出口。毕竟，奥利弗是一个身体健康的青年，还有一张大学文凭。他能找到新工作，为什么还要找我们借钱？

不过，眼下他失魂落魄了，这是真的。那天在机场真是可怕。就我们两个人。站在行李大厅时，我记得当时想，以后我们的生活就是这个样子了。我们两个人站在一大堆陌生人中间，要对付很多事情，比如跟着路标前进，取回你的行李，然后接受海关的检查，没有人会特别在乎你是谁，你在干什么，所以，你们两个人得相互照应，相互打气……我知道，这也许是有点儿伤感，但是我当时就是这样想的。等过了海关，我们两个人不禁相视一笑，因为终于安全回家了，就在这时，这个戴着司机帽的醉醺醺的人一下子趴到我们的身上，那张纸板牌差一点儿触到我的眼睛，他还踩到了我的脚。你猜怎么着？是奥利弗。面如死灰。他显然觉得这很好玩儿，他的做法很好玩儿，但是这一点儿也不好玩儿。我觉得很可怜。我觉得，这就是奥利弗这一类人的问题所在：当他们不在眼前的时候，还真是好朋友，但他们出现在眼前的时候，那离好朋友可差得远了。没有中间状态。

不管怎样，我们还是回过神来，假装很高兴见到他，然后让他开车送我们回伦敦。他一路上疯疯癫癫，废话不停，过了一会儿，我就不再听他说话了，头靠在座位上，闭上了眼睛。接下来，我只记得车子猛地停下，我们到家了。只听奥利弗在说话，语气相当古怪：“顺便问一下，蜜月过得怎样？”

奥利弗：

抽支烟？不抽？我知道你不抽——你以前给我说过。你反对抽烟的想法依然闪烁在霓虹灯里。你这紧锁的眉头太像《卡塔·卡班诺娃》[①] 中的那个丈母娘了。我有一条恶作剧般的新闻要告诉你，今天

① 捷克作曲家莱奥什·亚纳切克创作的三幕歌剧，首演于1921年。

我在报纸上读到，如果你吸烟，那么你得阿尔茨海默病的概率可能比不吸烟的要小。惊到了吧，真的惊到了吧？来吧，抽一支，熏黑你的肺，保全你的脑。人生不就充满有趣快活的矛盾吗？你正以为大功告成了，不承想上来一位膀胱大如猪的痴人，一拳打到你的鼻子上。

对了，我绝不是白痴。我看得出来，吉莉安和斯图尔特在机场见到我，是极其兴奋的。如果我哪怕有一丁点儿的失礼之举，我都能感觉到。奥利，老兄，我对自己说，你的青涩幼稚的兄弟情谊算是白搭了。赶紧将他们夫妇放下，别舔他们的脸了。当然，这情谊并非真的幼稚，也算不上兄弟情谊。我去机场接他们，是因为我爱上了吉莉安。其他一切都是做做样子罢了。

从机场开到伦敦的这一路真是怪异。怪异？是的，各人怪得各有特色[①]。吉莉安坐在后座，很快就睡着了。每一次我从车内后视镜看过去——我是一个**非常**小心的驾驶员，如果我想小心驾驶的话——我就能看到这个慵懒的新娘，闭着眼睛，散着头发。她的脖子靠在后座的上部弧线上，这就使得她的嘴巴上扬，就像在等别人的亲吻。我不断看着后视镜，当然，你知道，不是在看来往的车辆。我**漫游**在她的脸上，她的这张熟睡的脸上。

斯图尔特呢，安静地坐在我旁边，这个胖乎乎的、被房事掏空了身体的斯图尔特，看上去真他妈的……**心满意足**，在机场看到我假装很高兴的样子。他这会儿也许正在盘算着如何把那张没有用过的从

---

① 原文为意大利语。

盖特威克机场到维多利亚火车站的回程票退掉，也好捞回来点钱。斯图尔特这个人啊，我可要告诉你，在钱的事情上可是门儿清。每次出国，他总会提前在机场买好返回伦敦的火车票，原因有三：一、这样就可以在两星期里省下千分之一秒的时间；二、确定他是要回来的；三、万一在这期间票价涨价呢？谁能预料巴西狂欢节女皇不会偶遇他？谁还在乎在两星期之后的那个可能的星期六在盖特威克机场的小窗口排队买张票？以前我在报纸上读到过这样一则新闻：一个男子在地铁站跳车自杀。审理此案时，他们说也许他本来是不想自杀的，因为他们在他口袋里找到了一张回程票。对不起，法官大人，还有别的解释。他买了一张回程票，因为他知道这样做就能消除他身边亲人的疑虑。另一个可能的原因是，他可能就是斯图尔特这样的人。如果斯图尔特决定想给火车司机放六星期的同情假，或者发放其他什么福利，他就会买一张回程票。因为，他会想，要是我不自杀呢？万一我在最后一刻决定不自杀了呢？想想托特纳姆法院路上的自动售票机前的那个可怕的长队吧。是的，我还是买一张返程票，以防万一。

你觉得我不够厚道？听着，最近我的脑子在想太多的东西。我现在急切需要一副退热药。我的小脑运转过度，都要炸了。想象一下：开始我是有点儿恼怒，我全部的爱的对象正窝在我的后视镜里，而这胖乎乎的新郎——我最好的朋友，过去三周在希腊的阳光下与她享尽鱼水之欢，此刻正坐在我的身边，小腿间夹的免税货叮当作响。我丢了工作，路上别的司机加大油门飞奔着，犹如在参加一级方程式的赛车。你叫我冷静？你叫我厚道？

在这样的心境下，我做了这样的事：马上启动奥利式的重奏模式，与斯图尔特天南海北地谈，既要逗他开心大笑，但又不想吵醒美丽的吉莉安。即使如此，我还是不得不紧紧抓住方向盘，因为我真正想做的是这样一件事：停止我对斯图尔特的说笑，将车停到硬路肩上，面对着我的乘客，说："顺便告诉你，斯图尔特，我爱上了你的妻子。"

这是我想说的话吗？我太害怕了，我太紧张了，我真他妈的胆战心惊。不久之后我就不得不说出这样的话。我将如何对他说？我将如何对**她**说？

你以为你懂得别人的心，不是吗？好吧，你有一个最好的朋友，他结婚了，就在他结婚的那一天，你爱上了他的妻子。你的好朋友会有什么样的反应？不会有太好的反应，我想，"啊，我完全理解你的情感"，坦率地说，这样的反应显然是不可能的。更有可能的是，拿起卡拉什尼科夫冲锋枪，来一场决斗。流放，这是法律的最轻判决。人们将叫我为古拉格·奥利。但我不会被流放。你明白了吗？我不会被流放。

必定要发生的事是这样的。吉莉安必须意识到她爱的人是我。斯图尔特也必须承认她爱我，斯图尔特必须下台。奥利弗必须上台。谁也不能受到伤害。吉莉安和奥利弗从此结合，幸福到永远。斯图尔特必须成为他们最好的朋友。这就是必定要发生的事。你觉得我的胜算有多高？与大象的眼睛一样高？（这个比喻是说给你听的，斯图尔特。）

啊，**求求你**，别用这种不满的目光看着我。你难道不觉得，几星期、几个月或几年之后，这样的美好生活就会源源不断地向我奔来吗？让我喘口气。把你放到我的**位置**试试。你会放弃你的爱情，优雅地退身，从此变成一个孤独的牧羊人，终日与箫为伴，以哀怨的乐声来抚慰你痛苦的心灵，任由无头无脑的羊群在丰美的水草中咯咯磨牙？谁也不会那样**做**。听我说，如果你愿意走开，甘愿做一个牧羊人，那只能说，你从来没有爱过她。或者说，你更爱这闹哄哄的装腔作势的场面。或者更爱山羊。也许，假装爱上别人，这只不过是你的一个精明的就业策略，这样就可以让你进入新的放牧领域。你并没有真的爱过她。

我们陷在这里了。这就是问题的全部。我们，我们三个人，都陷在高速公路上的这辆车里了，而一个人（司机！——我！）将手肘倚在中央锁定系统的按钮上。所以，问题不解决，我们三个人就要困在这里。**你**也在里面？对不起，我咣的一声关上了门，你出不去了，我们就一起待在这里。**好了**，抽支烟吧？我要抽烟。如果斯图尔特很快也抽上了烟，我是不会感到奇怪的。来吧，抽一支。远离阿尔茨海默病。

第七章

这事真好笑

斯图尔特：

这事真好笑。这是我今天在上班路上碰到的事。我或许没有跟你说过，我上班时步行去地铁站有两条路可选。一条沿着圣玛丽住宅区和巴罗克拉夫路，经过市政澡堂，新的DIY和油漆批发中心；另一条穿过伦诺克斯花园，沿那条我记不得名字的大街，进入罗姆赛路，然后经过一排商店，进入商业大街。这两条路我都计算过时间，相差不了20秒。所以，早上上班我有时候走这一条，有时候走那一条。每次出门前，我差不多要靠抛硬币来决定走哪条。这权当是这个故事的背景信息。

今天早上，我穿过伦诺克斯花园，走过无名大街，然后来到罗姆赛路。我一路走一路看。你要知道，自从我与吉莉好上之后，我开始在街上看到了以前从来不会看到的东西。你要知道，你走在伦敦的大街上，你的视线怎么能不越过公共汽车的顶部往上面望一望呢？你一路走来，一路看行人、看商店、看车来车往，但你从来不抬头看风景，真的不往上看。我知道你会说，如果抬头看风景，就会一脚踩到狗屎，撞到街灯柱，但是我不是开玩笑。我说这话是认真的。只要稍微抬起你的眼睛，你就会看到有趣的东西，怪怪的屋顶，花哨的维多利亚装饰。也可以低下眼睛往下看。前几天，在午餐时间，我走在法灵登路上，突然我发现了以前走过多少次都没有发现的东西。墙上嵌着一块牌子，只到我小腿那个位置，漆成奶油色，黑色的字体很是醒目。牌子上写的是：

本建筑

尽毁于

1915年9月8日

世界大战

齐柏林飞艇空袭

1917年重建　　　　约翰·菲利普

重建主持

我觉得这很有意思。他们为什么将牌子放在这么低的地方，我很是纳闷。也许他们移动过这块牌子。对了，如果你想亲眼去看的话，就到这条街的61号，你肯定能找到，就在卖望远镜的那家商店的边上。

说来说去，我想说的是，我发现自己现在更注意观察街上的景物了。我以前多少次走过罗姆赛路上的那家花店？肯定有好几百次了，但从来没有好好从外面观察过它，更不用说进去看看了。但这一次我想进去看看。你猜我看到了什么？在一个星期二早上的8:25，我得到了什么特别的犒赏？我看到了奥利弗。我真的不敢相信自己的眼睛。不是别人，正是奥利弗。奥利弗到这一带来是非常难得的，他曾开玩笑说，他必须带上一本护照和一个翻译才能到这里来。但是他就在这里了，正由一个女孩陪着逛花店呢。那女孩已为他挑好了一大把很好看的鲜花。

我敲敲花店的玻璃窗，但他们两个人都没有反应，于是我走进了花店。他们站在结账台边上，女孩正在算账，奥利弗取出了钱包。

“奥利弗。”我叫了他一声。他应声转过头来，脸上露出极为惊奇的神情。他甚至微微有一点儿脸红了。这弄得我都有点尴尬了——我从来没有见过他脸红——所以，我决定开个玩笑缓解一下气氛：“你从我这里借去的钱都是这样花掉的啊。”我说。你猜怎么着？一听这话，他真的脸红了。一片通红。连耳朵都红了。回想起来，我那样说是不太合适，但他的反应也真是奇怪。那一刻，他显得非常不自在。

“Pas devant.”他终于开口说道，指指店里的女孩，“Pas devant les enfants.”[①] 女孩抬头盯着我们两个人看，弄不清是怎么回事。我想，要紧的是别让奥利弗脸红了，于是我小声对他说，我这是上班路过。

“噢。”他说，一只手抓住我的袖子，“噢。”我看着他，但他没有再说什么。他用另一只手使劲甩着钱包，直到把钱甩出钱包，落

① 法语，意为：这里有孩子，别当着孩子的面说。

到结账台上为止。“快，快！”他对女孩说。

奥利弗一只手紧紧抓着我的衣服，看女孩算好账（我忍不住看了一眼，一共20英镑多一点儿），拿起他的钱，找了零头，包好花，塞到他胳膊底下。然后他用另一只手收好钱包，几乎是急乎乎地把我拽到了门口。

“给罗莎买的。”等我们走到马路边的人行道上，他对我说。他终于放开我的袖子，好像该坦白的都坦白了一样。

“罗莎？”他点点头，但眼睛不敢看我。罗莎是莎士比亚学校的一个女生，奥利弗就是因为她被开除的。“这些花是买给她的？”

“她就住在这一带，她被爸爸赶出了家门，都是奥利的错。”

“奥利弗。”我突然感觉我比他要大多了，成熟多了，“这样做明智吗？”这到底是怎么一回事？这个女孩**是**怎么想的？

“这世上没有**明智**两字，”他说，依然低着头，避开我的目光，“你要等着去做**明智**的事，花白的胡子都要长出来了。给一帮狒狒配上打字机，就算忙活一百万年，它们也写不出任何**明智**的东西。”

“可是……你怎么大清早就在这里转悠了呢？”

他看了我一眼，马上又低下头去：“昨晚就来了。”

“不过，奥利弗，”我说，努力想弄清这到底是怎么一回事，同时也想把我的意思用开玩笑的方式讲出来，“送女孩子鲜花，传统上都是在见面之时，而不是在你离开之后吧？”

不幸的是，这句话显然也是不合时宜的。奥利弗开始使劲地抓着花束，用力之猛，都几乎要把花茎弄断了。“糟糕透了！”他终于说，“我把它搞砸了！昨天晚上。就像要把牡蛎小心翼翼地塞进泊车咪表的投币槽里。”

我不知道我是否还想听下去，这时奥利弗又一把抓住了我的衣袖。“身体真是会无情地将你出卖，”他说，“这么说吧，拉丁族裔的女人不太习惯于男人初夜的紧张，因而没有宽恕别人的心。”

从六个不同的角度来说，这都是相当令人尴尬的事。抛开其他事不说，我这是去上班的路上啊。这是我可以期待从奥利弗那里听到的最后的坦白了。但是我想，如果你丢了工作，失去了尊严……他或许还纵酒过度——别人都说酒是于事无补的。啊，天哪，看样子奥利弗眼下的处境真是不妙。

我不知道该怎么办，也不知道该说什么。就这样，站在大街的人行道上，我想我还是不要出让他去看医生的主意了。他的手终于放开了我的衣袖。

“祝你上班开心，亲爱的。”他对我说，说完就一溜烟地走了。

今天早上，在去上班的地铁上，我没有心思看一眼报纸。我只是站在那里想奥利弗。多好的一个灾难配方——回到那个西班牙女孩那里，正是她害他丢了工作，然后……我不知道。奥利弗与女孩子们——关系太复杂了，他不想去弄明白。但是这一次，他好像碰上暗礁了。情况真的不妙了。

奥利弗：

呜呼！帕呼！波呼！请叫我最伟大的脱身大师，叫我哈利·胡迪尼[1]。向塔利亚[2]致敬，你这喜剧女神。噢，朋友，给我热烈的掌声，噢，朋友，我要吸一大口高卢烟。变了这么好的戏法之后，你该满足我了。

好，好，我是有点儿于心不忍，但是，换了你，你又能怎么办？我知道，你没有在现场。我在啊，那就是巨大的差别所在，是不是？还有，你看到我这个派头了吗？我这是自成一派，真的，自成一派。老水手拉衣袖的这一套把戏怎么样？效果真是好极了。不是吗？我总是说，如果你想智胜一个英国人，那就在他不想被人触碰的时候触碰他。拉着他的胳膊，再来一段声情并茂的告白。那些英国人，都受不了这一套，他们只好畏缩不前，颤颤巍巍，什么也不想，你说什么就是什么。“就像要把牡蛎小心翼翼地塞进泊车咪表的投币槽里。”你看到我离开斯图尔特的时候他是怎样一副脸色吗？好一尊温柔关切的石像。

真的，我这不是自以为是，好吧，就算有一点吧，我更大的感受是如释重负：这就是我最后的心情。如果我想让你继续同情我，或许我不该对你和盘托出。（我得到过别人的同情吗？我看不好说。我想要别人同情吗？要！要！）我的心思只是太投入于眼前发生的事情上了，所以无心于游戏了——至少无心与你做游戏了。我是命中注定要继续做我必须做的事，我不希望你在中途将我彻底否定。答应我，

---

① 哈利·胡迪尼（Harry Houdini，1874—1926），世界上最著名的魔术师，幻象大师，逃脱艺术家。

② 塔利亚（Thalia），希腊神话中有九位古老的缪斯女神，分别掌管诗词、歌曲、舞蹈、历史等，其中塔利亚女神掌管喜剧。

不要将你的脸转向别处。如果**你**拒绝看我了，那我真的**就要**停止存在了。不要将我一下子抹去！救救可怜的奥利，他或许还能逗你开心！

对不起，又有点儿飘飘然了。**所以**。所以，我现在来到了某一个名为斯托克纽因顿的**陌生地域**，斯图尔特向我打包票，这是下一个房价即将大涨的地区，但是，现在这里的居民显然是脑袋长在肩膀下面。我为什么来这里？因为我要做一件非常简单的事。我要去找一个男人的妻子——一个男人！我最好的朋友！——我刚刚与他道别，他拖着沉重的脚步赶地铁去了。我要去找他结婚六星期的妻子，对她说我爱她。于是有了我的左胳膊底下夹着的蓝白相间的大花束，花茎包得太蹩脚，弄湿了我的裤子，让人觉得我尿湿了自己一样。时机真是再合适不过的了：当花店的门铃响起，这位勤勉的银行家进来的时候，我真的觉得要尿裤子了。

我随处逛了一会儿，一边让我的裤子快点干，一边练习吉莉安开门时我要说的那一句话。我要把花放在我的背后，像魔术师变戏法那样突然拿出来吗？还是直接把花放在门口，在她开门之前匆匆跑掉？也许应该来段咏叹调——请到我的窗前来……

我就这样在这些粗鄙不堪的小屋之间闲荡——这些小屋还都是各种商业机构的所在——等着空气中的热量将我的60%真丝、40%人造丝的混纺裤子的水分抽干。如果你一定要想知道，我就告诉你，其实我这个人就是这样一个混纺物：60%的真丝，40%的人造丝。挺括，但容易起皱。而斯图尔特是百分之百的人造纤维：不易皱，容易洗，也好干，易去污。我们，我与斯图，是两块不同的布料。在我的这块布上，要是我不赶紧的话，水渍很快就会被汗渍代替。上帝啊，我太紧张了。我要喝点缬草茶，“曼哈顿怪物”也行，退热药或者迈嘉思诺特[①]也可以，不是这个就是那个。不对，我真正想要的是一大把β受体阻滞剂，你知道那是什么吗？这种药有各种各样的别名，普萘洛尔是其中一个。是为了消除钢琴家的紧张情绪而开发的。能控制住他们手的颤抖，又不至于影响表演。你觉得这药也有助于做爱？听了我和罗莎之间的不眠夜故事，斯图尔特或许会为我买这种药来。他就是这样，喜欢用化学品来抚慰破碎的心。我为什么需要这种药？因为我要把这颗红彤彤的心完整地交到门牌号为68号的那个女人手里——听到门铃，她马上会给我开门。门口有个黑乎乎的家伙在走来走去？摊着手掌，一副奸笑的嘴脸。40毫克的普萘洛尔，伙计，就这些，还有我的钱包，还有我的劳力士，统统拿走……但这花是**我**的。都拿走吧，但不能拿走我的花。

现在这些花已经是她的了。当尖峰时刻闪闪发光的时候（且让我简要地把这句话翻译成斯图尔特的语言：当轻推变成了猛推的时候），就大功告成了。你可能会觉得奥利太巴洛克，太花里花哨，但那只是表象。深入一步往里看——等一下，我看看旅游手册——你会发现一些完全属于新古典主义的东西。比例非常对称，非常酷。在里面，你会看到圣马利亚大教堂——也叫齐泰来教堂，这些导游小册喜欢这么叫。珠玳卡岛、威尼斯、帕拉迪奥，啊，我灵魂的游客。这就是我内在的模样。我那闹哄哄的外表只是为了哗众取宠。

---

① Mega-snort，疑为药名。

事情的经过是这样的。我按响了门铃，胸前的鲜花躺在我张开的两个前臂里。我可不想让别人当作是送快递的。我是一个单纯的、内心脆弱的求爱者，能帮我的只有花神弗洛拉。吉莉安打开了门，就是这样。就是这样。

“我爱你。”我说。

她看着我，本来平静的眼中现在写满了惊恐。为了让她的心情平复下来，我把花递给她，轻轻地重复了一遍：“我爱你。”然后就转身离开了。

我做到了！我做到了！我快活得魂飞魄散了。我太开心了，太紧张了。太让人胆战心惊了，真他妈的胆战心惊。

米歇尔（16岁）：

你总会碰到难缠的家伙。这个工作的麻烦就在这里。麻烦的不是花，是买花的人。

就像今天早上。他要是不开口说话就好了。他进来的时候，我就想，你可以带我去跳下流舞，随便一星期里哪一天。他真的很有味道，长长的黑发，人长得光鲜动人，衣服也是。有点儿像吉米·怀特，你明白我的意思吧。他没有直接奔我而来，而是朝我点点头，接着就看起花来，看得很仔细，好像他真的很懂花。我玩儿过这样的游戏，我和林兹都玩儿过，看看一个人有多迷人。如果你看到一个人不太迷人，你就说：“这家伙只是一个星期二。”意思是，如果他想跟你约会，一星期你只能答应跟他出去一次。碰到最好的，你会叫他

“一星期七天”，意思是，如果他想跟你约会，你会说你每天都有空。这个男生看着鸢尾花，而我在处理好几个单子的增值税，同时也用眼睛的余光看着他，心想：“你是星期一到星期五。”

过了一会儿，他招呼我跟他一块儿看花，为他挑出蓝色或白色的花，别的他都不要。我说粉色的也不错，他身体狠狠一晃，嘴里一声“呜——咯”。他以为这是给谁看呢？就像有些男生，进店来只为买一枝玫瑰，好像以前没有人这样买过似的。有一个男生给我一枝玫瑰，我就说，其他四枝玫瑰呢？给了你别的女孩了？

然后我们来到结账台，他很傲慢地靠上来，捏住我的下巴，说：“为何不开心，我的美人？”我赶紧抄起剪刀，因为今天只有我一个人看店。如果他再胆敢碰我一下，我就叫他的身体缺一样东西。这时，门铃响了，进来另一个男生，穿着城里人的衣服，闷闷的雅皮士那种。这个家伙马上尴尬得要死，因为那人认识他，撞见他正想与一个女孩在店里胡来，那人根本不是那种人。他立刻满脸通红，甚至红到耳根，我注意到了他的耳朵。

他马上老实了，朝我扔来几张钞票，叫我快结账，迫不及待地将另一个男生拉出店去。我不急不忙，并不问他是否要用玻璃纸包起来，就自顾自慢慢地把花包好，然后说我把增值税算错了。我一边这样做，一边这样想：“你为什么要开口说话？开口之前你还是一个星期一到星期五。现在你只是一个二流货了。”

我喜欢花。但是我不会老待在这里。林兹也不会。我们受不了来这里买花的那些家伙。

吉莉安：

今天发生了一件怪事。太怪了。发生之后我还是觉得怪，你明白我的意思吧。下午继续觉得怪，到晚上还觉得怪。

早上大约8:45，我坐在画架前，对一幅有关城市教堂的平板画进行初步的试验性修复。不远处收音机3频道播放着巴哈斯——不是巴赫——的音乐。这时，门铃响了。我放下拭子，这时门铃又响了。也许是小孩子吧，我想，他们喜欢那样按门铃。也许是他们想给你洗车。或者他们在试探家里有没有人，如果没人就准备来上门洗劫了。

我径直向门口走去，心中有一丝不快。我看到什么了？一束很大的鲜花，蓝色的，白色的，用玻璃纸包着。“斯图尔特！”我想——我的意思是，这花是斯图尔特让人送来的。当我看到奥利弗拿着花站在门口的时候，我依然相信这是最合理的解释了：斯图尔特让奥利弗来给我送花了。

“奥利弗！”我说，“真没想到是你。请进。”

但是他依然一动不动地站在门口，好像想说些什么。鲜花白得像床单。他的手臂展开着，如同一个结实的架子。他的嘴唇动了一下，发出了一些声音，但我没有听懂。就像电影里的人，突然心脏病发作，咕哝了几句或许是非常重要的话，但是没有人听得懂。我看着奥利弗，他的神情似乎十分沮丧。花里的水滴滴答答地流到了他的裤子上。他的脸毫无血色，让人害怕。他的身体在颤抖。他努力想说话，但他的两片嘴唇似乎粘在一起了。

我想，如果我把花从他手里接过来，可能会让他好受一点儿。于是伸出手去，小心地抱过花，将花茎朝外。这是我无意识的动作，因为我穿着修画的工作服，花上的水沾着也没有关系。

“奥利弗，”我说，“怎么了？你想进来吗？”

他依然站在那里，手臂依然伸展着，好像是一个机器人管家，只是手里少了一个托盘。突然，他说——非常大声地说：

“我爱你！”

就是那样。我当然大笑起来。现在是早上8:45，奥利弗在对我说。我大笑——没有嘲讽或别的什么意思，只是把它当作一个笑话，我刚刚听了一半的笑话。

我正等着听另一半笑话呢，但奥利弗却跑了。他抬起脚，跑了。我没有瞎说。他跑了，把我一个人晾在了门口，我就这么手捧鲜花站在门口。我似乎没有别的事好做了，只得将鲜花拿进屋里，插到盛水的花瓶里。花很多，我插满了三个花瓶，还用上了斯图尔特的好几个啤酒杯。过了一会儿，我回到了画架边上。

我结束了试验性的准备工作之后，开始清洗天空，我总是从天空开始。这不需要太集中精力。整个早上我的心思老是被打断，老想着这个场景：奥利弗站在门口欲言又止，最后他却喊出了他想说的话。那一刻，他的情绪肯定是极其不安的。

我想，这都是因为我们知道他最近一直心神不定——比如，他在机场的行为就相当古怪——才让我花了本来根本用不着的那么长时间来细细思考刚才发生的事。我想这件事的时候，发现我根本无心修画了。我不断想象晚上我与斯图尔特之间可能会有的对话。

“哎呀，这么多花啊！”

“嗯。”

“有人暗暗喜欢着我们，是吗？哎呀，有很多人喜欢呢。”

“是奥利弗送来的。”

“奥利弗？”

“奥利弗？什么时候？”

“你上班走后10分钟左右。你正好错过了他。”

“为什么？我的意思是，他为什么送这么多花给我们？”

“不是送给我们的，是送给我的。他说他爱上了我。”

不，不能有这样的对话。我不能让任何可能引发这种对话的东西存在。所以，我必须把这些花处理掉。我第一个想法是把它们扔进垃圾桶。但是要是斯图尔特看到怎么办？如果你看到垃圾桶里塞满了非常新鲜的花，你会怎么想？于是我就想穿过马路将花扔到废物桶里。只不过这样做让人看着怪怪的。这条街上我们倒没有什么朋友，只是一些点头打招呼的邻居而已，但说实在的，我不想让他们看到我把鲜花扔进了废物桶里。

于是我把花都塞进了废物处理器里。我拿起奥利弗的花，先是花瓣，后是其他部分，将它们统统放入搅碎机里，几分钟之后，他的礼物就变成了泥浆，冷水一冲，从污物管道冲走了。废物处理器里散发出一股浓浓的香味，但过了一会儿，就慢慢消散了。我将玻璃纸揉成一团，走到垃圾桶边上，将它塞进我们准备扔掉的谷物盒里。然后，我把两只啤酒杯、三只花瓶洗净，擦干，放到它们原来的位置上，一切如旧，好像什么也没有发生过一样。

我觉得，我这样做是非常必要的。奥利弗很可能会出现精神崩溃之类的情况，那样的话，他就会需要我们两个人待在他身边照顾他。总有一天，我会把这件事告诉斯图尔特，告诉他我是怎么将那些花处理掉的，我想我们也会与奥利弗一道大笑着回忆这件事的。

然后我回到平板画面前，继续工作，一直到该做晚饭的时候。不知怎的，我给自己倒了一杯葡萄酒，等斯图尔特与平常一样在6:30下班回家。我很高兴，我将花处理了。他说，他一整天都想给我打电话，但又怕打断我的工作。他说他在去地铁站的路上，在拐角的花店碰到了奥利弗。他说，奥利弗看到他极其尴尬，本来就该如此吧。他正在买花，为的是想讨好昨天晚上一起上床的那个女孩，因为他阳痿了。而那个女的就是让他被莎士比亚学校开除的西班牙女孩。好像是她被她父亲赶出了家门，现在住的地方离我们不远。她昨天晚上就邀请他过来了，但事情并没有他期望的那样顺利。这就是斯图尔特说的故事，而这些故事都是奥利弗告诉他的。

我想，听了这个故事，我的反应不是斯图尔特期待的那样。我可能有点儿心不在焉吧。我喝了几口葡萄酒，继续吃饭，中途还起身走到书架边，漫不经心地拾起一片落在上面的花瓣。蓝色的花瓣。我将花瓣放进嘴里，咽了下去。

我的心神全乱了。那还是往轻里说的。

第八章
好，就去布洛涅

奥利弗：

我有一个梦想。我有有有有有有一个梦梦梦梦梦梦想。不，不是梦想，是一个计划——奥利弗改头换面计划。浪子回头，再也不能与妓女鬼混了。我要去买划船机、健身自行车、越野滑雪板、握力器。还没买，但差不多在这样准备了。我正照着一个广告的提问来设计这个重大的自我改造项目。“45岁没有退休金？”“你的谢顶属于哪种类型？”“为你糟糕的英语而羞愧吗？”我将会领到退休金，我的头发浓密如王冠。而且，我不为自己的英语而羞愧，所以就也少了一个忧郁的来源。但是，从其他的所有情况来看——这是一个30天的人生再造计划。你想阻挡我？来试试。

我的确游手好闲得太久了，这是一个悲伤的事实。有时候你是可以这样做的，但是你终归要知道一天到晚酗酒绝对不能是一个正当职业。到此为止吧，奥利。改变自己。决定的时刻。

首先，我要戒烟。更正：我已经戒烟。你看我有多**说话算话**？多少年来，界定我生活的意义的，难道不就是烟草叶的芳香吗？或者至少说，我的全身不是时刻散发着烟草叶的芳香吗？从多年前的略具懦弱的小资情调的“大使馆”，到如同带有所爱的人的姓名缩略词花押图案的拖鞋般魅力的“巴尔干寿百年”（加入薄荷，焦油低至令人讨厌的苛刻地步），到真正纯手工卷制的“左岸”（加不加芳香剂皆可），及其机器制作的粗糙的等同品（我永远无法降住那些斯达汉诺夫式碾压机和松软的橡胶帆布躺椅的味道），再到如今信任有加的高卢和温斯顿（这两种牌子不分伯仲，我能完全平衡地享用），有时也抽一下一上来味道极强的一种瑞士品牌——以阿尔萨斯人的名字命名的“王子”。呜呼！呜呼！我都要把它们放弃了。不，我已经放弃了。刚才，就刚才，我都没有向她要烟。我猜想她是愿意我抽的。

其次，我要找一个工作。我能找到的。我虽然从可恶的莎士比亚英语学校落荒而逃，但也没有忘记从他们那里榨取了一份充满不知羞耻的沙文主义意味的文件。现在我手上有了不少证明我的能力的小小材料，每一份都能恰如其分地满足我未来老板的性腺需要。我为什么辞职？哎呀，我母亲死了，我还得绞尽脑汁为我父亲找一家养老院。如果有哪个老板生性冷酷，竟要去核查我的说法是否真实，那就我就死也不会为他打工。我的母亲总是生命垂危，就剩那么一口气了——这些年她倒是帮了我的大忙。可怜的爸爸还不断要求欣赏到适合老年人身心的各种景致。他是多么渴望放眼望到无边的森林，让心里生起无限的惆怅之情。他是多么深情地回忆着那些遥不可及的岁月：那时荷兰的甲壳虫还没有啃光英国的榆树，那时候高地还没有被圣诞树环抱。透过风景如画的窗户，我爸爸看到了遥远的古代。嗒，嗒，嗒，古老的伐木工用他那心爱的斧子，在满是结节的树干上用古老的北欧文字刻上记号，警告他的伐木同伴小心长在树底下的一棵毒菌。看！在永远生长着苔藓的河岸之上，棕色的熊在嬉戏玩耍！——永远不可能有如此动人的画面。如果你一定要知道，那我告诉你，我父亲是一个老杂种。记得下次提醒我，我给你讲讲他的故事。

最后，我要把欠斯图尔特的账全部还掉。我不是忘恩负义的古列尔莫，纯朴和诚实是我最大的美德。我小丑一般的面具再也无法遮挡我那颗破碎的心，所以，还是赶紧扔掉它吧。如果能脱掉的话，我要马上脱掉那双破烂的拖鞋，不能再穿那条丢人的裤子了。换句话说，我不能再这样瞎混胡闹了。

斯图尔特：

我一直在想，我们得帮帮奥利弗。我们必须这样做。如果我们有了困难，他肯定也会帮我们的。那天在花店里遇到他，那可怜样。他没有了工作，没有了自信——要知道，奥利弗，从小开始，就是一个自信满满的人。他敢与任何人斗——连他父亲都敢斗。我想他的自信就是这么来的。一个15岁的孩子，有这样一个父亲，你还敢跟他斗，这世界还有什么让你害怕的？但是，现在奥利弗确实担惊受怕了。与那个西班牙女孩惹上了可怕的麻烦。他本不该……有这样的麻烦，即使有，他也会趁机溜之大吉的。他可以讲一个笑话，将事态转化，变得于他有利。他真不该第二天早上出来为女孩买花，否则也不会被我撞见。那样子好像在哀求：不要告诉别人，不要全世界到处说这事，我会受伤的。他以前可从来不是这个样子的。听他怎么解释的，那个可怜样："昨晚我真是搞砸了。"小学生的说辞。要我说，他的车子要掉了，很危险了。我们得帮帮他。

吉莉安：

我真弄不懂是怎么回事。我非常担心。斯图尔特昨晚回家依然是兴高采烈的，吻了我，抱住我，让我坐下，好像有什么重要的事情要说。

"去度个假怎么样？"他问我。

我笑笑："好啊。不过，我们**刚刚**度蜜月回来。"

"那是多久以前的事了，至少四星期了，五星期，去度假？"

"嗯。"

"我想带奥利弗一起去，让他开心起来。"

我没有说话，至少没有马上回应他的话。我告诉你为什么。我以前有一个朋友——现在还是朋友，只不过现在暂时没有联系了——名叫艾莉森。我们在布里斯托尔的时候待在一起。她的家住在苏塞克郡的一个地方，一个中产乡村之家，一个很完美的家，家人相亲相爱；**她**的父亲没有离家出走。艾莉森大学毕业后就结婚了，那时只有22岁。你知道她母亲在她结婚前跟她说什么吗？她母亲对她说，非常严肃地对她说——好像是一条从远古时代起就代代相传的母亲对女儿的忠告——她母亲说："女人总是要防着男人。"

那时我听了不觉好笑，不过这话我至今不忘。这是母亲传授给女儿的御夫法宝。母亲传给女儿，女儿再传给她的女儿，就这样一代又一代传下来的宝贵经验，这里面有什么深刻的智慧？“女人总是要防着男人。”这话真让我沮丧。我想，啊，不要这样，我结婚的时候，要是我结婚的话，我要把一切放在阳光下，摆到桌面上。我不要玩儿什么游戏，不想有什么秘密，但是情况似乎早就开始发生了变化，也许这是无法避免的。你觉得这句话用在别的地方就不灵了吗？

我该怎么办？如果我想把一切都摆到桌面上，那么我就应该告诉斯图尔特，奥利弗怎么到了家门口，我又是怎么将他送来的花处理掉的。这样一来，我是不是还要告诉他，奥利弗第二天打来电话，问我是否喜欢这些花？是否要告诉他，我告诉奥利弗我将花粉碎了冲掉了，这时他不说话了，我最后问他：“你还在听吗？”他撂下一句“我爱你”，就挂断了电话。这些事情我是否一五一十都要告诉斯图尔特？

不，我不想告诉他。所以，所以，我对他的度假建议开了一个玩笑。“早就厌倦与我在一起了？”——斯图尔特误解了我的意思，这是不奇怪的。他以为我生气了，马上涨红了脸，赶紧告诉我他有多么爱我——**那**也不是我想听的，不过，在某种意义上来说当然是我总是想听的话。

我把这件事当作一个玩笑。我不是要防备他，但是我把这些事当成了一个玩笑。这么快就想通了？

斯图尔特：

我建议我们三人一起去度假，可是我觉得吉莉安对我的建议并不感兴趣。我正要解释呢，她就差不多把这事否定了——她倒没说什么，不急着表态，只是微微转过身，去做别的事了。她的这种反应很好笑，但我这辈子好像早已熟悉她的那个小习惯了。

因此，三人度假的事到此为止。我们改变了计划。长假，就我们两人。星期五早上先开车到多佛，然后向法国进发。星期一正好是一个假日，我们就有将近四天的时间。找了一家小旅店，看看早秋多彩的风景，去市场买好几串大蒜，这么多大蒜，还没等我们吃完，可能就要发霉。不要事先安排了——我本来是一个喜欢事先做安排的人，或者说，如果事情不经过事先安排，我就会忧心忡忡。也许是吉莉安对我产生了影响的结果。现在我敢说这样的话了："我们为什么不来个说走就走的旅游？"我知道，我们走得不远，时间也不长，法国北部的旅店被别人订完的可能性很小，所以我一点儿也不担心。即使如此，对我来说这也是破天荒头一遭。头一遭。我现在正学着如何随遇而安呢——开个玩笑。

我把这个计划告诉了奥利弗，他显得不太高兴。我想，这说明他现在真的很脆弱。我们一起去喝了一点儿酒。我告诉他我们准备去法国度周末。他的脸差不多都变色了，好像我们将他抛弃了似的。我本来想补充一句"我们很快就回来了"，或者别的类似的话，但朋友之间嘛，什么也不用说了，是吧？

他开始默不作声，过了一会儿，问我们到了法国住在哪里。

“我不知道。走到哪里，就住到哪里。”

听到这里，他似乎高兴起来，回复到了从前的那个奥利弗的样子。他用手轻轻碰了一下我的额头，看看我有没有发烧。“你没事吧？”他问我，“这不像你啊。你什么时候变得这么毫无计划了？从来没有过的事啊。赶紧到药店配一副退热药吧。”

我们就这样说笑了一会儿。他想知道我们坐哪班渡轮，是在加来还是在布洛涅登岸，朝哪个方向走，什么时候回来，等等。在那个时候他这样问来问去，我并不觉得奇怪。但事后回想起来，我却感到很奇怪，特别是：他竟然没有说一句“祝旅途愉快”之类的话。

分别时，我对他说：“我会给你带一些免税的高卢烟。”

“不用麻烦了。”他说。

“你这是什么意思？一点儿也不麻烦。”

“不用麻烦了。”他又说了一遍，听上去几乎有点儿发怒。

奥利弗：

天哪，我真是惊慌得要死。我们在小酒吧见了面，在一个昏黑的洞穴一样的地方，斯图尔特，这个毛茸茸的小东西，是这里的常客，他倒是可以快活地蹲在这改造过的火炉（仿的是诺曼·肖的风格）边上，喝着麦芽酒——几千年来他的自耕农祖先就一直这样喝。上帝啊，我痛恨小酒吧，戒了烟之后尤其痛恨（戒烟这事，我的好朋友斯图尔特竟然一无所知）。啊，我也痛恨昏黑这个词，我想不能再用它了。如果我再用了，你就使眼色提醒我，好吗？

我们就这样坐在那里，在这个鬼地方，白葡萄酒比那自耕农的麦芽酒更难喝，他们的高地麦芽远不是上等的，我还要吸进别人嘴里吐出来的尼古丁，真是要把我的胰腺刺破（用廉价烟来熏我，来吧，来熏我啊——为一支丝卡烟我可以出卖我的国家，为一支温斯顿烟我可以出卖我的朋友）。这时，斯图尔特的脸上现出令人不寒而栗的扬扬自得，突然宣布："我们就要走了，你知道。"

"什么意思？"

"我们星期五就出发，多佛。先坐轮渡，然后你就见不到我们了。"

我惊慌不已，我必须承认。我以为他要带她远走高飞，永远不回来了。我仿佛看见他们一路狂奔，特斯拉斯堡、维也纳、布加勒斯特、伊斯坦布尔，一路向前，永不回头。我看见她新烫的卷发迎着风向后扬起，敞篷车一路向东，离奥利越来越远……我暂时重新摆出一副爱开玩笑的样子，但内心非常惊恐不安。他能带走她，我想，他能这样做，他有这样的权利来伤害我，这个毛茸茸的小东西——他甚至没有发现我已经戒了烟。他现在有本事了，可以不假思索做出残忍的事了。是我给了他这样的本事。

当然，这只不过是这个快乐的夏眠者的一个度假计划，一个他所说的"周末假期"（毫无歧义）的计划。**夏眠**这个词，多用在动物身上，意为以懒散的状态度过夏天。还有秋天。他的大多数日子。他现在突然有这个能力来伤害我了，这个斯图尔特。

他说他会寄一张明信片给我。他说他会寄一张操他娘的明信片给我。

吉莉安：

这是我们在电话里的对话——

“我们找个时间去逛商店怎么样？”

“逛商店？当然好。你想买什么？”

“我给你买。”

“给我？”

“衣服。”

“你不喜欢我现在穿的这身衣服，奥利弗？”我尽量把口气变得轻松些。

“我想让你穿我买的衣服。”

我想，为了不让事态再发展下去，最好的办法是变得干脆一点儿。“奥利弗，”我说，语气尽量像他的母亲（或者至少像我的母亲），“奥利弗，不要叫人笑话。你连工作都没有。”

“哦，我知道我没有钱去买，”他不无嘲讽地说，“我知道我兜里空空，不像斯图尔特钱包鼓鼓。”过了一会儿，他的语调变了，“我就想让你穿我买的衣服。就这样。我有办法。我想带你逛商店。”

“奥利弗，你这样说太好了。”我说，然后，我再次干脆起来，“我会把你的话记在心里的。”

“我爱你。”他说。

我将电话挂断了。

这就是我将要做的事，我已经决定要去做的事。干脆，有礼，将电话挂断。太可笑了。他现在显然生活得一团糟。他或许在嫉妒我们的幸福吧——当然他自己不一定知道。我们一起玩儿，我们三个人，但是现在斯图尔特与我结婚了，他感到被排斥在外了。不是三人了，而是二加一，他感觉到了。我觉得，这很正常啊。我想他一定会想通的。

但是不管怎么样，我不会介意与奥利弗一起逛商店。老实说，斯图尔特这方面不行，不是因为他不喜欢逛商店，而是因为我无论试什么衣服他都说好。他说，任何衣服穿在我身上，无论什么款式，无论什么颜色，都是好看的。我从试衣间出来，即使腰间缠着垃圾袋，头上戴着台灯罩，他都会说好看。这话是很甜，很叫人感动，但是你可以想象，没有实际的作用啊。

奥利弗：

不要以为我在想入非非。一点儿也没有。毫无疑问，你一定在这样想象，我是这样想象吉莉安的装扮的：《鲍里斯·戈多诺夫》中那件旋转的紫貂大衣，里姆斯基的色彩，刚出道的罗西尼的浅色夏季印花，普朗克的欢快配饰……不，对不起。我既不是流着口水在支票上大笔一挥的富豪（我怎么可能是），也不是被切除睾丸的行路者，我只是碰巧知道我的眼光，我的色彩感，我对布料的感知，比斯图尔特和吉莉安两个人加在一起还要强。甚至比他们两人的平方、他们两人的立方都要强。至少，一切看结果来评判嘛。即使是不在乎穿着的人，穿上裁剪得当的衣服，也马上让人眼睛一亮。即使是那些口口声声说不在乎外表的人，也会不由自主地关注起外表来。每个人都会关注其外表。有些人穿着难看的衣服，还以为很好看呢。这些当然是傲慢无知之徒。我看上去邋里邋遢，那是因为我的心思放在更高尚的事物上，因为我太忙，实在没有时间来洗头，如果你爱我，那么你就应该爱我这副模样。吉莉安绝不是那样的人。恰恰相反。我马上就要把她改头换面了。

改头换面（make over）。重塑形象。这个词，在斯图尔特的脑子里，还是尔虞我诈的商业和经济世界的一个术语。To make over，及物动词。意为：将（一件物品、一个头衔）的所有权转移到另一个人手里。

斯图尔特：

我们过了一个非常愉快的周末假期。从加来出发一路向南，没有具体的目的地，想左转时就左转，结果发现我们来到了贡比涅附近。天黑了，我们在一个村子里住下来。一个半木结构的家庭旅店，房间连着吱嘎作响的木制阳台，这样的阳台庭院两边都是。当然，我们去了一个小市场，自然而然地买了好几串大蒜，这些大蒜不等我们吃完就会发霉的。所以，我们最好送给别人。天有点潮湿，谁在乎呢？

老实说，直到我们坐上了回程的轮渡，我才想到了奥利弗。我记得我曾答应给他买些高卢烟。吉莉安告诉我他已经戒烟了。好奇怪啊。这不像他。

吉莉安：

我不知道这一切是从哪里开始的。我也不知道该在哪里结束，该如何结束。这是怎么回事？这不是我的错，但是我深感内疚。我**知道**这怎么说都不是我的错，但是我依然深感内疚。

我也不知道我做得对不对。也许我不应该这样做。也许我这样做，其实就成了一个同犯，或者看起来好像可能会成为同犯。也许所有事——其实也没什么事——在那个时候都应该光明正大地摆到桌面上。为什么没有这样做？可是……我们过了这么几天开心的好日子，我想我得把这样的好心情持续下去。

从布洛涅坐轮渡返回多佛的时候，雨停了，这是这几天里第一天不下雨。真是有些讽刺意味，这就是天意吧。

我们从伦敦出来，从多佛横跨海峡到加来，然后我们一路奔驰在高速公路上。想下来时，我们几乎随性地选择高速出口——天黑了，我们就到了这里。我们是星期一吃过早饭离开家的，在蒙迪迪耶附近停下来吃中饭。吃完中饭，我们向亚眠开去，在风挡玻璃上雨刮器的啪嗒啪嗒声中，我们经过了被雨水浇透的谷仓和牛群。开出亚眠好远了，我想起了加来的汽车渡轮码头。他们先让你开车在城里到处转，然后让你与其他成千上万的人一道进入一个系统，这样你就一点儿也不会感觉到你开车到了一个海滨城市，然后又上了船。我的意思是，那就是应该有的感觉，不是吗？所以，我向斯图尔特建议，我们转向去布洛涅。他开始有点儿不同意，因为从布洛涅出发的轮渡不多。另一方面，这样我们就不用在雨中多开30英里的路程。我还说，到了布洛涅，如果在几小时内没有轮渡的话，我们还可以继续往加来赶。我努力让我的口气听上去像是在争辩，但是其实一点儿也不像。这是一场快乐的讨论，接着就形成了一个轻松的决定。斯图尔特从来不让我觉得他意气用事，不管我们的决定是出于我的建议，还是出于他的建议，他都不从他的尊严出发来考虑。这是我一开始就感到他迷人的地方。如果你建议改变一下计划，大多数男人会认为这是对他们的侮辱或批评，即使他们不是有意这样想——其实那样更糟，他们不能容忍你在无关紧要的小事上提出不同的看法。但是，我说了，斯图尔特就不是这样的。“好吧，就去布洛涅。”他说，这时另一辆雷诺车闪着灯从我们旁边开过，溅起的水将我们的风挡玻璃弄得一片模糊。

重要的是这个，没有人知道我们去了哪里，没有人知道我们决定在哪里过夜。我们离开了家，开始了漫无目的的旅行，随走随停，四处瞎荡，不断改变计划，第一次从不是我们来时登岸的那个港口坐轮渡回家。奥利弗竟然在这条船上。

天下着雨。其实这几天雨就没有停过，我们排队等候去轮渡码头的时候还下着。船里面也是湿湿的，台阶和护栏都是湿的。我们坐在一个大厅里，这里也是一个巨大的酒吧。窗户上凝结着水珠，雾茫茫的，即使你擦掉水珠，还是看不到窗外的景色，因为外面雨下得正大。大概开到海峡的半中央，有一个穿着塑料雨衣的男子回到座位上，说雨终于停了——我们真走运，他加了一句。我和斯图尔特听了，马上起身寻找最近的出口。你知道在轮渡上的样子——你会感到晕头转向，不知自己是在A甲板上还是在B甲板上，或者，穿过一扇门，也不知道来到了船的哪一个部位：船头、船尾，还是船舷边。所以，我们任意选了一个出口，跨过一个高高的门槛——门槛做这么高，大概是为了防止海水灌到大厅里吧。我们站在一边船舷的中央位置，我抬眼往左边看去。奥利弗！奥利弗站在离我大约15英尺远的地方，正凝视着大海。我看见的是他的侧面。他没有看到我。

我赶紧转过身来，推开了斯图尔特。

“对不起。”我说，回到了船里面。斯图尔特跟着我进来了。我说我突然感到恶心。他问我是不是需要呼吸新鲜空气。我说就是因为突然吸了新鲜空气才让我恶心的。我们又坐了下来。他非常担心我。我说一会儿就没事了。我的眼睛不时地盯着那个出口。

几分钟之后，斯图尔特觉得我没事了，便站起身来。

“你要去哪里？”我问。我有一个可怕的预感，我一定不能让他到甲板上去。

“突然想起我得给奥利弗买几包高卢烟，”他说，“免税。”

我不知道我是否控制得住我的语气。“他不抽了，”我说，“他已经戒烟了。”

斯图尔特拍拍我的肩膀。“那我给他买几瓶杜松子酒。”他说，然后就走了。

“奥利弗不抽烟。”看着斯图尔特的背影，我不由自主地对自己轻轻地说。

我盯着那扇船门。我等着斯图尔特回来。我们得赶紧溜走，不能让奥利弗发现。我觉得我们的幸福都维系于此了。我嚷嚷着非得排在第一个不行，好赶紧下到放汽车的那层甲板上。船梯还是很湿，走下去还是很危险，跟我们走上来的时候一样。斯图尔特到头来还是买了几包高卢烟。他说他可以放在家里，等奥利弗戒烟不成重新抽烟的时候再送给他。

这都是什么事啊？

奥利弗：

我终于把他们安全接回了家。这就是我的最大心愿。或许你预想着会有一些动静不小的海上遭遇，比如西南风掀起巨浪，将船打个粉碎？但是，不管怎么样，海上风平浪静，我终于把他们安全接回家了——把**她**安全接回家了。

第九章

我不爱你

斯图尔特：

我的朋友奥利弗最近很怪，肯定出了什么事。他说他开始跑步了，他说他戒烟了，他说准备把我借给他的钱还掉。他说什么我都是不信的。但是，他既然有这样的说法了，我想他一定出了什么事。

比如，他关心起了电话机。前几天的一个晚上，他突然问我市场上在卖哪些种类的移动电话机——如何使用，功能怎样，价格多少。我想，他是不是打算在他的那辆老爷车上装一部车载电话？我根本不会想到他会这样做。他是一个……老派人物，我想你不会想到他有多么老派。他可能会给人感觉很有艺术品位，不在意新潮，其实要比这严重得多。实话实说吧，我觉得他不适应这个现代世界。他不懂金钱，不懂商业，不懂政治，不懂机械，他还认为黑胶唱片比CD的音质好。跟这样的人在一起，你还能谈什么？

奥利弗：

我必须想办法接近她，你明白吗？我必须赢得她，我必须得到她，但首先我必须接近她。

我想我终于明白了那些在苦苦寻求民众支持的人的感受：他们沉默寡言、固执己见，辛苦步行长途跋涉，只为最终能坐上威斯特敏斯特宫里的那把绿皮凳子，只为得到这个相互辱骂的权力。挨家挨户拜访。就像从前富勒公司的刷子推销员，或者满身生了炭结皮的扫烟囱工人。只不过，这样的人物已经早就不见于我们城市的街头，还有高声叫卖声音动听的松饼小贩，默不作声只顾干活儿的磨刀匠，为五先令干一份活儿的幼童军，统统都不见了。这些美丽的行业，这副“幸福之家”纸牌里能看到的人物，现在萎缩和凋零了。今天谁还上门？只有意志坚定的窃贼会上门，他们在寻找你不在家的机会；焦躁不安的正统基督教徒会上门，他们想在审判日之前改造你的信仰；家有婴儿的家庭主妇会上门，她们把一堆打折促销单、织物柔顺剂的小份样品和夜间行车的出租车司机的名片塞进你的信箱——会上门的只有他们这些人，以及未来的国会议员。您能投我一票吗？滚开，蠢货。啊，多有意思。如果您有一小会儿的空，我愿意为您解释我党关于时局的看法。嘭！到了下一家，你给的传单他们倒悄悄地接下了，但你转身一走，他们就马上将传单扔进垃圾桶；再去下一家，他们答应投你一票，但是有一个交换条件：贵党要保证对某些非白人人群实施迫害、囚禁，最好处决。他们是怎么做到的？他们为什么能够坚持不懈地做下去？

幸好，我要争取选票的这个选区很小，可能会遭受的羞辱的种类也就有限。我在这里曾被当作一个小偷，一个彬彬有礼的强奸犯，不带水桶的洗车工，双层玻璃窗安装工，更别提是一个堕落的告密者了（夫人，您家屋顶的一些瓦片松动了，我们正巧带来了一架长梯子，80英镑吧）。其实，我是来租房的。我想租一个小房间，时不时地住上几个月，当然，租金可以现金预付，对不起，不要保姆。看了几个房东滑稽可笑的脸之后，我意识到我还必须去除房东心中这样的想法：你不是来找一个性爱乐窝的吧，不会带一大批妓女来无休止地乱搞吧？您看，我是一个编剧，要找一个工作室，需要绝对的安静，来去自由，常常出门，天才都是如此，行踪不定，浪迹天涯……还有几份伪造的证明，出自牛津剑桥各大学院的院长和各个莎士比亚英语学校的校长之手，有的证明甚至还印在下议院的专用信纸上。不是流浪汉，也不是窃贼，只是一个他妈的奥逊·威尔斯①——夫人，这就是眼前你将要给予帮助的人。我不会使用您的电话的。

我几乎就要搞定67号——那是最理想不过的了。但是她只有后边屋檐下的一个不错的房间，能晒到太阳。我竭力向她哀怨，说我无法忍受太阳先生那高功率电钻一样的光芒，我那些柔弱的才气需要来自北方的光线的呵护。有没有可能换一个前面的……不行。于是我拖着沉重的脚步来到了55号。前面庭院里有一棵智利南美杉在树枝摇曳，屋子的窗户都得了青光眼，痛苦不堪。那扇大门，如教堂墓地前面的

① Orson Welles（1915—1985），美国著名演员、导演、编剧、制片人，代表作有《公民凯恩》等。

停柩门一般，一开嘎吱嘎吱乱响，摸上去，手掌不光被刺痛得不行，还让你沾满铁锈——这样的铁锈别的地方真是难得有的（我会去修好它，夫人）。戴尔夫人个子很小，她那头颅架在颈椎上，如同长秆子上的向日葵。她的头发已过了瓷白的阶段，现在成了褐色的食指的颜色。她有一个房间，朝北；她以前很喜欢看那些“电影”，直到眼睛不好才不看了。她不要我预支房租。不预支房租？我真不能忍受。我心里有一个声音想说，不要相信我，你不认识我，光凭他的两句话你就相信他了，这太危险了，你这么脆弱，我这么强壮；而另一个声音又想说，我爱你，跟我来，和我一起走吧，坐在我腿上，我会永远记得你。你有深不可测的过去，我有望不到头的未来。

但我别的什么也没说——我只说：“如果你愿意，我会修好你的那扇大门。”

“大门没问题。”她回答道，语气极其坚定，我感到心里对她产生了一种不可言说的柔情。

就这样，一星期之后，我就坐到了智利南美杉高高的华盖之下，眼睛盯着漆黑的街道对面的房子，等待着我的爱人回家来。她很快就会回来，带着从商店买回的一大堆东西：带棉的厨房布，她要喝的牛奶和要吃的黄油，她的果酱和泡菜，她的烤面包和鱼，她的绿色包装的清洗液，还有一大包斯尔特图要当早饭吃的令人厌恶的麦片。每天早上斯图尔特都要上下晃动他的麦片罐，咵——咯——咵——咯——咵——咯——咵——咯，就像晃着女人的两只奶子。我怎么能克制住我自己？我如何能阻止自己从树枝上跳下来，跑下去帮她卸下车上的东西呢？

面包和鱼。我敢打赌，斯图尔特肯定是把她当成了只会逛街买东西的小女人了，基本上是这样了。可是，对我来说，她是一个能创造奇迹的大人物。

吉莉安：

我正从汽车里往外拿东西，这时电话铃响了，我在外面就听到了屋里的电话铃。我一手一个大包，胳膊下夹着面包，嘴里叼着房门钥匙，车钥匙放在口袋里。我一脚踢上车门，放下一个大包，锁上车门，拎起大包，一路小跑，在门口停下，丢下面包，却找不到房门钥匙，于是放下两个大包，想起钥匙叼在我嘴里，打开房门，跑进去，这时电话铃不响了。

接不到电话我也真的不在乎。以前老让我烦心的事，现在不那么让我心烦了，即使是有些很乏味的事，比如上街买东西，现在也变得很有意思了。我们要不要试试这个？我不知道斯图尔特是否喜欢甘薯。如此等等。家常琐事。

电话铃再次响起。我接起电话。

“对不起。”

“你说什么？”

“对不起，哎，我是奥利弗。”

“你好，奥利弗，”我又变成了“干脆小姐”，“你为什么说对不起？”

一阵沉默，好像我问了他一个十分深奥的问题一样。过了一会儿，他说："噢，呃，我想你一定很忙。"

突然，电话中传来咔咔声，还好像有什么东西在晃。听上去他好像在很远的地方。我想，他可能跑什么地方去了，现在打电话过来，为他以前打过的那些电话向我道歉。

"奥利弗，你在哪里？"

又是一阵长时间的沉默。"噢，我可以在任何地方。"

突然，我的脑子中想象他服了过量的药，打电话来向我们道别。为什么我会那样想？

"你没事吧？"

这时他的声音又变得清亮起来。"我很好啊。"他说，"我比以前好多了。"

"那就好。斯图尔特一直在担心你。我们都在担心你。"

"我爱你。我永远爱你。这爱不会停止。"

我挂掉了电话。你会怎么做？

我一直在想，我是不是在怂恿他这样做。我从来没有这样的意图。我为什么感到内心愧疚？不该这样。我什么也没做啊。

我打消了他想与我一起逛商店购物的想法。或者说，我只是告诉他商店没有开门。现在他说想来看我修画。我告诉他我得考虑一下。从现在开始，我要非常坚定，不再含糊，对奥利弗要客客气气，公事公办。那样的话，他就会感到胡来没用，不用再假装爱上我。但是我不想对斯图尔特说起这件事。我想，还不到时候，也许永远不说。我想，他会……受不了的。要么他会思虑过多。奥利弗想来看我——那也许是一个好主意，我可以趁机给他讲讲道理——但是，如果我想跟他谈，我首先必须与斯图尔特讲清楚。

好了，就这么办。我想好了。

不过，我明白我为什么心中愧疚了。也许你猜着了，我感到愧疚是因为我发现奥利弗十分迷人。

戴尔夫人：

他是一个很不错的年轻人。我喜欢有年轻人在我屋里走动。我喜欢家里有动静。他在写电影剧本什么的，他说。他答应我，等电影上映，会送我一张票。他们前面的生活道路还很长，这些年轻人，我就喜欢他们这样。他主动说要为我修理大门。我说不用，这门好好的，我进出没问题。

几天前，我从商店买东西回来，正好看见他停车出来。那是在巴罗克拉夫路，在市政澡堂附近。他下了车，锁上门，走在我的前面。我到家时，他早就在他自己的房间里了，快乐地吹着口哨。我纳闷的是，他为什么把车停在巴罗克拉夫路。那里离家还有两条街呢，这屋子前面有的是停车的地方。

也许他是羞于让别人看到他开着这辆车吧。连我都看出来了，这车真是锈迹斑斑了。

奥利弗：

我是需要一点儿镇静剂了，因为我吓坏了，吓得屁滚尿流。但是，我做到了，我证明了！

我请他们到我自己的家里吃晚饭。我做了一锅杏仁炖羊肉，里面加了不少产自马奇河地区的澳大利亚西拉红葡萄酒。相当有趣好玩儿的一个组合，比斯图和吉尔这对组合有趣好玩儿得多，我敢肯定。面对这个活生生的混种婚姻，我施加了极简主义的魔法，这就让事情变得有些紧张。我好像有了尤金·奥涅金[①]听着烦人的王子赞美他的塔季杨娜的感觉。这时，吉莉安漏嘴向斯图尔特说我想去他们家里看她修画。

“嘘，我的宝贝，”我急忙说，“Pas devant！[②]”

但是斯图尔特正兴奋得冒泡，就像他妈的酿造香槟一样，不断冒着气泡，所以，即使我现在跪倒在他妻子脚下，他也会接受我这样的解释：我在缝补她的裙边。“这做法真不错，”他说，“我一直也想这样试试。美极了，这个，”他接着说（不是暗指秀色可餐的吉尔），“这是小牛肉吗？”

喝完咖啡，我表示我很想靠靠睡神墨菲斯毛茸茸的臂弯。于是他们就走了。我让他们先走三分钟，然后像鲍嘉[③]那样，拍拍屁股上的枪，走我的。（说实在的，对着我这台脾气暴躁、反应迟缓的发动机，我必须又是哄骗，又是亲热，它才能勉强点着火。可是，人生不就像这发动机？）你应该知道，现在斯图尔特正沾沾自喜（那样子真

---

① *Eugene Onegin*，柴可夫斯基作曲的一部歌剧，根据诗人普希金的同名小说改编。

② 法语，意为：别说了！

③ 亨弗莱·鲍嘉（Humphrey Bogart，1899—1957），美国著名电影演员，以出演硬汉角色著称。

叫人恶心）地穿过伦敦的街道。他没有走大巴的线路，他直接穿过吉尔伯恩地区[1]，穿过肮脏的背街小巷，这里巡逻的警察正昏昏欲睡。但是奥利碰巧发现现在的伦敦城里已经没有捷径可走。所有的背街小巷都被以下这些人堵上了：像斯图这样的地图学大师，那些吝惜汽油、迷恋弯路和溪谷的路精——他们开着奥兹莫比尔-曼特拉汽车来一个漂亮的后转弯，潇洒如滑冰场上的教练。这样的情况都被奥利预测到了。奥利开心地开着他的笨重汽车（绝对不是拉贡达）行驶在贝斯威特路上，飞快地驶上皮卡迪利大街。我甚至在空无一人的尤斯顿路上熄火停了一会儿，给比赛双方一个胜负均等的公平机会。

我不急着进到我的房间，我还有时间，给戴尔夫人分析了诺曼·威兹德姆[2]的那些不太出名的作品，然后一蹦一跳走向房间，嘴里吹着口哨，好像我的小夜曲灵感突然大发。过了一会儿，我关上灯，坐到智利南美杉那瓶刷一样的针叶包围着的窗户前。他们在哪里？他们在哪里？在那个硫黄味浓重的小巷里，乌龟变成了海龟？如果他……啊哈，来了。我看到了青铜色的车灯在闪烁。我看到了她的侧影。不觉令人心碎……

车子停了下来。斯图尔特跳了出来，拖着肥胖的身子啪嗒啪嗒绕到吉莉安的车门前。她出来了，他便像一只守巢的动物那样深深揽她入怀，揽入爱巢。

---

① 伦敦的西北部地区，是大伦敦地区的35个中心之一。

② 诺曼·威兹德姆（Norman Wisdom，1915—2010），英国演员、喜剧家、歌手、歌曲创作家，以1953年至1966年出演的多部喜剧电影而闻名。

这一幕真是让人肝肠寸断。到了深夜，我开车回家，这一路没对自己说什么话。

吉莉安：

他非常平静，我心神不定，我想我是在等他开口说话。他看到小凳子上放着一个收音机，问我是不是边听边工作的。我说是的。

“那就打开吧。”他轻声地说。

收音机正在播放的，好像是海顿的奏鸣曲，轻柔的钢琴声起起伏伏，即使你第一次听这个曲子，你也能预测出它的旋律和节奏。我开始放松下来。

“给我说说你在修复的画。”

我停下来，转过头。

“不要停，”他说，“你边干活儿，边跟我说话就行。”

我回过头面对我的画。这是一幅描绘冬季景致的小画：泰晤士河冰冻了，人们在滑冰，孩子们在冰面上的篝火旁玩耍。让人开心的一幅画，但是太脏了，在一个城市行会的宴会厅挂了好几个世纪。

我这样给他解释：我先在画框线下面进行试验，用拭子头蘸上不同的溶剂，试试哪种溶剂能很好地去掉画面上的光油。一张画的各个部位上的光油的数量和种类都不一样。有些油画的颜料更容易洗下来（红色和黑色的颜料，我用氨水更容易洗下来）。我一般先清洗枯燥的部分，比如天空，然后再清洗有趣的部分，比如人脸，或者一片白色，也算是对自己的犒赏。乐趣总是在清洗的过程，而修复的过程几乎一点儿乐趣也没有（这一点让他吃惊）。油画的年代越久，越容易清洗，所以一幅17世纪的油画实际上比一幅19世纪的油画更容易清洗（这一点也让他吃惊）。我一边解释，一边不停地用拭子来回擦拭冰冻的泰晤士河。

过了一会儿，他不再提问了。我继续我的工作。雨点静静地打落在窗子上，收音机里的钢琴声在屋里飘荡。取暖电炉里的电阻丝不停地咝咝作响。奥利弗坐在我背后，不说话，看着我工作。

屋里非常安静。他没有说他爱我，一次也没有说。

斯图尔特：

我觉得，像这样让奥利弗时不时地来看看吉莉安，这是一个很好的主意。他需要别人来安慰他。我想有些话他不好对我讲，但可以对吉莉安讲。

“我想他是去看了罗莎之后来的吧。”我说。

“谁？”

“罗莎。那个小女孩，他被炒鱿鱼就是因为她。”吉莉安没有说什么。“我的意思是，他没有说起她？我以为他会跟你说她的事。”

“没有，”她说，“他没有跟我说起她。”

“唉，你应该问他。他可能想说来着，但是不好主动说吧。”

奥利弗：

太美妙了。我到了她家里，坐在她身后，看她工作。饥饿的眼睛迫不及待地吞下了各种像矮胖的小杯子一样的画刷，喝下了她的各种瓶装溶剂——二甲苯、丙醇、丙酮——吞下了盛有各种鲜艳颜色的罐子，她的那些修画师专用的棉絮，正是用这些棉絮，她的妙手从一幅平庸可笑的画中修复出美人的简洁衣褶。她坐在画架前，身体呈一个柔软的弧形，轻轻地擦拭着一片阴沉的伦敦天空，擦去三个世纪。三个世纪的什么？蜡黄色的油光、烧木头的烟尘、油脂、蜡烛油、香烟烟尘还有苍蝇屎。我没有与你开玩笑。那些小点子，我原以为是远方的小鸟飞到了阴沉的伦敦天空中，经她手腕一甩，轻轻一擦，结果发现是——苍蝇屎。上面提到的这些溶剂，你可想而知，对苍蝇屎可不起任何作用。所以，如果你生活中碰到这样的问题，你得使用氮水或者氨水，如果那个也不管用，那只好用手术刀来刮了。

我原来以为，清洗画面是一件苦差事，润饰修复才是乐趣所在。但事实正好相反。我进一步探究了吉莉安的职业满足感的源头所在。

“原来以为没有什么，去掉多余的颜料，却发现了新的东西，这是最理想的状态。看着两维画面逐渐变成三维立体画面。就像看到脸上的立体轮廓逐渐显现。我很期待干着干着就得到这样的东西。”她用拭子的尖端指了指画中一个婴儿的身影，他双手紧抓椅子，在冰上滑行。

“那就干吧。Aux armes，citoyenne.①”

“但我还没有得到这样的东西。”

---

① 法语，意为：拿起武器，女公民。1791年9月，普兰·奥德古热发表了《女权与女公民宣言》，是法国第一份也是世界上第一份争取妇女权利的宣言。

你知道世界上的一切事物现在是如何体现其意义的？这一切是如何回响的？这就是我人生的故事。你以前并不知道那里有这个东西，但你现在发现了。二维变成了三维。你看到了脸上的立体轮廓。但是你必须付出努力才能得到它。很好。我要去得到它。

看她对着美女的简洁衣褶不停地擦呀刮呀的，我就问她如何知道这清洗工作最后完成了？

“啊，这还得花我一星期的工夫。”

“不，我问的是你怎么知道这画清洗完了呢？”

“差不多的时候就知道了。”

“但总有那么一个时刻……当你洗掉所有的污渍，光油和多余的颜料，当你的阿拉比麝香完成了它们的使命，你就到了这样一个时刻：你知道你眼前看到的，完全就是那个家伙几个世纪前画完扔掉画笔时的那幅画原本的样子。这颜色就如同当年那样鲜艳。”

“不。”

“不？”

“不。你一定会修复过头，或修复不足。无法知道如何做到正好。”

“你的意思是说，如果把一幅画分成四部分——要我说，那是最合理的分法——然后让四个修复师分别修复一部分，他们修复完成的时刻会有所不同？”

“是的。我的意思是，显而易见，他们修复的各个部分基本上都能回复到原先的程度。但是你决定什么时候停止修复？这是一个艺术的决定，而不是科学的决定。这要靠你的感觉。颜料底下没有什么‘真正’的画，在坐等着你去揭示——不知道这是不是你的意思。”

是的，啊，是这样的。美妙不就在此吗？啊，光辉灿烂的相对性！**颜料底下没有什么“真正”的画，在坐等着你去揭示**。我总是在慨叹人生这样那样。人生就是这样。我们可能在刮啊、磨啊、拍啊、擦啊，直到某一刻我们宣布真相已经赤裸裸地展现在我们面前了，感谢二甲苯、丙醇和丙酮！看，没有苍蝇屎！但是情况并非如此！这就是我与所有其他人不同的看法！

戴尔夫人：

他还有一个特点。他喜欢在房间里自言自语。我听到过。他们说有才气的人可能有些地方会让人痴迷。他太有魅力了。我对他说，要是我年轻50岁……他啪地吻了一下我的前额，说，如果他还没有在圣坛起誓娶妻，他早就将我揽入怀中了。

奥利弗：

我对你说过，我正在重新开始我的生活。关于运动的那些话我说得是有点儿轻浮了，我承认——真的，穿上耐克运动装的时候，我的乳头刺激得不行，我人都要倒了。但是其他方面……你听我说，现在我必须做两件事。第一件，确保我星期一到星期五的下午都有空，以防她突然通知我去看她。第二件，赚足够的钱，以开支我的两大费用：城西的巴比伦式的公寓和城北斯巴达式的租住生活。办法是——

天哪！——我周末工作。周末工作的好处别的不说，至少我暂时不用去想斯托克纽因顿的那个袋熊样的人以及他破破烂烂的宿舍了。

我换了一个工作。我现在在提姆英语学院教书。这个校名就不由得叫人起疑：提姆先生他本人好像不是英国人。但是我坚持了这样的人道主义立场：他不是英国人，这一点正好促使他对巴比伦塔下的那些各色人等充满无限的同情，这些操着各种不同语言的人投奔到提姆先生门下，任由提姆先生处置。但是，提姆英语学院不是一家官方认定的英语语言学校——提姆先生自身的教会事务过于繁忙，根本没有时间去向英国文化教育协会提交办学资格的申请（连那个下作的莎士比亚学校都拿到了办学资质）。这样一来，我们的学校就看不见沙特王子蜂拥而至的盛况了。你知道我们不少孩子是怎么付学费的吗？他们奔走在伦敦市中心熙熙攘攘的大街上，向可能有英语学习需求的路人分发提姆英语学院的招生广告。鱼儿靠啃自己的尾巴过活。顺便说一句，提姆先生并不认同语言实验室这一现代教学观念，也不遵循藏书才能读书这一古老理念，他更不相信区分学生的能力因材施教。你发现了吗？在奥利弗·拉塞尔平静清澈的世界观中激起了一丝不为人见的热烈的道德涟漪？也许你发现了。也许我换的不只是工作。对了，我从教英语变成了教EFL[①]。没有人明白这个笑话？作为外语的英语。不明白？让我来造个句吧：“我在教学生学作为外语的英语。”注意，要点是，这就是我们学校教授的东西——难怪我们的大

① English as a Foreign Language的缩写。

多数校友出了校门很少能够独立买成一张去贝斯威特的公共汽车票。为什么不教他们学作为英语的英语呢？我真搞不懂。

对不起，我并不想这样胡吹乱侃。不管怎样，我只将一份伪造的哈姆雷特学院的推荐信——里面写得真是天花乱坠——甩到提姆先生面前，就即刻被录用了，立马站在那些俯身课桌、四海为家的**少男少女**前面为人师表了。但是金钱方面的条件不甚理想，因为提姆先生是一个十足的小气鬼。5.5英镑一小时，好不容易从他钱包里抠出来这个数——莎士比亚学校还慷慨地付我8英镑一小时呢。按照这个工资，可怜的奥利最终将变成莫普先生[①]。

为什么——提姆先生问我，他的口音如丝绸般柔软，像因纽特人嘴巴里嚼着伯利茨胶带——我要求每天下午都不在学校上班？可怜的老爸疾驰而来，再次将我援救。我与老爸，亲如阿喀琉斯和帕特洛克罗斯[②]（我知道这个下流的说法提姆先生无论如何是不会懂的）。我得为他找一家养老院，那里的窗户能望到古老的山毛榉、深不可测的幽谷、奔腾的溪流、许愿井、青翠的草地……祝愿老杂种发现博斯[③]没有夸张，他的《死亡的胜利》与真实事件相比简直是一幅蜡笔卡通画。不要让我从这个话题开始又要说个没完了，**求求你**。

---

① 1983年有一款为家庭电脑推出的游戏，名叫《莫普太太》，里面的莫普太太整天在家里收拾垃圾不得闲。这里作者用了戏仿笔法。

② 希腊神话中，阿喀琉斯和帕特洛克罗斯是一对挚友。

③ 耶罗尼米斯·博斯（Hieronymus Bosch，1450—1516），荷兰画家。原文此处有误，《死亡的胜利》（*The Triumph of Death*）是老彼得·勃鲁盖尔（Pieter Bruegel the Elder，1525—1569）的作品，其作品深受博斯的影响。

在那些她让我过去的下午，我坐在她身后看她修画。擦个不停的布，轻刷轻放的刷子，嗞嗞作响的炉火（我早就对那个电热丝感伤不已），无线3台的意外新节目，她转过身去时我看到的她的四分之一侧面，一个无耳垂的耳朵后面夹着的头发。

“罗莎的事是假的，对吗？”她昨天问我。

“什么假的？”

“就是她住在这一带，你经常来看她。”

“是，是假的。自从……自从……我就没有见过她了。”我说不下去了。我感到非常尴尬——这种感觉，你也许观察到了，出现在奥利弗·拉塞尔心里的频率大约就像哈雷彗星的回归周期。我不喜欢回忆我跳过的那场肮脏的加伏特舞——那时不懂情爱为何物，我不喜欢去比较——不愿意想象吉尔在比较——以下两个场景：我在这个房间里与**她待在一起**，我在另一个房间与**另一个女孩待在一起**。我真是……很尴尬。我还能说什么？我只能说，出现这种愚蠢的状况只是因为我想对吉尔说出毫无粉饰的实情。听好了，绝无编造！以奥利的名誉担保，我发誓，否则我就变成女童子军[①]。

真是美妙无比。我去了她家，坐在她的工作室，两个人都静静的，谁也不说话，我不胡乱地走来走去，我从不抽烟，我们相互坦诚相见。嗯——嗯——嗯。我听到了小提琴声了吗？像茨冈人[②]的调子

① 在英语中，人们发誓的时候常说：“Cross my heart and hope to die.”类似于汉语中的“我发誓，否则不得好死”。这里是奥利弗式的玩笑。

② 吉卜赛人，俄罗斯人称其为茨冈人。

那样美妙动人的刮擦声，卖花人轻快的脚步声，柔柔地心生羡慕的卖火柴女孩烛光里悲伤的微笑？来吧，让我更加难堪一些吧，奥利能接受，他已经习惯了。

听着，我知道我有这样一个名声：端上实情这道大菜，必然配以多于英国传统数量的配菜。两道蔬菜加上奥克索肉汁，这不是我的风格。但对于吉莉安，情况就不同了。

而且，我发现了一个极有味道的隐喻。油画修复这一行总是有——我经过时间不长但颇为潜心的研究，形成了这权威之说——不断变化的风尚。一时间流行用“卜丽罗帕德”牌细毛刷子刷刷刷，一时间又流行用房屋装修师的刷子，将画面的每一个裂缝都填上颜料，如此这般。如今护身符般的概念是**可回复性**。其要点是（我说得简单一些，你不介意吧），修复师总是要记住，她只能修复到这样一个地步：以后别的修复师很容易将你修补的东西全部去掉。她必须明白，她认定的确定性只是暂时的，她的最后修复结果只是临时的。所以：你的乌切洛[①]被一个手举长矛的反社会人士高高举起，他坚信，一旦他在一幅珍贵的传世杰作中看到了社会阴暗面，法律的某些有害条款将会被翻转。在这个艺术医院，画作的伤痕被修复了，沟壑和裂缝都被填平了，润饰的工作即将开始。修复师首先做什么？她首先使用**润饰性的光油**，以确保她所填补的颜料日后能很不费力气地被其他人去掉。到了那个时候，可能会流行去展现这幅油画的历史沉浮和美学变

① 保罗·乌切洛（Paolo Uccello，1397—1475），意大利文艺复兴时期著名画家，以创作精致的飞禽而闻名。

迁史了。这就是我们所理解的**可回复性**。

你明白古画修复是怎么一回事了吧？这不是很有味道吗？赶紧把这话传给别人，好吗？今日课文：**我们将会取消那些我们本来就不应该做的事情，这是对我们有益的**。可回复性。我正在安排向所有教堂和婚姻登记处供应润饰性光油。

当她说我可以走了的时候，我便起身告辞，告诉她我爱她。

吉莉安：

我不能再这样了。这不是我原来预想会发生的事。他来看我，本来该是他对我倾诉他的烦心事才对。结果反而是**我**在那里说个没完。他只是坐在那里，非常安静地看着我工作，等着我说话。

一般情况下，我工作的时候是开着收音机的。如果你想集中心思干活儿，你可以不去听。我以前从来没想过，工作的时候有一个人在身边，有奥利弗在身边，我还能工作得下去吗？但是我能。

有时候，我真的希望他会突然扑上来抱住我。不行，奥利弗，放开我，斯图尔特是你的好朋友，那就对了，**放开手**。但是他没有扑上来，而我越来越不相信，如果他那样做，我会做出这样的反应。

今天，等他起身告辞的时候，我看到他张开嘴巴，呆呆地看着我。

“别，奥利弗，”我说，又成了“干脆小姐”，“别。”

“好吧。我不爱你。”但他脸上依然还是那个表情，“我不爱你。我不喜欢你。我不想永远与你在一起。我不想与你谈情说爱。我不想与你结婚成家。我恐怕不想再听你说话了。”

“走吧。”

“我不爱你。就这样。”他把门关上，“我不爱你。”

奥利弗：

窗外的智利南美杉向着夜空挥舞着它多节的枝干。下雨了。汽车飒飒地飞驰而过。我站在窗前。凝望着，等待着。凝望着，等待着。

第十章
我不知道我能不能相信

斯图尔特：

我不知道我能不能相信。首先，我真的不知道我能相信什么。是相信“没事”（吉莉安向我保证），还是相信“有事”？

他们是怎么说的来着？那些可怕的万事通，他们的智慧可是从远古的祖先那里一代一代传下来的。做丈夫的，总是第一个起疑心，最后一个知道真相。

不管发生了什么……不管发生了什么，我总是那个受伤的人。

对了，你想来支烟吗？

吉莉安：

这两个人，他们都想要同一样东西，就是要与我在一起。我想要两样东西。更确切地说，在不同时期我想要不同的东西。

上帝啊，昨天我看着奥利弗，有了一个很奇怪的念头——我想为你洗头发。就是这样的想法——我突然感到无比尴尬。他的头发并不脏啊——实际上非常干净，非常飘逸。黑黑的，太漂亮了，奥利弗的头发。我似乎看到他坐在浴室里，我在给他洗头发。我可从来没有想过要为斯图尔特洗头发。

我就这样夹在中间，每天受到两头的挤压。我将是那个受伤的人。

奥利弗：

为什么受指责的总是我？奥利，你打碎了别人的心，破坏了别人的婚姻。野狗、吸血鬼、草丛里的毒蛇、寄生虫、捕食者、秃鹰、诱骗女人的老狗。我来告诉你我的感受。不要笑。我他妈的是一只死命往他妈的窗子上撞的飞蛾，撞，撞，撞。那柔和的黄光在你看来是如此温柔，但是却烧焦了你的五脏六腑。

撞，撞，撞。我是那个就要受伤的人。

第十一章
爱，以及其他

奥利弗：

我每天给她打电话，告诉她我爱她。现在她不再挂断我的电话了。

斯图尔特：

你得对我有点儿耐心。我没有奥利弗那样飞转的脑瓜，我得一步一步慢慢来。但是到最后我还是会弄清楚的。

我告诉你啊，前几天，我比平常早一点儿下班回家。当我转到我们的那一条街上——**我们**的街——的时候，我远远地看见了奥利弗朝我的方向走来。我想也没想就向他招手，但是他低着头，没有看见我。他走在离我大约在40码的地方，步履匆匆。突然他从口袋里摸出一把钥匙，开门进到一个房子里。这个房子就在我家房子的对面，前面有一棵智利南美杉。我知道这房子里面原先住着几个老年女人。等我走到这个房子跟前——门牌是55号——的时候，门已经紧闭。我继续往家里走，进了家门，与平常一样，高高兴兴地与吉莉安打了招呼，就坐到一边开始想我的心事。

第二天是星期六，我知道奥利弗要在自己的家里给学生上课。我穿上运动衫，拿上一个夹纸记事板和一支圆珠笔，走到对面的55号去。你看，我成了当地社区中心的工作人员，负责更新社区税收或人头税的数据，核实每家的常住人员。一位娇小的老妇人为我开了门，她说她叫戴尔夫人，是这栋房子的主人。

“这里是不是住着一位……”我看着手里的记事板，“叫奈杰尔·奥利弗·拉塞尔的人？”

“我不知道他叫奈杰尔，他告诉我他叫奥利弗。”

“还有一个叫罗莎的……”我含含糊糊地说出一个外国人的名字，努力想让这名字听起来隐约有西班牙人的感觉。

“没有，没有叫这个名字的人。”

“啊，对不起，我看错行了。那么，只有你和拉塞尔先生住在这里？”

她说是的。我离开她家往外走，她在我后面喊：“别管那个门，我会去关好的。”

好了，第一件事搞清楚了，那天晚上奥利弗根本就没有去罗莎的公寓。

现在我们得排除下一个可能性。星期天早上，吉莉安上楼去修画，因为她答应博物馆在下周末之前将冰冻的泰晤士河那幅画修好。（对了，你看过这幅画吗？真漂亮。一幅好画就该这么漂亮。）工作室在三楼，里面没有安装电话。我们是有意不装的，这样她工作的时候就不会分心。我到了楼下，给奥利弗打电话。他正在上会话课——他说的——也就是，给一个可怜的学生泡上咖啡，与她聊聊世界杯或别的什么话题，最后免去她10英镑的学费。不，不是世界杯，我知道奥利弗这个人。他或许是在教她翻译性指南图解手册吧？

不管这些，我马上切入正题，说，你看我的记性，我差不多忘了这事了，我们对人家也太不客气了。你下次到我家附近来看罗莎的时候，你带她来我家，我们请她吃顿饭怎么样？

“Pas devant，”他回答道，“C’est un canard mort，tu comprends？[①]”我不能准确地记起他说了什么，但毫无疑问，他真的恼羞成怒了。我还是装出一副愚笨的斯图尔特老兄的样子，说不明白他的意思，他只好为我翻译一下：“我们最近已经不太见面了。”

“啊，太遗憾了。你看我这说的什么话？那么你一个人来，就这几天？”

“好的。”

我挂断了电话。你注意到了吗？像奥利弗这样的人嘴巴上总挂着，**我们**最近已经不太见面了。什么意思？多么虚伪的话。听上去好像一个非常文明的安排，实际的意思却是：我甩了她，她也蹬了我，我无趣得很，她情愿与别人上床，诸如此类。

第二件事搞清楚了。下面是第三件。在晚餐桌上，我一再问起

① 法语，意为：别在她面前说，我们已经掰了，你懂吗？

我们的共同朋友奥利弗的近况。我知道，吉莉安最近见他的机会比较多。过了一会儿，我问吉尔："他与罗莎的事完了？我本来想请他们两个什么时候来家里吃晚饭呢。"

她没有马上回答我。过了一会儿，她说："他从没说过她。"

算了。我转头赞美吉莉安的甘薯做得好，她以前从来没有做过。

"我不知道你会不会喜欢，"她说，"你喜欢，我很高兴。"

晚饭后，我们将咖啡杯端到起居室。我点起了一支高卢烟。我是很少抽烟的，吉莉安向我投来了疑惑的目光。

"浪费了太可惜，"我说，"因为奥利戒烟了。"

"呃，你别养成了习惯。"

"你知道吗？"我回应她的话，"从统计数据上看，吸烟者比不吸烟者更不易得阿尔茨海默病。"我对这条不知是从哪里听来的冷门知识很以为然。

"那是因为，还没等他们老去，还没等到得上阿尔茨海默病，他们就死了。"吉尔说。

对此我只得报以一笑。在这个问题上我完全落败。

我们常常在星期天晚上做爱。但是今天晚上，我觉得没有多大兴趣。原因很简单：我想思考问题。

原来是这样。奥利弗那天大清早在斯托克纽因顿被我发现在给罗莎买花，头天晚上他与罗莎的那个事彻底失败。奥利弗心情不好，我劝他每次来看罗莎的时候也顺便来看看吉莉安，所以他经常来看吉莉安，只是他从来不看罗莎。的确，我们没有证据表明罗莎住在这一带。另外，我们的确有证据表明奥利弗住在这一带。他租了55号戴尔夫人家的一个房间，每到下午就来看斯图尔特的妻子——不用担心斯图尔特，他这会儿正在上班，为付按揭而挣着钱呢。

他们在哪里搞？在他那里，还是在她这里？他们在这张床上搞吗？就在这张床上？

吉莉安：

事实是，有时候我放下电话，他的话依然在我耳边回响：我爱你，以及……不，别的话我不能告诉你。

斯图尔特：

我不会去问她。可能不是真的。如果不是真的，你问了，那就太可怕了。但是，如果是真的呢？

我真的认为，我们的性生活是没有任何问题的。以前我这样认为。我的意思是，我现在也这样认为。

你看，我多傻。**奥利弗**说他性方面出了问题。为什么我应该就此推断——为什么我不应该甚至怀疑——他与我的妻子搞上了呢？怎么会是这样——他说他出现了性方面的问题，所以，我就不会怀疑他了。这个说法很管用，对吗？我与吉莉安以前看过一出旧戏，叫什么名字来着？那个家伙假装自己阳痿，所有人都相信他阳痿，所有的丈夫都放任他与他们的妻子见面。可笑，太可笑了。奥利弗不是那样的人，他不那么工于心计。除非……不工于心计，怎么能搞上你好朋友的妻子呢？

我得问她。问她。

不，不要问她。别管他。等着吧。

这事已经有多久了？

闭嘴。

我们结婚才几个月啊。

闭嘴。

我给他开了一张很大的支票。

闭嘴。闭嘴。

奥利弗：

这是她的梳子，好几个齿都掉了。温柔的残缺。

她工作的时候，总是先把头发放下来，披在后面。小梳子总是放在小凳子上，放在收音机旁边。她拿起梳子，梳起盖着耳朵的头发，拢到耳朵后面，先是左边，再右边，总是这样的顺序。拢好之后，别上一个玳瑁发卡，就别在耳朵后边。

她工作的时候，有时候一两绺头发会松下来，这时，她并不停下工作，而是下意识地去拿梳子，取下发卡，将头发拢回去，将发卡插回去，将梳子放回小凳，在所有这些过程中，她的眼睛始终不离开画布。

梳子已掉了好几个齿。到底几个？说准确一点儿，一共15个，我数过。

这是她的梳子。温柔的残缺。

斯图尔特：

这几年奥利弗的女朋友可真是不少。如果你非要我说，我觉得他从来没有爱上过谁。啊，他**说**他爱过，爱过很多次。他常常做一些过时陈腐的类比，将他自己比作伟大歌剧中的人物，他说他做了很多恋爱中的人常常会做的很多事情，比如，郁郁寡欢啦，向朋友吹牛啦，恋爱不顺时借酒浇愁啦。但是，我从来不相信他**真心**恋爱过。

我从来没对他说过，他这个人让我想起那些受了一点儿寒就说成得了流行性感冒的人。“我得了该死的流感，三天不得安宁。”他们会这样说。啊，你没有得流感，你流鼻涕，有点儿头疼，你的听觉好像也不灵了，但那不是流感，那只是你受寒了。就像上一次一样，上上次也一样，只是严重受寒而已。

我希望奥利弗没有得流感。

闭嘴。

奥利弗：

“守时是无所事事者的美德。”谁说的？某人说的。我心目中的某一个英雄说的。

星期一到星期五，傍晚6:32至6:38之间，我坐在智利南美杉的华盖底下——那树枝真可以用来做瓶刷——看到臀脂丰厚的斯图步履沉重地回家来，于是对自己轻轻说起这句话：“守时是无所事事者的美德。”

看着他回家，我真是无法忍受。他竟敢回家，回家来终结我的幸福？当然，我不是盼着他掉到地铁车厢底下去（他放在雨衣口袋里的手紧紧攥着那张回程票），我就是受不了看到他提着公文包转过街角脸上挂着似笑非笑的表情时我心里油然而生的那种悲凉。

我现在习惯于坐在窗前等着看他回家了，也许我不该这样。这全是斯图尔特的错：是他使我难受——这样似笑非笑地回家去，回到小窝，那个体面整洁温暖舒适的小窝，而我独坐在这个黑暗的房间里，假装自己是他妈的奥逊·威尔斯。每当他转过街角，大概在6:32至6:38之间，我就按下电话键1——就是我的那部荒谬可笑的便携电话机，外面罩着亚黑色的外皮套，这样的电话机如果放进斯图那结结实实的公文包里可能会更开心吧。这部电话有各种各样有趣的功能呢，卖电话机的那个家伙兴奋地向我推销。其中有一个非常简单的功能非常管用——他说连我这样的人都一学就会——那就是“存储功能”。换句话说，它能记住电话号码。对我来说，这部电话机只要记住一个号码就够了——她的号码。

看到斯图尔特迎着夕阳，满脸光芒地往家里走去时，奥利弗就按下1号键，等着吉莉安的声音。

“喂？”

“我爱你。”

她一下子挂掉了电话。

斯图伸手去抓家门的把手。

只听电话里啪的一声，然后嗡嗡嗡地叫，过了一会儿我的耳边又响起了期待之中的拨号音。

吉莉安：

他今天碰了我。啊，上帝，别说这就开始了。开始了吗?

我的意思是，我们以前相互触碰过。我抓过他的胳膊，弄乱过他的头发，我们拥抱过，亲吻过脸颊——朋友之间都这样。但是这一次，动作很小，比那些都要小得多，但又比那些大得多。

我在画架前修画，我的头发突然松开了，我伸手去拿放在小凳上的梳子。

“别动。”他说，声音非常轻。

我继续修画。我感觉他走了过来。他取下我的发卡，头发一下子披散下来，他用梳子把头发梳到耳朵后，轻轻地插上发卡，合上，将梳子放回到凳子上。就这样，再也没有别的动作。

很幸运的是，我正在修复的是一块平整的画面。我只要一个动作机械地重复一两分钟就行了。过了一会儿，我听到他说：“我爱那把梳子。”

这是不公平的。比较是不公平的，我知道。我不应该做这样的比较。我从没好好想过这个梳子。我总是用它梳头。一天，斯图尔特来到我的工作室——那是我们刚认识不久——看到了这把梳子。他说：“你的梳子破了。”几天以后，他给了我一把新梳子。他一定是费了很大的工夫买来的，因为这把新的与我原来的那把大小一模一样，他还给我买了这个玳瑁发卡。但是我没有用新梳子。我依旧用那把旧梳子。好像我的手指头已经习惯了那掉齿的梳子特有的那种感觉，梳起来反而得心应手。

现在，奥利弗只说了一句“我爱那把梳子”，我一下子感到若有所失，失而复得。

这对斯图尔特是不公平的。我对自己说："这对斯图尔特是不公平的。"但是，这句话似乎没有产生一丁点儿效果。

奥利弗：

我小的时候，老杂种总是看《泰晤士报》。毫无疑问，他至今还看这张报纸。他老吹嘘他玩儿字谜游戏的水平有多高。我呢，则看讣告栏，主要是为了算出这一天死去的老杂种的平均年龄是多少。这样我心里就会得到一个数字，就能估摸出那个填字谜的老杂种大概还有几天活头。

他还爱看《读者来信》栏。总是从头看到尾，一封信都不落，努力在杂乱的水草中找寻潮湿的偏见。有时候老杂种发出低沉的，几乎是来自结肠的咕噜声，就像某个我们已经想到的大型动物发出的声音——把所有食草动物遣送回巴塔哥尼亚——这个观点神奇地合乎他的心意。我想，写信的这些人当中，老杂种还真不少。

在这么多年前的那些信件中，有一样特别的东西，我至今难忘，那就是那些老杂种的信尾落款。常见的落款是：您忠实的，某某某；您真诚的，某某某；以及，我很荣幸成为您顺从的仆人，某某某。但是，经过苦苦寻找，我发现了一种极为简洁的落款，我认为那才算是真正配得上老杂种的一种落款：Yours etc[①]。而报社编辑干脆将这种落

① 意为：您的，以及其他。

款印成了Yours &c，以吸引读者眼球。

Yours &c。我以前老在琢磨这个落款。这是什么意思？它源自何处？我想象，有这么一位饱尝他人中伤之苦的工商业大佬，正向女秘书口授一信，阐述其老杂种之高见。他要将此信发往某家著名报社——毫无疑问，他像称呼老朋友似的将这家报纸欢快地称为“怒吼者”。等他打着嗝口授完这篇雄辩大文时，他最后说：“Yours，etc.”可是他的秘书福福福福福福克斯小姐却不听他的，偏偏自作主张地将落款自动改为：“先生，我非常荣幸能成为您手下的著名老杂种之一，将给您寄去从沙丁鱼罐头撕下的标签，你可以在上面打上我的名字。”如此这般。接着老杂种吩咐：“将此信立刻传给怒吼者，福福福福福福克斯小姐。”

有一天福福福福福福克斯小姐出门给约克郡的主教做手活儿去了，所以就来了一个临时秘书。这个临时秘书照着她听到的老老实实写下了Yours，etc。《泰晤士报》主编一眼看出这是某个杂种工商大佬的才智大爆发，对此赞许有加，但他们决定发挥一下报社小小的洛可可风格，将etc进一步压缩为&c。于是，其他杂种争相效仿，但他们将首创的荣誉毫无争议地归于那个受中伤的大佬。所以我们今天就有了：Yours &c。

而我，当年那个乳臭未干、酷爱戏仿的16岁少年，灵机一动，将这个落款改成了我喜欢的Love，&c[①]。我只能十分遗憾地表示，并非

① 意为“爱，以及其他”。

我所有的信函都毫无例外地以这个著名的落款收尾。有一位少女曾无比傲慢地对我指手画脚（她的这一可笑举动恰如其分地加速了她在我心灵博物馆撤去展位的进程）：etc一词，无论是用在日常口语中，还是用在精雕细琢的文章里，都是平淡无味、庸俗不堪的。对此，我的答复是：首先，et cetera[①] 是两个词而不是一个；其次，就我此信的全部内容而言，唯一可以被认为平淡无味、庸俗不堪的——从收信人身份的角度来看——恰恰是加在etc前面的那一个词。唉，她没有回应我的答复——我本想她会以佛教徒般的平静气度对我进行回击。

Love，&c. 爱，以及其他。这其实是一个非常简单的命题。我们可以把世界上的所有人分成两类：一类人相信人生的目的、功能、基础和主旋律就是爱情，而其他一切——其他**一切**——都只不过是“**其他**”而已；另一类人——生活并不幸福并不如意的很多人——相信人生最重要的就是“**其他**”，对他们来说，爱情尽管美好，但那只不过是青春的一阵疾风，一个稍纵即逝的前奏，接下来就是烦心不已的婴儿啼哭和换不完的尿片，远不如那个什么——就比如说房屋装修吧——来得实在、稳定和可靠。这是人与人之间唯一的有意义的区分。

斯图尔特：

奥利弗。我的好朋友奥利弗。语言的力量。胡扯的力量。难怪他到头来给学生上起了会话课。

---

① etc读作et cetera。

奥利弗：

我觉得我没有把我的意思表达清楚。那天我关上门的时候，竭力不去看吉莉安脸上的那种假装严肃，实为欢悦的表情。我对她说（啊，我记得，我记得——我的脑壳里有一只黑匣子，所有的磁带我都存在那里）：“我不爱你。我不喜欢你。我不想永远与你在一起。我不想与你谈情说爱。我不想与你结婚成家。我恐怕不想再听你说话了。”

你发现这话里有什么怪异之处吗？

斯图尔特：

来支烟？

奥利弗：

我正在做艾滋病测试。

你觉得惊奇吗/你不觉得惊奇吗？删掉一句就好了。

别贸然下结论。不管怎么样，不要贸然下这样的结论：污染的针头，匈奴人那样胡来，澡堂里的勾当。我的过去，在某些方面来说，比起身边的男人可能要更骇人听闻（因为这个身边的男人很可能是乡绅、银行家和按揭者斯图尔特·休斯，这样，我的过去确实更加骇人听闻）。但是现在不是忏悔时间。这不是《和妈妈一起听》和《警情五分钟》节目时间。

我想把我的人生全部交给她，你不明白吗？我要从头开始。我是干净的。我是白板一块。我没有他妈的瞎荡，我甚至都戒了烟。那不就是我的梦想吗？或者说，至少是两个梦想中的一个。第一个梦想是：我就在你眼前了，整个地交给你了，全部交给你了，这宽厚的身体，成熟的身体，看看我这里面有什么，看看你能用到我的什么。另一个梦想是：我是虚空的，我是开放的，我什么也没有，只有可能性，你想怎么塑造我就怎么塑造我，你想在我里面填充什么就填充什么。我迄今为止的大部分人生都花在将可疑物品倒进容器里了。现在，我要清空容器，把东西放掉，冲洗干净。

所以，我在做艾滋病测试。此事我或许连她都不会告诉。

斯图尔特：

来支烟？

来吧，来一支吧。

你应该这样看问题。如果你帮我吸完了这一包，我就会少吸一点，以后死于肺癌的可能性就小一点儿，甚至我可以——诚如我妻子所言——活得久一点儿，活到得上阿尔茨海默病的地步。所以，来一支吧，这表示你站在我这边。把它夹在你耳朵边上也行，留待以后慢慢抽。反过来，如果你不拿一支……

我当然喝醉了。你不会喝醉吗？

也不是太醉。

醉得刚刚好。

吉莉安：

我不想让任何人觉得，我嫁给斯图尔特，是因为我可怜他。

这是天意。我知道，我见过这样的例子。我记得，在大学时有一个女同学，非常安静，非常有定力的一个女生，名叫罗斯玛丽。她与西蒙约会，但是是三心二意的那种。西蒙很高，很瘦，穿的衣服很怪，那样的衣服只有在一家特殊的商店里才能买到。“高大威猛”，我想那家店就叫这个名字。他错就错在告诉过别人他去那个店买衣服，女生们因此都在背后笑话他。开始倒没什么。“高大威猛先生怎么样啊，罗斯玛丽？”但是，有时候，情况就变得不妙了。有一个娇小的女生，长了一张尖尖的脸，说话很毒辣。她说，**她**绝不会与他出去约会，因为她都不知道她的鼻子冷不丁地会碰到什么呢。大多数时候，罗斯玛丽都不太在意，好像她由此被人嘲笑也不在乎。但是，后来有一天——情况也不比平常糟糕到哪里去——这个毒舌女生慢条斯理地、狡黠无比地（我记得很清楚）说了一句：“我真不知道，所有部位的大小都是按这个比例的吗？”一大堆女生哄笑起来，罗斯玛丽差不多也一起大笑，但她后来告诉我，就在那个时刻，她下决心要嫁给西蒙。其实当时她还没有特别深地爱上他。她只是想：“他身上天生就是这样的，我与他在一起就是他娘的舒服。”说到做到，她立马嫁给了他。

我不会那样做。要是你因为可怜一个人才与他结的婚，那么你或许还得出于怜悯才能与他或她待在一起。我就是这样胡乱猜想的。

我对什么事总能做出解释，但是现在好像没有能解释得通的东西了。比如，有人总是不满足于已经得到的，但我不是那样的人；还有的人，越是得不到什么，却越想得到，我也不是那种人。我不是看重长相的势利眼，其实，我还反行其道呢——我不相信长得好看的人。对一段感情，我不会说断就断，我一般都会陷得太深太久。斯图尔特也是一样，去年我与斯图尔特相爱——在他身上我没有发现别的女人在男人身上发现的那些恶心的东西。况且，（我想你肯定想知道）我们的性生活绝对没有什么问题。

所以，我只能这样解释：尽管我爱着斯图尔特，但我好像也与奥利弗坠入了爱河。

现在他是天天打，每个傍晚打，我真的希望他不要再打了。但我没有住手。我做不到。否则我就不会去接那电话了。就在六点半左右。我正在等斯图尔特回家。有时我在厨房，有时我在工作室做最后的收尾工作，所以得跑下楼去。电话响起，我知道是谁打来的，我知道斯图尔特马上就要进门，但我还是忍不住冲下去接起了电话。

我说："喂？"我都不自报家门了。我好像迫不及待了。

他说："我爱你。"

你知道接下去发生了什么？我放下电话机，觉得下面都湿了。你能想象吗？上帝啊，感觉就像接了一个色情电话。我听到斯图尔特回来了，他正插进钥匙转动着门锁。我感到下面很湿，只因为听了另一个男人的声音。明天我还要接电话吗？你能想象吗？

怀亚特夫人：

L'Amour plaît plus que le mariage，pour la raison que les romans sont plus amusants que l'historie. 这句话怎么翻译？爱情比婚姻更悦人，就像小说比历史更有趣。大概的意思就这样。你们英国人对尚福尔了解得不够，你们喜欢拉·罗什富科，你们觉得他“很法国”。你们认为这些光鲜的格言就是法国“逻辑思维”的顶峰。好吧，我是法国人，但我不怎么喜欢拉·罗什富科。太多的愤世嫉俗，还有太多的……华丽辞藻。他是想让你们明白，他是花了多大的力气才显得智慧过人的。但是真正的智慧不是那样的，真正的智慧应该包含了很多的人生，里面有的是幽默而不是俏皮话。我更喜欢尚福尔。他也这么说：“L'hymen vient après l'amour，comme la fumée après la flamme.”有爱情才有婚姻，就像有火才有烟。这话不像字面看上去那么简单，细想之后才能明白。

你叫我怀亚特夫人好了。我可以算得上是有智慧的人。这智慧来自这里，我的小小的名声。我是一个上了一定年纪的女人，几年前被丈夫抛弃，至今没有改嫁，至今头脑清楚，身体健康，听得多讲得少，只有在人家苦苦哀求时才肯奉上几句忠言。“啊，您多么英明，怀亚特夫人，您多么有智慧。”别人总喜欢这样对我说，但是我能到今天这个地步，都是我付出了长期愚昧或错误的代价的结果。因此，我并不觉得自己多么有智慧。或者说，至少我知道，智慧这东西都是相对而言的。任何情况下，你都不能知道什么就说什么，不能全掏心窝。你把什么都亮给别人看，你什么都要管，那是没有好处的。当然，有时候想忍着不和盘托出，这也难。

我的孩子，我的女儿，吉莉安，今天来看我。她的生活很不幸。

她觉得她不爱她丈夫了。有个人说他爱上了她，她也许也爱上了他。她没有说他是谁，但我心里自然知道那是谁。

你以为我怎么想？我没想那么多。我的意思是，我对这样的事情一般不发表什么看法。我只是想，发生这样的事是很正常的。当然，她是我女儿，我得说两句，除了她，对别人我是不发表看法的。

看她这么惨，我真为她感到难过。这样的事，毕竟不像换辆车子那么简单。她哭哭啼啼的，我在努力安慰她。我的意思是，我在想办法让她明白自己的心。我所能做的就是这些。是不是她与斯图尔特的婚姻出了什么可怕的事？没有，她向我保证。

我坐在那里，双臂抱住她，听着她哭。我想起她小时候是多有大人样。戈尔登抛弃了我们，安慰我的，只有吉莉安。她抱住我，说："我会照顾你的，妈妈。"你知道，让一个13岁的女儿来安慰妈妈，想想都让人心碎。想起这事，我自己差点儿也要哭了。

吉莉安说，她爱上斯图尔特的时间不长，但现在马上又觉得不爱他了，想想这个她感到害怕，好像她这个人有什么毛病似的。"我想那是后来，后来就很危险了，妈妈。我想，我还是过了几年安定的日子的。"她转过半个身子，看着我的脸。

"什么时候都是危险的。"我说。

"您什么意思？"

"什么时候都是危险的。"

她将眼光移向别处，点了点头。我知道她在想什么。我最好解释一下。我的丈夫戈尔登42岁的时候，那时候我们还是夫妻——别管那是多久以前了——与一个17岁的女学生跑了。吉莉安一定在想，她听说过你们所说的七年之痒，看到过她父亲的十五年之痒，现在她发现自己身上有了比七年之痒更短的痒。她还在想我一定想起了戈尔登，我一定在想这父女多相像——有其父必有其女——她以为我想起这个一定感到很痛苦。其实，我没有在想那个。但我不能告诉你我在想什么。

奥利弗：

我来说一件好笑的事，你想听吗？G和S不是像他们声称的那样在一个酒吧里认识的，他们的相识是在查令十字酒店为年轻职场人士举办的一个站立式放荡聚会上。

有一天我突发小小奇想，向吉莉安问起他们到底是不是在乡绅酒吧（不管Squires的s前面有没有一撇）认识的。一开始她并不作答。她用拭子蘸上药水，在画上涂啊涂。过了一会儿她说出了实情。这下我也不必问这问那了，她什么都对我说了——她决定不再对我隐瞒任何事情了。

那显然是那些性饥渴难耐的人士经常光顾的地方，花25英镑就可以连续去四次。我听了第一个反应是——非常震惊。过了一会儿，我想，千万不要小瞧了这个毛茸茸的小斯图。可以想象，他四处出击，各处求爱，活脱脱像一个市场调查员。

“你去了几次才认识斯图尔特的？”

“第一次去就认识了。”

“所以你花了6.25英镑就得到他了？”

她笑了起来："不，我花了25英镑。他们不退钱。"

多么动听的俏皮话。"他们不退钱。"我重复了一遍。这咯咯的笑声叫我难忘，就像得了疟疾那样难忘。

"就算我没有说过。我不应该和你说这些。"

"你没有说过。我也早已忘了。"我把自己的幽默感控制得恰如其分。

但是我敢打赌，斯图尔特肯定回去找他们退钱去了。这个家伙可是精得很，钱看得紧。就像上次我在盖特威克机场接他们，他还要去退掉那张回程票。我敢打赌他肯定退成了。所以，她花了25英镑得到了他，而他只花6.25英镑就得到了她。现在他要出多少钱卖掉她？他打算加价多少？

说到了金钱：戴尔太太——要不是我的心另有所归，我可能就要与你私奔了——昨天告诉我，收人头税的已经把我登记上了。这些家伙真是没闲着，不是吗？逮住一只羊，就剪毛。出于人道主义的考虑，你们觉得能不能对个别人实施免税？按照某些严格的分条款的规定，奥利弗的人头税问题当然可以作为一个特殊的案例来考虑。

吉莉安：

他现在每次都要来弄我的头发。即使我的头发好好的，没有松下来，他也要拿起梳子，取下发卡，梳一梳，把头发拢到耳后，再将发卡插回去。我欲火中烧。

我站起来，吻他。我张开嘴，直接冲着他的嘴去了。我轻抚着他的脖子，掐住他的肩膀，将整个身体都扑进他怀里，这样他想摸我哪里就可以摸我哪里了。我站在那里吻着他，两只手吊在他脖子上，我的身体渴望着他的双手，我甚至连腿都张开了。

我等着。

他也吻我了，把舌头伸进了我张开的嘴里。我依然等着。

他放开了我。我的双眼注视着他。他双手搭在我肩膀上，把我身子扳过去，推着我坐到画架前。

“我们快上床，奥利弗。”

你知道他做了什么？他将我按到椅子上，将一把拭子放到我手里。

“我无法工作。我**现在**无法工作。”

这个奥利弗真是的，他与我单独在一起的时候，就好像变了一个人，你都不认识这个人了。他变得极其安静，只是侧耳倾听，不再是那个满嘴飞沫、夸夸其谈的奥利弗了；他好像也不再是别人前面展现出的那个自信满满的奥利弗了。我知道你在等着我下面说什么。“奥利弗真的十分脆弱。”我就要说这句话。

“我爱你。”他说，“我喜欢你。我想与你永远在一起。我想娶你。我想永远听到你的声音。”我们两个人现在坐在沙发上了。

“奥利弗，快点跟我做爱吧！快点！”

他站起身。我以为他马上会把我抱到床上去。但是他却在那里走来走去。在我的工作室里走来走去。

“奥利弗，没关系的。没关系的，如果……”

“我想得到你的全部，”他说，“我不想只得到你的一部分。我想要的是整个的你。”

“但我不卖给你。”

“我不是那个意思。我的意思是，我不想只与你发生私情而已。这男女私情——私情是——我不知道——只能算是马尔贝拉的分时共享公寓。”他突然停下脚步，一动不动站在那里，用略带野性的眼神看着我，好像等着我对他刚才的那个比喻生气发火。他看上去几乎有点发疯。“很好，真的，马尔贝拉。比你想象的要好多了。那里有一个小广场，我记得，还种了橘子树。我去的时候，看见工人在那里摘橘子。我想那是2月吧。你当然只能在淡季去。”

你要知道，他显得惊恐不已。说到底，奥利弗也许还不如斯图尔特有自信，也没有斯图尔特沉得住气。

“奥利弗，”我说，“我不是马尔贝拉的一间分时共享公寓，你说不是，我也说不是。别再那样走来走去了。过来，坐到这里来。”

他走过来，很安静地坐了下来：“你知道，我老爸过去经常打我。”

“奥利弗……”

“**真的**，我的意思是，我小时候他不用手打我。他是打过我，当然打过我。但他喜欢用台球杆打我的小腿，打到小腿的后面。那就是他对我的惩罚。非常疼，真的非常疼。‘大腿还是小腿？’他总是这样问。我只好选一个地方。其实疼起来都一样，没什么区别，真的。”

“我真为你难过。”我双手抱住他的脖子。他开始哭了。

“母亲死后，情况更糟了。他动不动拿我出气。也许我在他面前晃，老是让他想起我的母亲吧，我不知道。但是有一天，情况就不一样了。我想那是在我13岁或14岁的时候吧，我下决心要与老杂种对着干。‘大腿还是小腿？’他又这样问我。我不知道又做了什么叫他打我。我的意思是，我总是做不好的事，做了他觉得理应受罚的事。但是，这一次，我说：‘你现在是比我有力气，但是你不可能总是这样，如果你再打我，那么你记着，等我的力气比你大的时候，我一定要把你打成肉酱。’”

“啊。”

“我以为这话不一定管用。我的意思是，我的身子那么瘦小，在不停地颤抖，虽然我说出了这样的话，其实我在想‘把你打成肉酱’的说法实在太不高明了，他一定会对我冷笑。但是他没有冷笑。他放开了。从此以后就没有打过我。”

“奥利弗，我真为你难过。”

“我恨他。虽然他现在老了，很可怜，但是我依然恨他。我恨他待在这里，恨他与我住在一个房子里。他在**这里**干什么？”

“他不在这里。他走了。他有一间马尔贝拉的分时共享公寓。”

“天哪，我为什么不能干这件事？我为什么不能准确地表达我的意思？我的意思是，为什么**现在**无法说清楚？”他又站了起来，“我现在什么话也说不好。”他低下头，不看我，“我爱你。我永远爱你。这爱永不停止。我想我得走了。”

大约三小时之后，他打来电话。

“喂？”我说。

“我爱你。”

我放下电话。几乎同时，斯图尔特的钥匙插进了门锁。我欲火中烧。前门关上了。“有人在——家吗？”斯图尔特喊道，他那真假嗓音互换着喊出的这句话在全屋上下都能听到，“有人在——家吗？”

我该怎么办？

奥利弗：

以下是反对偷情的理由，由偷情无数的某位人士执笔撰写：

一、庸俗。人人都在偷情。没错，**人人**。牧师在偷情，皇室在偷情，甚至连隐士也想着法子在偷情。他们从一间卧室转战到另一间卧室，为什么不会在潮湿的过道里彼此撞见呢？啪啪，啪啪——谁在里面？

二、老套。求爱，征服，冷却，散伙。一成不变、枯燥乏味的套路。即使枯燥乏味，也让人屡屡上瘾、欲罢不能。屡败屡战，屡战屡败。哪里跌倒哪里爬起——让这个世界再次新鲜美丽！

三、慌张。这一点我觉得我已经对吉莉安讲得很清楚了。你老想着房东会随时破门而入收走房子，在这样的房子里你又怎么能尽享鱼水之欢？而且，掐着时间做爱，不是我的风格——尽管在某些情况下这确实会让人诡异地上瘾。

四、瞒骗。上述第三点的直接后果。偷情使人堕落——我这话说来口气就像那个谁（此处略去）。这是无可避免的。首先你向第一个伴侣撒谎，然后，很快的，你向第二个伴侣撒谎。噢，你说你不会撒谎的，但实际上你是会的。你用一辆巨大的谎言挖土机挖出一个忠实情感的小鸭池。看这位身穿运动服的丈夫，他出去慢跑，口袋里装满了打电话的硬币。叮当，叮当。“可能会在路上买一杯饮料，亲爱的！”叮当，叮当，谎言响叮当。

五、背叛。每一个人对小背叛多么心满意足啊。小背叛给人多少好处啊。闪躲者罗杰[①]又逃过了一劫，第二十七劫——当逃脱不是太困难的时候。斯图尔特是我的朋友——是的，他是我的朋友——我马上要得到他的老婆了。那是一个大背叛。但是后来我想，相对于小背叛，人们更能应对大背叛。偷情是一个小背叛，我觉得斯图尔特无法像应对大背叛那样应对这个小背叛。你明白了吧，我确实也想到他了。

六、我尚未拿到艾滋病测试的结果。

但是，当时在吉莉安面前，我没有办法把道理说得这么明白透彻。真的没有。事实上，说句实话，我觉得那时我说得真是糟透了。

---

① 真名为罗杰·道生，是英国连续漫画*Beano*中的一个人物。

吉莉安：

在去地铁站的路上，就在巴罗克拉夫路顶头的那个拐角上，有一家果蔬店。我经常在那里买甘薯（sweet potatoes）。确切地说，我是在买SWEET POTATO'S①。在果蔬店老板手写的价格标签上用大写斜体字母拼写出蔬菜名称。他写得很仔细，单词拼写很完整，不缺一个字母，但是他拼写的每一样果蔬最后都带了所有格符号，比如APPLE'S PEAR'S CARROT'S LEEK'S SWEDE'S TURNIP'S SWEET POTATO'S②。斯图尔特和我每次看到总觉得好笑，但也有点儿伤感，这个家伙不以为意地让这标签错下去，一直错下去。我今天走过这家果蔬店，却突然感到一点儿也不好笑了。CAULI'S COX'S SPROUT'S③。只觉得悲哀——悲哀之情穿过我的全身。不是悲哀他不能正确拼写，不是。而是悲哀他第一个标签错了，第二又错，第三个继续错，一直错下去。或许别人给他指出过但他不听，或许他开了这么多年的果蔬店就是没有人给他指出过。我不知道哪种情形更令人悲哀，你知道吗？

我无时无刻不在想着奥利弗。即使是我与斯图尔特在一起的时候，我也想着奥利弗。有时候，我就是受不了斯图尔特那个傻乐样。为什么他就弄不清我心里在想什么，我心里在想**谁**？为什么他就不能看透我的心思？

---

① 这里小说家又开始做文字游戏，与第二章斯图尔特与奥利弗讨论乡绅酒吧的乡绅一词s前究竟有没有一撇，有异曲同工之妙。

② 以上果蔬的中文意思分别为苹果、梨、胡萝卜、韭菜花、甘蓝、大头菜和甘薯。

③ 以上果蔬的中文意思分别为花椰菜、橘苹和豆芽。

斯图尔特：

坐下吧。你喜欢佩茜·克莱恩吗？

烟灰缸里两支香烟
咖啡馆里坐着我和我的爱
一个陌生人走了进来
一切就不再是从前
现在烟灰缸里有三支香烟

可怜的佩茜，她死了。你怎么还把香烟夹在耳后啊？你怎么不抽？

眼睁睁看着她从我手里夺走他
他的爱已不再是我的了
他们两个如今不知去了哪儿
只剩我独坐一个角落
看着一支香烟慢慢燃到尽头

好心的老斯图尔特，他是如此可靠。与斯图尔特在一起，你总是感到很自在不慌张。他对什么事都挑剔，总是那么随遇而安。他对什么事都常常视而不见，不放心上。他们对他不用太当回事。他总是那个样。

你不问，他们就不会对你撒谎。但是，那样的话，你就什么也不知道。奥利弗过几分钟就来，他还以为今天我们三个人，三个好朋友，一起去看电影呢。但是吉莉安今天去看她母亲了，所以奥利弗只能凑合与我待着了。我要问他几个问题，他一定会给我扯上几个谎。

在她出门之前，我正坐在那里，戴着耳机听一盘佩茜的磁带。吉莉安走过来，向我道别。我按下暂停键，取下了一侧的耳机。

“奥利弗怎么样了？”我问。

“奥利弗？啊，我想还不错吧。”

“你与他没有什么私情吧？”当然我是带着轻松玩笑的口气说这话的。什么，我，担心？

“天哪，天哪，当然没有。”

“啊，好，那就好。”我戴上耳机，闭上眼睛，不去看吉莉安脸上的表情，随着佩茜的歌曲节拍轻轻地哼了起来。我感觉到吉莉安在我前额上吻了一下，我点点头，作为回应。

现在我们来听听他是怎么对我说的吧！

奥利弗：

你肯定看出来了，我的朋友斯图尔特不是一个见多识广的人。如果你问他普鲁斯特的女友叫什么名字，他就会想上五年，然后像一个武士一样怒气冲冲地盯着你，以为你是在拿这个问题愚弄他。最后他噘起小嘴，带着一丝咄咄逼人的气势，回答道：“玛德琳，谁都知道。”

所以，当他应声为我开门的时候，我并不期待我眼前将出现施雷克笔下的那个被污辱者[①]。他使了一个热情四射的眼色叫我进来——那眼神活像猥亵儿童的色狼——伸出那只从来没有闲过的爪子在磁带机上按了一下。也许他正听到《1812序曲》，正跟着曲中的炮声和爆竹声自得其乐地哼哼呢。或者我们将要听到《谜语变奏曲》[②]，并对这个磁带封套上有关该曲子最不重要的一个谜语的说明——里面描述的几位朋友是何身份——进行极为辛苦的解读？啊，你知道吗？朵拉贝拉说起话来有明显的障碍，所以在她的变奏曲部分，音乐就显得迟疑不决，呈时断时续的状况[③]。来一份巧克力冰激凌吧，大师。快送我去呕吐室，快！

他给我放了这首歌。好像放了差不多三小时四十七分钟，但他十分肯定地说没有那么长时间。所以，这就是他们所谓的“乡村音乐”，对吗？我很高兴，我生活在城里。这首歌倒自有其难得之处、高明之处：无法被人模仿——原因很简单：它自始至终在自我模仿，就像一架除草机在不断地割着已经割下的草。这里没有地方留给拿耙子的老年人，也没有地方留给只会仿效的年轻人。躲起来，爸爸，我又感到孤单无助了。躲起来……别白费力气了。歌手们戴着莱茵石，

① 弗兰兹·施雷克（Franz Schreker，1878—1934），奥地利作曲家，于1915年完成的三幕歌剧《被污辱者》。

② *Enigma Variations*，英国作曲家爱德华·埃尔加（Edward Elgar，1857—1934）于1899年完成的管弦乐作品，由1个主题和14个变奏组成，其中每一个变奏都以英文字母为标题，引发人们对这些字母特殊意义的猜测，但作曲家生前对变奏曲标题的谜语从未作解。1934年作曲家去世，他的一位好友披露了这个困扰世人35年的谜底，经过他的考证和推理，将14个字母标题所涉及的具体人物，进行了对号入座式的分析。

③ 指《谜语变奏曲》的第十变奏曲，描写作曲家的一位患有口吃的女性朋友朵拉·彭妮（Dora Penny）。

你看，莱茵石已经是钻石的仿制品了，所以，你无法仿制莱茵石了。啊，来了一个干瘪的瓦尔特，他正用他干瘪的小提琴好不容易拉出一段华彩乐章。你给他们看，都给他们看，瓦尔特，哼哼，哧——咯——哧——咯。躲起来，爸爸……

“你觉得怎么样？”

我觉得怎么样？不知怎么了，他怒气冲冲地看着我。他想必不是在请我对这首歌曲进行乐理分析吧？

正当我在我的大脑皮层的乱石堆里扒拉着想搜寻出什么东西——这些自然不是能将斯图尔特无可救药地纳入我的鄙视网中的东西——来应付他的时候，他站起身来，给我和他自己分别斟上了满满的一杯酒。

“那么你觉得怎么样呢，奥利弗？”

在这个最后的时刻，还是机敏女神救了我。“我觉得，”我说，“‘香烟’这个词作为首尾的韵脚不是非常令人满意。”

这话好像使他平静了下来。

我如此生硬的回答，一下子将我原先在脑子里盘算的计划一笔勾销了，我决定取消原本一进门就想做的事。我将一个信封递给斯图尔特。我给外国人上了多少节英语课，也只让我刚刚够还斯图尔特借给我的那笔款项的四分之一！

不料，他变得出乎意料地好斗，一把将信封抛还给我，就像《塔拉维亚塔》[①] 里的阿尔弗雷多。

---

① 即意大利歌剧《堕落的女人》，首演于1853年，此剧根据小仲马《茶花女》改编。

“你用这些钱去缴你的人头税吧。”他说。我看着他。为什么大家突然都来找我的事，好像我对当地政府财政的消费过程可以起到特别的作用一样。“你**第二个家**的人头税。”他带着人们所说的嘲笑口气重重地抛出了这句不太让我受用的话——“就是这条街上55号的那个家。”

最近我发现自己不断不由自主地重复一句话，差不多都成了我的口头禅——不要低估了我的这位毛茸茸的朋友。从那一刻起，我必须承认，那个夜晚的事情并不向我预想的那个方向发展了。我们不是在屈尊演电影。吉莉安“去看她母亲”了。为这个光亮无比的缺席，斯图尔特得到的补偿是一瓶免税的威士忌，对他来说，不表现出男人气概，似乎是说不过去的。因为今天是一个不见星空的夜晚，苍穹和宁静的艺术大师把泰特斯·安德洛尼克斯①的温和性情赋予了他。

“你和吉尔发生了私情？”

你能明白我的意思吗？这话问得多么直白、多么赤裸，太不像他的一贯风格了。一个素来喜欢穿行于伦敦的古怪的背街小巷的人，现在真的要去小镇了。

我大吃一惊——我必须承认。以前，在很多时候，在人家的质问声中我是竭力否认我与别人私通的，尽管我确实私通了。但是，现在要我去否认我与吉莉安的私通——因为我确实没有私通——这倒需要新的本事了。我发誓就没有这等事。我环顾着四周，想找一个用来发誓的物件，但是找来找去，发现这年头确实没有什么干净的东西了。

---

① 莎士比亚的悲剧《泰特斯·安德洛尼克斯》（*Titus Andronicus*）中的同名主人公。

于是我想到吉莉安的心，她的人生，她头上的秀发，但是这些东西没有一样完全适合于眼下的发誓需要，也不适合于我从斯图尔特那里榨取一丝咄咄逼人的气势的努力。

我们已经喝了很多威士忌。我们本来可以相互交流各自对外部世界的不同看法，但是因为喝了这么多酒，这种哲学性交流的可能性时有时无；的确，在不少时刻，斯图又流露出他特有的愚蠢。在某一刻，他突然打断我思路复杂的论辩，那声音无异于喊叫。

“借我一英镑，把你的妻子给我。”

这句话似乎与我想努力营造的气氛完全背道而驰。我看着斯图尔特。

“借我一英镑，把你的妻子给我。借我一英镑，把你的妻子给我。”

我知道，他在这里使用的修辞手法叫重复。

“我对你说了三次的事就是真的。”我咕哝着说，并不希望此中的暗示像飞钓上钩的鱼一样被钓出我话语的水面。

不过，斯图尔特对我的话的“打断”（这是他的另一种修辞手法）确实给了机会——如果不是大门，至少也是猫洞——让我能说出我一直想说的话。

“斯图尔特，”我开始说，“我向你保证，我和吉莉安之间没有发生私情。我们甚至都没有进行——像外交官说的——有关会谈的会谈。”他哼哼着，对我的这个世俗说法似懂非懂。“在另一方面，”我继续说——当他意识到我还有更多的话要说时，他那易怒的眉毛由于暴怒而挤到一起——“作为朋友，我必须告诉你，我爱上了她。不要责备我。首先让我对你说明白，我为此心乱如麻，与你一样。假如我有那么一点点控制力，我也就不会爱上她。不会现在爱上她。假如我有那么一点点控制力，我第一次见到她的时候就爱上她了。”（为什么当时没有爱上她？是因为出于对朋友的忠诚，还是因为她牛仔裤下面穿着运动鞋？）

这些话，斯图尔特听了好像并不是很理解，于是，我赶紧直奔问题的中心，我想他的职业训练应该有助于他由此得出他个人的深刻理解。“我们生活在一个由市场力量统治的时代，斯图尔特。”看得出来，这句话让他变得警觉起来，“如果你看不到市场的力量现在无所不在——在迄今为止毫不相干的领域都有市场的力量——那你就幼稚了，或者像他们以前常说的，不通世事了。”

“我们谈论的不是金钱，我们谈论的是爱情。”他说。

“啊，它们有非常相似的地方，斯图尔特。它们想到哪里，就去哪里，根本不管身后会留下什么。爱情也可以被并购，也有资产剥割，也有垃圾债券。爱情的价值也会像货币一样涨涨跌跌。信心是维持爱情价值的关键。

“同时也得考虑运气的因素。有一次，你告诉我，伟大的企业家的成功需要魄力和才干，同时也需要运气。还有什么比你在查令十字酒店第一次遇到吉尔更幸运的事呢？你如此幸运，遇见了吉尔，这难道不也是我的幸运吗？

“金钱，按照我的进一步的理解，是无所谓道德不道德的。它可以用来做好事，也可以用来干坏事。我们也许会批评那些进行金钱交易的人，正像我们会批评进行爱情交易的人。但我们并不批评交易的实质本身。”

我感到他又要跟不上我的思路了，于是我在此进行了总结。我把最后的一点儿威士忌分别倒在我们两人的酒杯中，让酒来帮助我们理解问题。“我们必须抓住的，斯图尔特，就是市场的力量。我将要把她接管过来。我的接管申请将被董事会接受——我的意思是董事会。你也许可以成为非执行董事——其别名为朋友——但是，我想现在你该交回那辆配有司机的汽车了。

“当然了，我与你一样，都能清楚地看到这个问题的悖论。你是市场的产物，但是你又想保留你人生的家庭生活那部分，宣称家庭生活不受伟大的力量的影响——这个伟大的力量就是你所熟知的朝九晚五的工作。另一方面，我，作为一名——怎么说呢？——具有艺术气质和浪漫天性的古典人道主义者，极不情愿地承认：人类情感不是按照某一本优雅高贵行为的规则书制定出来的，人类情感遵循的正是市场的狂风暴雨，市场飓风的伟大力量。”

大概就在这个时候，意外发生了。我想起来了，斯图尔特给我点了一支烟（我知道我戒烟了——但是有时候压力很大，烟瘾难免又犯）。不知什么原因，我们都站了起来。结果就不幸地撞头了，这让我们两个人都很震惊。幸运的是，他戴着隐形眼镜，否则，他的眼镜可能会被撞碎。

戴尔夫人真是一个好人。她为我洗掉了衣服上的血迹。她说，在她看来，尽管她的眼力已经大不如从前，但她仍认为我脸上的这个口子需要缝针。不过，我坦率地说，这深更半夜的，我不想让我的车再跑一趟了。说完，我就进了房间。

如果你喝醉了，那就不会感到疼痛了。如果你参加了酒神的21岁生日派对之后，你醒来仍感到宿醉极其难受，那么你也不会再感到疼痛了。这样的说法到底对不对？我只能让每一个人自己去试验了。

斯图尔特：

我承认，拿头撞他或许是不对的，但我只是使用了市场的力量，你不明白吗？

事实上，现在我常常对奥利弗的话充耳不闻。或者说，我知道他在说什么，即使我只是拿一半时间在注意听他讲。这得归功于我这几年养成的一种过滤能力，就是从一大堆废话中找出与我相关或我想知道的内容的能力。我坐在那里，喝我的酒，甚至在脑子里哼着歌，我都能从一堆废话中找出要紧的话来。

他们当然在偷情。啊，不要那样看我。做丈夫的总是第一个起疑心，最后一个知道真相，这句话我以前说过的。但是等他知道的时候，他就什么都**知道**了。要我告诉你我是怎么知道的吗？因为她什么都告诉他了，她把我们的事都一五一十地告诉他了。我相信——暂且相信——这面上的故事：他爱上了她，他每天下午来看她，他还租了一个房间，因为他的他妈的痛苦的心必须接近她——但这些都算不上什么。我相信的是，令我确信无疑的是，不是他的他妈的心，而是他的他妈的鸡巴需要接近她，那是他一不小心说漏嘴的，他自己都没有注意到。还有吉尔与我在查令十字酒店认识的事。我们是费了很大的工夫才相识的，太不容易了。吉尔和我约定不向任何人说起这件事——特别是不向奥利弗说起这件事。那时我们两个人都是很尴尬的，是的，我承认。我们都有一点儿尴尬。这个约定是你不会轻易忘记的。但是她忘了。她向奥利弗说了我们第一次认识的事。这是一个证据，证明她与奥利弗在偷情——她出卖了我。他在与她偷情的证据是，有一次在谈话中他无意中说起这件事，好像这是一件人人都知道的无关紧要的小事。如果他没有与她偷情，他就会把我与吉莉安见面的事大肆渲染，手舞足蹈地大大嘲弄一番，而他没有这样做，这就越来越让我相信，他的行为表明他的精神状态已经非常不平衡。

他还是老样子，奥利弗，一点儿都没变。借我一块钱，把你的妻子给我。他根本就是一个寄生虫，你明白吗？一个好吃懒做的势利眼，一个寄生虫。

我没有听他讲如何维持夫妻关系，如何维持社会关系之类的一大堆废话。我们上学的时候，奥利弗就很擅长写这一类要小聪明的小文章。为什么那时候喜欢这样的东西？就像法国大革命——小时候总是对那样的东西着迷。我记得，过了一会儿，他又大谈特谈市场的力量。对这一节，我倒是稍微集中注意力听了一下，因为看奥利弗完全胡扯洋相百出，总比他稍微收敛一点儿，只出点小洋相的样子，要有趣得多。所以，我仔细研究了他的复杂理论，分析了所有的论据，最后得出这样的结论——如果我过于简单化了，欢迎指正——正是出于**市场**的原因，我才搞上了你的妻子。啊，原来如此。我原以为你爱上了她，或者恨上了我，或者两者兼而有之。到头来原来却是因为**市场**。原来如此。作为大机器的一个微不足道的零件，我当然明白你为什么这样做。这样一来，我倒好受多了。

就在这时，他的嘴巴里又叼上一支烟（这是今天晚上的第九支了——我数着呢），但发现火柴用完了。

“给我来一个荷兰搞法，老朋友。”他说。

这个说法我第一次听到，或许是骂人的话吧，所以我没有理他。奥利弗将身子靠过来，伸出手，一把夺过我正吸着的烟。他弹了弹烟灰，在烟头上吹了吹，直到烟头出现红红的烟火，便用这烟火点着了他的烟。他点烟时候的动作非常令人恶心。

“这就是荷兰搞法，老朋友。”他斜着眼，给了我一个可怕的微笑。

我再也受不了了。再叫“老朋友”也没有用了。我站起来，说：“奥利弗，你尝过格拉斯哥之吻的味道吗？”

他显然以为我们在谈论词语的意义和用法，甚至以为我在教他如何与我的妻子上床呢。“没有。”他说，显出很有兴趣的样子，“我从没去过那地方。”

荷兰搞法，格拉斯哥之吻。荷兰搞法，格拉斯哥之吻。“我做给你看。”我站起来，示意他按我的样子做。

他站起来的时候身体非常不稳。我一下子抓住了他的毛衣，直盯着他的眼睛，直盯着这张可恶的、汗津津的、操过我妻子的脸。什么时候？最后一次在什么时候？昨天？两天之前？

“这就是格拉斯哥之吻。”我说着，猛地一头撞到他的脸上。

他身子向后一仰，开始还笑了两声，好像以为我还要给他示范别的什么似的，然后就跌倒了。等他弄明白这不是什么玩笑，他立马跑了。他不是什么敢于赤手空拳上阵的勇士，真的不是。实际上，我的奥利弗是一个十足的懦夫。只敢去女士专场的酒吧瞎混，你明白我的意思吧？他总是说他痛恨暴力，因为他小时经常挨他父亲的打。用什么打？用糖纸卷起来打吗？

啊，你知道，我再也不想说奥利弗了。好吧，我告诉你一件事。我们在学校的时候，总是玩儿当兵的游戏——联合见习军官部队。玩儿擦步枪的枪膛。你拿一块布，4英寸乘2英寸大小，折起来，一头接上进枪膛绳的一端，塞进枪管头，然后将这块布从枪管中穿过来，这是很难拉过来的，因为折过的布在枪管里塞得很紧。你就这样从屁股来到鼻子。这就是我的感受。有人将一块4英寸乘2英寸的布穿在一根电线丝上拉着穿过你的身体，从我的屁眼穿到我的鼻子，穿来穿去。从我的屁眼穿到我的鼻子。这就是我的感受。

好吧，你走吧，如果你不介意的话。我想一个人静一会儿。谢谢。

烟灰缸里两支香烟

咖啡馆里坐着我和我的爱

一个陌生人……

当然，他们有没有真的上过床，**你**是知道的，对吗？**你**一定知道。所以快告诉我。来吧，告诉我。

第十二章

别提瓦尔，你也别信她

斯图尔特：

我停下脚步，看垂柳在哭泣
在他的枕头上哭泣
也许他正为我流泪

天空渐渐变暗
夜莺耳语在我耳边
我竟是如此寂寞孤单

这是佩茜的歌。呃，你听不出她的声音，是吗？这是她的《走在午夜的街头》。

我给吉莉安放了这首歌，问她有什么想法。

“我真的没什么想法。”她说。

“是吗？”我说，“那我再给你放一遍。”

我又给她放了一遍这首歌曲。你也许不熟悉这首歌，我个人认为这是佩茜的代表作之一。这首歌讲的是一个被男人抛弃的女人走在午夜的街头，希望能与他在街头重逢，希望他回心转意，回到自己的身边。

放完歌，我抬头看着吉莉安。她站在那儿，面带一种表情，呃，一种无动于衷的表情。我想：这表情就好比，她把什么东西放进了火炉，但这东西烧得着烧不着，就不关她的事了。她什么也没有说，我自然有些恼怒。我的意思是，如果是我，一定会对她最喜爱的一首歌曲发表什么看法的。

“那我再给你放一次。”

我又放了一遍。

天空渐渐变暗

夜莺耳语在我耳边

我竟是如此寂寞孤单……

“现在，你想到什么了吗？”我问。

“我想到，”她说，“我想到这歌尽是令人作呕的自爱自怜。”

“哦，你不就是这样吗？”我喊了起来，“你不就是这样吗？”

没有太喝醉。

醉得刚刚好。

怀亚特夫人：

我的意思就是这样。他们会用数据告诉你，这事很正常，那事很正常。行，好吧。但是对我来说，什么时候都是危险期。我看过许许多多的婚姻，长的，短的，英国人的，法国人的。七年之后，就危险了，那是肯定的。七个月之后，也是危险的。

我无法向女儿启口的是这些事。和戈尔登结婚一年之后，我就有了一次外遇。这与我们的婚姻状况无关：我们非常相爱。但我还是和别人发生了一段时间不长的私情。“啊，多有法国情调。”我听到你这么说。哦——啦——啦。呃，与法国情调无关。我有一个英国朋友，一个英国女人，结婚六星期后就有了外遇。你吃惊吗？你可以感受婚姻的幸福，同时你也可以感受偷情的快乐。你既感到婚姻的安全，又感到偷情的恐慌，这不是什么新鲜事。从某种意义上说，刚结婚的日子是最危险的时期，因为——怎么说好呢？——因为这时的心最柔软。越吃越有胃口。越是处于爱情之中，越是会使你坠入爱河。啊，我无意与尚福尔一争高下，你知道的，这只是我的人生心得。有人认为这与性有关，说他没有在婚床上尽本分啦，说她没有在婚床上尽本分啦，但我觉得不是这么回事。还是心的问题。心变得柔软了，这就危险了。

你明白我为什么不能对我女儿说这些了吗？啊，吉莉安，我很了解她。我和她父亲结婚一年后就有了外遇，这其实是很正常的。我不必非告诉她这件事不可。我不为我的外遇感到羞愧，也没有什么理由向她保密，只是说出来大家都会受伤。做女儿的必须寻找自己的归宿，你让她意识到她自己是在重复她母亲的可怕经历，那是多么残忍。我不忍把这样的事强加给我的女儿，不忍心让她知道。

所以，我只能说："什么时候都是危险期。"

当然，我一下子就知道那个人是奥利弗。

吉莉安：

他说："求求你，不要离开我。他们会想我没有鸡巴。"

他说："我爱你。我永远爱你。"

他说："如果在这个家里再让我看到奥利弗，我就拧断他的狗脖子。"

他说："求求你，让我与你做爱吧。"

他说："雇用一个杀手如今是很便宜的，价位丝毫不受通货膨胀的影响。这都要怪市场的力量。"

他说："自从遇见你，我才感觉自己活着。现在我又要回到死尸般的生活了。"

他说："今晚我要带一个女孩去吃饭，吃饭后我也许会和她上床，但我还没想好。"

他说："为什么只能是奥利弗？"

他说："我还能和你做朋友吗？"

他说："我不想再见到你。"

他说："如果奥利弗有一个正当的工作，绝不会发生这样的事。"

他说："求求你，不要离开我。他们会想我没有鸡巴。"

怀亚特夫人：

我女儿还对我说了这样一句话：“妈妈，我想那就是**规则**。”我听了非常难受。

她的意思不是行为规则，不只是行为规则。人们总是认为，结婚了，问题就解决了。“解决了。”他们这样说。我的女儿当然不会幼稚到产生这种想法的地步，但我相信，她确实希望，或者说确实感到，结了婚，她就得到保护了——至少在一段时间内——得到了我们所说的亘古不变的婚姻规则的保护。

我已经50多岁了，如果你问我什么是亘古不变的婚姻规则，我只能这么回答：一个男人永远不会抛弃妻子去找一个更年长的女人。除此之外，任何事都有可能发生。

斯图尔特：

昨天晚上，我前去拜访55号的那户人家，瘦小的老妇人黛尔夫人为我开了门。

“噢，你是社区中心的人。”她说。

“是的，夫人，”我说，“这么晚打搅您我很抱歉。但是一旦有房客被查实得了艾滋病，社区中心有责任尽快——在第一时间——通知房东——以及女房东。

“你喝多了。”她说。

“唉，你知道，我这份工作，压力很大。”

“那你更不能喝酒了。如果你要操作机器，尤其不能喝。”

“我不操作什么机器。”我说，感觉到我们的谈话已经跑题了。

“那就试试早点儿睡吧。”她一下子把我关在了门外。

她说得当然没错。我或许要操作机器呢。比如，我可能要开着车来回碾压奥利弗的身体。嘭，嘭，嘭。这个工作我必须在清醒的时候去做。

我不想让你误解我。我什么也没干，只是独坐在那里，喝得醉醺醺的，听着佩茜·克莱恩的磁带。呃，我有时就这样，真的。但我不会再浪费时间沉迷于——吉尔怎么说的？——对，“令人作呕的自爱自怜”中了。但我也不打算放弃，你明白吗？我爱吉莉安，我不打算放弃。我会尽我所能，不让她离开我。假如她真的离开了我，我也会想尽一切办法让她回到我身边。如果她不愿回来……那就想别的办法。我不会就这么躺倒认输的。

开车碾压黛尔太太的房客？我当然不是那个意思。只是随口说说罢了。再说，事先你也没有做过任何针对性的练习，对吧？突然之间，所有事情就一股脑儿地压到你头上，你只好硬着头皮去对付。所以，有时候你就变得口是心非，别人老挂在嘴上的那些话，不知怎的，就突然从你的嘴里冒出来了。就比如，我对吉尔说，我要带一个女孩去吃晚饭，吃完之后如果我想的话还会和她上床。这话多愚蠢，只能让吉尔受伤。我带出去吃饭的是一个女人，不是什么女孩，真的，是女人。她叫瓦尔，很久很久以前的一个老朋友。我心里想一起做爱的只有吉尔。没有别人。

奥利弗：

我开门进了屋，像野牛一样咳嗽起来，好让黛尔太太知道我要在她的镶木地板上留下脚印了。她从厨房里出来，歪着她那向日葵一般的头，眯起眼，看着我。

“听说你得了艾滋病，我感到很难过。”她说。

那一刻，我的精神不像从斯大林时期到勃列日涅夫时期建造的那些苏维埃纪念雕像那样刚强，那样经得起打击了。我想象黛尔太太无意之中拆开了诊所寄来的棕色信件。我说过我会给他们打电话的。而且，他们并没有我的这个地址。

“谁告诉你的？”

“一位社区中心的先生。上次为人头税的事来过。他就住在这条街上。我见过他。他有一个漂亮的妻子。”她边说边指指那个方向……一切都明白了。

“这是个玩笑，黛尔太太，”我说，“一个玩笑。”

“我想他还以为我不知道艾滋病是什么呢。”她说。我看着她，对她露出这样的表情：她竟然知道艾滋病，这连我都感到震惊。“我看过小册子，”她说，“不过我告诉他，你很干净，另外，我们各自使用独立的卫生间。”

我的心头突然涌上无限的柔情。如果你把一只脚小心地伸进我的心，我马上就给你穿上长筒靴。“黛尔夫人，”我说，“我希望你不会觉得我太冒失。你能考虑做我的妻子吗？”

她咯咯咯地轻声笑起来。“对任何一个女人来说，结一次婚就够了，”她说，“另外，年轻人，你得了艾滋病。”她又咯咯咯地笑起来，旋即走进了厨房。

我坐在窗前，面对着智利南美杉，想起了斯图尔特在早餐桌上摇晃他的那个麦片罐，**哧——咯——哧——咯——哧——咯**。过了一会儿——我的脑子真成了一只丽蝇，一只跳跳虫——我想到床上的斯图尔特和吉莉安。我敢打赌，那声音肯定是一样的。我敢打赌，就是这样，**哧——咯——哧——咯**。真让我伤心，噢，真让我伤心。

斯图尔特：

我现在说的话你都不要当真，但我说奥利弗该有个正经的工作，这是真话。要防止伤风败俗行为的发生，要防止有人偷别人的妻子，什么才是最有效的方法？答案是：全职工作，让所有的成年男子在相同的时间工作，上午9:00到下午5:30。噢，周六也得照常上班，让我们回到一周工作六天的时代。当然，工会不会欢迎，飞行员和其他一些工种也得做特殊的安排。飞行员、乘务员的伤风败俗是出了名的。还有别的什么职业也充斥着各种伤风败俗和偷人妻子的行径？大学教师、演员、医生、护士……你明白我的意思吗？这些人都没有固定的工作时间。

奥利弗嘴里没有一句实话，这是毫无疑问的。他就那点本事。我总是在想，这些年来我怎么就容忍他的连篇大话——这样做，也许我是大错特错了。比如，他老说他父亲打他。我一直怀疑到底有没有这回事。他总是夸大其词，好像是什么了不得的事——他6岁母亲就去世，父亲就开始打他；用台球杆打他，只因为他长得像他妈妈，所以，他父亲就是用这种手段变相地惩罚他母亲，惩罚她死得这么早，就此抛弃了他（世上真有人这么想这么做吗？奥利弗说，他可以向我保证，有）；就这样他父亲打了他好几年，直到有一天，在他15岁的时候（他有时候说是16岁，有时又说是13岁），奥利弗转身还击了他父亲。从此以后他父亲再也不打他了，现在他老爸住在一个养老院里，奥利弗时常会去看望他，希望在老人的晚年能找回零星的父子亲情，但他每次失望而归，伤心不已。这故事还真能赢得别人同情的眼泪呢——不只是女人会流泪吧。

不用说，谁也没有听过他父亲怎么说的，不知老人会怎么讲？我去看奥利弗时，我短暂地见过他爸几次，他可从来没有要打**我**的意思。听了奥利弗讲的故事，我想他老爸一定长着一副吸血鬼的獠牙，身上老带着手铐随时要铐什么人；但我看到的，是一个非常和善的老头，慢悠悠地吸着烟斗。奥利弗当然非常恨他，但一定有别的什么原因，可能是因为他直接拿刀吃豌豆，或者他不知道《卡门》的作者是比才，等等。你也许看出来了，奥利弗是一个势利小人。

他还是一个——我忍不住要说——还是一个懦夫，或者，这么说吧，至少是一个懦夫，至少。奥利弗童年时期最辉煌的事件就是他敢于反抗残暴的父亲，给了那老杂种——奥利弗叫他老杂种——一顿痛打，打得他夹起尾巴，灰溜溜地逃走了。我的体格是要比奥利弗小一大圈，但是我用头猛地撞到他脸上的时候，他是怎么反应的？还不是尖叫着，哭哭啼啼地逃走了。这哪像一个好汉，制服了学校里那个蛮横欺凌别人的家伙的好汉？啊，那根台球杆哪儿去了？奥利弗有一次对我说，他和他父亲只有一个共同点：他们都痛恨运动。

吉莉安：

奥利弗的脸要缝五针。他对医生说，他绊了一跤，撞到了桌角。

他说，斯图尔特那一脸凶相，只有你亲眼见了，才会相信有多么可怕。他说他以为斯图尔特会杀了他。他叫我一定要在家里的威士忌酒瓶里掺上水。他求我立刻离开他。

斯图尔特：

天空渐渐变暗
夜莺耳语在我耳边
我竟是如此寂寞孤单……

吉莉安：

你知道，我和斯图尔特在一起的那段时间里，他从没有问过我为什么那天晚上去了查令十字酒店。我的意思是，有一次他倒差不多问了，我回答说，我看到了*Time out*杂志[①]上的一则广告，但他没有追问下去。他是一个很谨慎的人，不轻易盘问我。我想这一方面或许是因为他对我的过去不在乎吧：我就在眼前，这才是斯图尔特感兴趣的。

① 1968年创刊于伦敦的世界顶级城市生活杂志品牌。

但其实不止如此。我是什么样一个人，斯图尔特有他自己的看法，他已经认准了我的样子，他不想再听任何不同的故事。

我**为什么**去了那里，这很容易说清楚。一个已婚男人：他不愿离开他妻子，我也无法放弃他。是的，都是腻腻歪歪的老一套，拖拖拉拉地没结局。所以，我想来一个快刀斩乱麻。自己的幸福自己找——你不能想着幸福会像包裹一样哪一天忽然从天飞落，降临到你的家门外。在这些事情上你必须务实。有人坐在家里幻想，我的王子总有一天会驾临。这是没有任何用处的，除非你举起一块牌子，上面写着：欢迎王子驾临寒舍。

奥利弗就完全不一样了。他一上来就想了解我的全部。我有时候感到，因为我过去的生活没有太多的奇异色彩，让他有点儿失望了。我没有在塔希提岛打捞过珍珠，也不曾出卖贞操来换取紫貂大衣。我历来就是这个样子。另一方面，奥利弗心中的“我”的形象，不是固定在斯图尔特脑海中的那个“我”的样子。那是……很美妙的。不只是美妙，还很性感。

“我敢打赌，斯图尔特基本上只是把你看作一个很会逛商店买东西的小女人。”几星期之前，他这么说。

我不喜欢别人说斯图尔特不好。实际上，我也不允许别人说他不好。“我**确实**很会逛商店买东西啊。”我这样说（其实我并不这么看自己）。至少，我比奥利弗会买东西，他看到青椒都犯晕，你知道我的意思吧？

“对不起，”他马上接过我的话，“我只是想**说**，对我来说，你是一个，怎么说呢？一个具有无限可能性的人。我不想在地上画一圈，把你框在别人对你这个人的本性所下的结论中。”

“你这样说真是太好了，奥利弗。”我其实是有点儿取笑他的意思，但他好像没有听出来。

“我想说——不是说斯图尔特不好——他可没有真的**看清**你。”

“那你呢——你**看清**我了？”

“你的三维形象，全部在我眼睛里。”

我对他笑笑，吻了他。后来我想：像斯图尔特和奥利弗这样两个性格截然不同的人都爱上了我，这是怎样的一个**“我”**呢？哪样的**“我”**先爱上了斯图尔特，之后又爱上了奥利弗？是同一个“我”，还是不一样的“我”？

哈林格医院

事故与急救部

姓	拉塞尔
名	奥利弗·戴文波特·德昆·西
地址	北16区，圣登士丹路55号
职业	编剧
事故地点	家中
到院时间	11:50
医生	卡利亚里博士（西西里）

门诊记录：

自诉撞到智利南美杉旧伤复发

身上有酒精味 ++

没有失去意识

上一次破伤风>10年前

经检查，脸颊处有3厘米深伤口

X光检查未发现异常

用10×50 尼龙缝线

配药：破伤风毒素

五到七天后来此复查

J. 大卫

16:00

奥利弗：

我从没有想过我会得艾滋病，虽然戴尔夫人如此煞有介事地对我说起这件事。但是，我这样做说明我是认真的，不是吗？**清空一切**。从头开始。

我无须缴两次人头税，因为实际上我不住55号，以后我也不会住那里了。我突发奇想，产生了一个请黛尔太太做伴娘的想法。或许该叫作已婚的伴娘。

有些东西老缠着你不放。希望我从来不曾想到过斯图尔特的

哧——咯——哧——咯，现在怎么也甩不掉。你知道，我过去常常和自己开这样的玩笑。青春期前后，我读过一本书，书里有这样的句子：**他对着她窄窄的腰胯为所欲为**。我必须承认，必须毫无羞耻感地承认，这个句子好几年来一直挂在我脑子里的一根绳子上，就像挂着圣诞节的装饰品，就像镏金的护身符。我想，他们就这样干啊，这些肮脏的畜生。我很快也要干。但是，这么多年残酷的现实将这个句子从我脑子里抹去了。但是，因为吉尔，这句话又回到了我的脑海中。我常常高高地坐在智利南美杉树上，轻声地对自己说（并不是**彻底**地正儿八经地，相信你能明白）：“**他对着她窄窄的腰胯为所欲为**。”但是我不能再这样做了，因为我的大脑出了故障，神经节堵塞了。因为每当我听到这个句子，紧接着耳边就响起斯图尔特那**哧——咯——哧——咯声**，就像线条优美的机车后面拖着一辆矮胖的木桶似的煤水车。

我向上帝祈祷，他们已经不再这样干了。我向上帝祈祷，他们现在已经不再睡在同一张床上了。我不能问。你怎么想？

蜜月之后是苦艾月。谁会想到斯图尔特喝了烈酒之后，竟会变得如此暴力？

斯图尔特：

我停下脚步，看垂柳在哭泣
在他的枕头上哭泣
也许他正为我流泪……

没有喝得太醉。

醉得刚刚好。

吉莉安：

我知道你要问我一个问题，我必须回答。你有提问的权利。如果你提问的语气里带着怀疑，带着嘲讽，我也不会惊讶。来吧，问吧。

是这样的，吉尔，你已经给我们讲了你是如何爱上斯图尔特的——你看到他的那张做菜时间表，你便对他心动了——所以请你再讲讲你是怎么爱上奥利弗的，怎么样？你爱上他是因为你看到了他在填写足球博彩的彩票，还是看到了他在玩儿《泰晤士报》上的字谜游戏呢？

好的。我或许要怀疑你的立场。但是我想说的是下面这些话：事情怎么发生，我不能选择。我没有操纵事态的发展。我没有突发奇想地认为，比起斯图尔特，奥利弗是一桩“更好的买卖”，或更好的什么东西。事情就这样发生在我身上了。我嫁给了斯图尔特，然后又与奥利弗相爱了。我没有为此感到洋洋得意。有些方面我还很厌恶呢。但事情就这样发生了。

但是，“那一刻”——甚至连那些与我素昧平生的人都要我记住“那一刻”。我和奥利弗坐在一家餐馆里。我们本以为是一家法国餐馆，其实不是。我觉得那里的一半服务生是西班牙人，另一半是希腊人，他们的样子是十足的地中海人。这里的厨师在每一道菜里都会放凤尾鱼和橄榄。他们把这个餐馆叫作“小普罗旺斯”——这就骗了大多数人，或者说，不是骗了他们，至少也是让他们倒了胃口。

我与奥利弗之所以出去吃饭，一是因为斯图尔特那天晚上不在家，二是因为奥利弗一再坚持要带我出去吃饭。开始我说我不想去，接着我说我来付钱，之后我又建议我们各付各的，但是到最后还是陷入了必须给男人一点儿面子的那一套。男人真是要面子：即使他们手头正紧，你要是说你来付一半，他们会更显示出难以接受的样子。所以我就这样去了，一半是半推半就的，一半是被生拉硬拽的，我们去的这家餐馆，是我挑的，不是因为我喜欢它，而是因为这里的饭菜很便宜，他应该付得起。但这一切都丝毫没有影响到奥利弗。他看上去很放松，好像来餐馆前的这一通周折从来没有发生过一样。我认为他会开始数落斯图尔特，我也很担心他会这样做，结果却相反。他说，上学时的事情他记得的不太多了，但是他记得的所有美好的事情都与斯图尔特有关。当时学校里有个黑帮，是被他们打败的，就被他们两个人打败的。当时有一个家伙，外号叫“大脚”，其实他有一双很大的手。有一次，他们俩一起搭顺风车去苏格兰玩儿。奥利弗说他们花了好几个星期才赶到苏格兰，因为他对要搭的车太挑剔了，如果他不喜欢那辆车的内饰和轮毂罩，他就不愿意搭那辆车。有一天，雨下个不停，他们坐在公交车站的棚子底下，吃燕麦饼。奥利弗说他开始对这种食物的味道有感觉了，于是斯图尔特给他做了一个盲吃测试。奥利弗闭上眼睛，斯图尔特先把一小块潮湿的燕麦饼喂到他嘴里，再撕下一小块潮湿的燕麦饼包装纸喂给他。斯特尔特说奥利弗根本没有吃出它们的不同。

我想这顿饭吃得……很舒服，这很令我意外。奥利弗一边吃，一边满意地哼哼，其实我们两人都知道这食物真不怎么样。我们快吃完主菜的时候，他叫住了一个从我们旁边经过的服务生。

“Le vin est fini.[①]”奥利弗对他说。他说法语倒不是为了炫耀他的外语，他只是觉得这家叫“小普罗旺斯”的餐馆的服务生总该是法国人。

“抱歉，您说什么？”

“啊。”奥利说。他把椅子稍微转过去，轻轻拍打着酒瓶，好像是在那可恶的莎士比亚英语学校上课似的。“Le vin…est…fini.”他重复了一遍，一字一顿很清晰，结尾还用了升调，表示后面还有话要说。“这酒……”他接着用浓重的非英语口音说道，“来自……芬兰。”

“您想再来一瓶？”

“Si，signor.[②]”

我想我是呵呵地笑开了——我们不能这么对待可怜的服务生啊。服务生走了，不一会儿给我们拿来了一瓶葡萄酒，看样子好像有点儿生气。奥利一边往我酒杯里倒酒，一点轻轻地说：“多么好的一瓶西贝柳斯庄园酒啊，我想你马上就能体会到。”

---

① 法语，意为：酒喝完了。

② 意大利语，意为：是的，先生。

这下把我彻底引爆了。我大笑起来，笑个没完，笑到咳嗽，笑到肚子疼。奥利有这么一个本事：他知道如何把一个笑话讲好，讲到让人发笑。我实在不想拿斯图尔特与奥利弗做比较，但是斯图尔特真的不会讲笑话。他把笑话讲完，就不管了，就好像他对着兔子开了一枪，就算打猎结束。奥利弗就不一样，你不笑，他就一直讲下去。如果你心情不好，你可能会厌烦这样的笑话，但是，我想那个晚上我的心情很好。

"来杯咖啡吗，夫人？一小杯卡勒瓦拉[①]？一杯加冰的苏奥米[②]？我知道，来一杯卡列里亚？[③]"听到这里，我又受不了了，而那个服务生弄不懂我们开的是什么玩笑。"好的，我想为我的朋友点一杯苏奥米，只要一指宽[④]，"奥利说道，"你们有什么牌子的？你们有'赫尔辛基五星'吗？"

我向他挥了一下手，示意他不要再说了，但是服务生却理解错了。"这位小姐不要。那么您想点些什么，先生？"

"哦，"奥利故作回过神来的姿态，突然一脸严肃地说，"啊，是的，我只想要一个小峡湾。"我们又大笑了起来。走出餐馆的时候，我发现自己刚才笑得太厉害，弄得侧肋都痛了。我对自己说，上帝啊，这太危险了，**真的**是危险**过头**了。过了一会儿，奥利安静下来了，好像他也感觉到这太危险了。

---

① *Kalevala*，为芬兰的一部民族史诗的名字。
② Suomi，芬兰语，意为芬兰人。
③ Karelia，与芬兰接壤的一个地区。
④ 这里表示量少，杯中的液体只有一手指宽的高度。

我觉得这真好笑，你不觉得？没有关系。只是因为你问我，我才这么讲了一通。我们走的时候，桌上放了一笔很大的小费——如果服务生觉得我们在嘲笑他，这也算是一个补偿。

斯图尔特：

天空渐渐变暗

夜莺耳语在我耳边……

吉莉安：

我第一次见到奥利弗的时候，我问他是否化过妆。这叫人有点尴尬——我的意思是，日后想起来，这可是你对自己所爱的人所说的第一句话——但是这话并非那么不着边际。我的意思是，奥利弗在与别人见面前，有时候确实是要化妆的。他喜欢弄出动静，喜欢热热闹闹，喜欢叫人吓一跳。但是，只有与我在一起时他才不化妆。他会变得很安静，他就成了他本来的样子，他知道，要让我印象深刻，他无须弄出一场飓风。或者，反过来说，要是他真的弄出飓风一样的响动，反倒不会让我留下难忘的印象。

这是只有我们两个人知道的一个小玩笑。他说我是唯一一个看到过他素面朝天的样子的人。这倒是事实。

奥利弗说那没什么好奇怪的。他说我做的就是这样的事。我一天一天清除油画上的污垢，所以，自然而然地，我也对他做着同样的事。“吐口唾沫，擦一擦，”他说，“不要用刺鼻的化学溶剂。吐口唾沫，擦一擦就行了，很快，你就会看到奥利弗的真实样子了。”

那么，真实的奥利弗是什么样子？温柔，真诚，对自己不太自信，有点懒，很性感。你难道看不出来？给他时间。

我这话听上去好像是我妈的口气。

……（女，25到35岁之间）：

如果你问我，我就给你一个简单的解释。也许不简单，真的。我以前碰到过这样的事。要点是……

什么？你说什么？你想要看我的证件。**你**想要看**我**的证件？听好了，如果这里真有人必须出示证件，那就是你。你做了什么事啊，就有权利要求我说出我的观点？对了，你有什么权利？就你那两下，别弄得跟警察似的。

你会相信我的话？听好了，对我而言，这就是花两便士买一个奶油馒头的事，信不信由你。我会给你说说我的看法，但不会说我的全部生活。所以，如果你不喜欢这桩生意，请便，走您的，陌生人。不管怎样，我不是来这里闲荡的，所以用不着来那老一套。我明白。我当然明白。你们是想知道——我是不是金妮，那和蔼可亲的全科医生；我是不是高傲的哈丽，哈利街上的精神病医师；我是不是蕾切尔，那个不修边幅的摇滚明星；我是不是娜塔莉，那个磨磨蹭蹭的夜班护士。我的可信度取决于我的职业或者社会地位。呃，对不起。不，滚开。如果你挖空心思非得知道我的身份不可，我来告诉你。也许，我毕竟真的不是一个小妞了，只是看起来像。也许，我在卡萨布兰卡和科帕卡巴纳上过大学，在布洛涅读过研究生。

好吧，我道歉。你刚好碰掉我的烛芯了。还有，你刚好碰到我情绪不佳（没事，这都跟你没关系）。天哪，听着，我给你说说我的想法，然后我就滚蛋。你觉得我是一个什么样的人，你自己会有结论的。此时此地，我真的不是什么月度明星，所以，从此之后你再也见不到我了。

我当然不是一个变性人。你可以问斯图尔特，如果你想问的话。他会证实我的话，他见过证据。对不起，我讲的笑话，我自己不该笑，只是你看上去好像不太高兴。好吧，听着，我很久以前就认识那两个小子了。我认识奥利弗的时候，他从科天娜轿车里的两个音箱里听到达斯蒂·斯普林菲尔德的歌声，以为那就是歌剧；我认识斯图尔特的时候，他还戴着眼镜，耳朵上缠着可伸缩的塑料线。我记得奥利弗爱穿着网眼背心和暇步士鞋，记得斯图尔特老爱在头上喷干洗粉。我和斯图尔特上过床（对不起，不要上报纸），但我拒绝过奥利弗。那就是我与他们的关系。还得加上这个：斯图尔特在过去的几周甚至几个月里偷偷摸摸地请我吃午餐、吃晚餐，揪着我的耳朵叫我恭听他讲他那些人生故事。开始的时候，说实话，我想他是另有所图吧。是的，又是穆格小姐的这一套，我的人生故事。我以为斯图尔特想见我。这想法很愚蠢，我承认。他只是要有一个人侧着一只该死的大耳朵去听他倒苦水。我坐在那儿，他从来也不会问一下我最近在忙什么，到最后夜深人静的时候，他讲完了，他就向我道歉，说啰啰唆唆讲了这么多，耽误了我的时间，等等。过了几天，我们再见面，他又这样讲一大堆。我想他真是太想不开了——这还是说得轻的——我不想听，真的不想听，至少在我人生的这个阶段。我不想听，还有一个原因。

我认为奥利弗是斯图尔特的酷儿[①]。我一直有这种感觉。我不知道奥利弗到底是一个什么样的酷儿，但是我要说，他就是斯图尔特的酷儿。所以他总是奚落斯图尔特，嘲笑他多么寒碜、多么无趣。他如此这般奚落斯图尔特，这样他们两个就可以躲避现实。如果他们不玩儿这样的游戏，斯图尔特不假装很寒碜、很无趣，他们就无法逃避现实。对头脑灵光的奥利弗来说，他找斯图尔特这样的朋友太不可想象了。

好吧，你已经知道了。我也不感到吃惊。但我想说的，我唯一想说的一件事，就是这个。奥利弗为什么想操吉莉安？就是因为操了吉莉安，就差不多等于操了斯图尔特，这是最接近的方法了。好了？你看出我的心思了吗？那高傲的哈丽，哈利街的精神病医师，可能会用一个更确切的术语——但我不是她。我只相信，对奥利弗来说，操吉莉安，就是操斯图尔特。

好好想想吧。我走了。你不会再见到我了，除非哪一天这本书真的出了。

---

① Queer，本义是“古怪的，与众不同的”，现在也是西方主流文化对同性恋等非异性恋群体的贬称。

斯图尔特：

哦，别提瓦尔，别跟我提瓦尔，你也别听瓦尔的。我们真的不需要她。她是个麻烦，正如奥利弗说的，一个大写的麻烦。

她连名字都不肯告诉你（这些人也真是的，名字里有什么）。我很早就认识她了，她肯定对你说了。不知你注意到没有，如果有人说他认识一个人很久了，那就意味着他要爆那个人的丑闻了。不，你真的不了解他们，不像我那么了解，因为我记得……

瓦尔说起我，翻来覆去的一句话就是，她知道我以前老爱往头发上抹干洗水——那是一百万年前的事了。如果你还有耐心听这无聊的事，那我就说给你听。从前，很多年以前，有人告诉我有这么一种粉状的东西，喷在头发上，使劲揉，再用梳子梳，那效果就像洗了头一样。是这样吗？所以我买了一些——我必须为自己辩解，这是因为我从什么地方看到一个理论，说频繁地用水洗头发会对头发造成损伤——我就那天晚上用了一次，就那么一次。之后我去一个酒吧喝酒。突然一个令人难以置信的尖叫声在我背后响起。“斯图尔特，你的头屑多得实在可怕呀！”毫无疑问，那是瓦尔。真是非常感谢，她总是那个能让你放松心情的人。我的头发从来没有生过头屑。所以我摸摸头发，说：“这是干洗粉。”于是，瓦尔大声嚷嚷起来，这不是头屑，这是干洗粉，这到底是什么？这个，那个，没完没了，嗓门之大，全酒吧的人都听得到。不用说，出了这等事之后，我一回家就把那个干洗粉罐扔掉了——到今天为止，我再也没有用过干洗粉。

她总要求我做这做那，那个女孩总要求我这样——不，准确地说，是那个女人。她31岁了，我想她肯定没有告诉你。以前她是做打折旅游度假生意的，干得轰轰烈烈，现在是牛津街上一家小印刷公司的业务经理，印印派对请柬什么的。办公室门口摆着好几台复印机，但只有一台勉强能用。你要知道，我说这些不是要贬低她，而只是为了消除她可能想给你留下的“谜一样的女人”的印象。这就是在跟你打交道的人，来自“快速印刷”公司的瓦尔。

奥利弗：

她说**什么**？她是**这样**说的？太离谱了。简直是诽谤，这是她能编造出的最可怕的谎言。那个女孩真是个麻烦，一个大写的麻烦，与婊子同类。

我想上她，但遭到了**她**的拒绝？她拒绝了**我**？好吧，把下面这个动画片投射到你额头里面的屏幕上看看，将你的小拇指按在杜比降噪开关上，不要错过微妙的对白字幕。阳光映照下的奥利弗，尽管刚刚大声宣誓了新年决心，却发现自己又一次身陷那种胳膊夹着小酒罐的流浪汉才会参加的邋遢事件中。在那里，女人们贪婪地吸着丝卡烟，好像那是极为有利于健康似的（我说这话并不因为我是一个自命不凡的已经改过自新的老烟民，不过如果你想抽，**就抽吧**）在那里，你随时都担心下一刻就会被一双没有廉耻的手从背后抓住，将你拉进那永不消停的肮脏不堪的康加舞中。是的，那是什么？——你猜对了——那就是派对！

我想起来了，那个派对是斯图尔特哀求着我来参加的，以此来廉价地交换那光鲜的四人约会。在那种约会里，斯图尔特只能成为跟在我屁股后面的小胖孩，只能坐在角落里呆呆地发抖。我从那些装有劈颅烈酒的小罐和不透明的带有棕榈树图案的加勒比白酒瓶之间经过，坐在一个巨大的苏瓦韦葡萄酒瓶旁边，半心半意地想把自己灌醉。我正用派对提供的弯来弯去的吸管喝着这玩意儿，感到心满意足，这时一双可怕的手钳住了我的肩膀。

"啊，痛死了！"我喊起来，心里非常害怕被拉入这个最土气的酒神节狂欢中。因为那个晚上我没有跳那种疯狂热舞的心情。

"奥利，你一直躲着我啊。"那人说道，同时那个屁股还企图垂直落在我椅子的扶手上。这种策略超出了瓦尔落叶般下坠的飞行技术，于是她像瀑布一样一下子坐到了我的怀里。

在接下来的几分钟内，我们之间交换了例行公事式的客套和玩笑。只有最有创造能力的咬文嚼字者和最粗暴的意思歪曲者才会将我们之间的交流解释为：一、相比于意大利酒，我更喜欢瓦尔的陪伴；二、我暂时要抢走我朋友斯图尔特的那个东西，就是现在的年轻人嘴里常说的什么来着，"他的约会对象"——这东西无疑会无意识地激发欲望的驼峰，是极其解渴的绿洲。

之后我们就体面地分开了，她去跳她的康加舞，我继续我的想入非非。没有那么多的——客套。

瓦尔：

我发现，只有两种男人会诽谤你：一种是和你睡过的男人，另一种是没和你睡过的男人。

我和斯图尔特有一腿，而奥利弗也想勾搭我。斯图尔特娶了那个索然寡味但模样好看的妻子，然后奥利弗勾搭上了她。这是一个套路，是不是？

让斯图尔特一直耿耿于怀的是我看到了他的干洗粉，而让奥利弗耿耿于怀的是我不想上他的床。你难道不觉得这很古怪吗？我的意思是，他们所耿耿于怀的事古怪吗？奥利弗操了吉莉安——对这件事他们俩都无动于衷，因为奥利弗真正想操的是斯图尔特。你怎么看？

如果我是你，我会更仔细观察一下吉莉安。她是个女英雄，还是个不诚实的女儿？父亲穿着运动衫跑了，她却英雄般地熬了过来。她甚至还安慰起伤心的母亲，多么无私，这么小就这么懂事。接着吉莉安陷入三角恋之中，猜猜，谁得到了最大的好处？就是这位小姐。虽然卡在中间，但仍能免于不幸的结局，一边撕碎斯图尔特的心，一边将奥利弗玩弄于股掌之间。

她告诉斯图尔特（斯图尔特告诉了我），引诱你丈夫的好朋友这样的事是很“自然而然发生”的，所以你尽量要想得开。呃，这是一种轻巧的说法，不是吗？听着，没有什么事是“自然而然”发生的，尤其是这样的事。这两个小子都没有意识到的是，这全是吉莉安捣的鬼。那些声称事情“自然而然发生”的平静而理智的人其实是真正的操纵者。斯图尔特已经在自食其果了，这倒是一个不错的成就，是吗？

啊，她为什么不做社会工作者了？是因为她对这个世界的苦痛太他妈的敏感了吗？完全错了：如果你要问我，我认为这个世界的苦难远未达到令她敏感的程度。那些受伤的人，那些乱七八糟的家庭，不会因为弗洛伦斯·南丁格尔小姐亲自来为他们疗伤而感恩不尽的。

还有一个问题，你认为吉莉安是什么时候决定玩弄奥利弗的呢？我的意思是，她是什么时候在奥利弗不知不觉的情况下发出了引诱信号的？这就是她的圈套。她没有这样对你做过，是吧？

奥利弗：

哎，我们现在有点玩儿狠了，不是吗？贞洁的瓦尔把自己说成了苏珊娜，就是两个长老伸着带刺的爪子图谋侵害的那个苏珊娜[①]。既然说到了这里，那就请允许我再多说几句。假如瓦尔发现她的裸体遭到两个体面的老头偷窥，还没有等他们数清她身上有几颗痣，她就抓住他们不放，还要收他们的钱：10英镑摸一次。

我想，你认识她的时间不长，可能会低估眼前这个女证人身上的无法形容的粗鄙。如果希律王的军队挨家挨户搜查语意含混的人，他们不用在瓦尔的府邸逗留很久。她就是这样一种人：对她来说，“你愿意进来喝杯咖啡吗？”竟然成了无法理解的警句。她觉得“那是你口袋里的松树球吗？”这句话简直就是出自密宗大师的格言。所以，如果奥利至今清晰地记得，在那个派对上，到底是谁想要勾搭谁，他也许是不会以这个记忆为耻的。

① 这是出自《圣经·但以理书》的典故。苏珊娜是一个巴比伦富商的妻子，有一次沐浴时受到两位长期觊觎她的长老的偷窥，并被要挟做出不道德之事。苏珊娜严词拒绝，拼死抵抗。两位长老于是诬陷苏珊娜不贞洁，因此苏珊娜被判死刑。后来先知但以理前来相救，为苏珊娜洗刷冤屈。苏珊娜是西方贞洁女子的代名词。

我曾经在她伸出来的那双粘满胶水的手面前退缩过（尽管我承认，对斯图尔特的骑士之风，事后想来确实是一种手段，远不是什么勇气、高尚品位、美学考量和其他[①]），现在她要惩罚我了。她突然之间宣布：我对貘一样身形的斯图宝贝有——过去有，现在有，将来也有——生物学的企图；因为我的第三性雄心的挫败，现在我把种子撒在了我所能找到的最理想的替代物上，这个替代物就是吉尔。听好了，我不得不说，如果有哪一个人的大脑皮层告诉他，吉莉安是我用来取代斯图尔特的一个性欲替代品，那么这个人就该叫救护车上医院了。我还想进一步说明，你的情报提供人瓦尔是当地的那家书店里一间发着恶臭的小房间的常客。这家书店应该叫作自怜书店，但不知怎的，却被神秘地叫作自助书店。在瓦尔的小书房里，除了电话簿和字母表之外，只有那些能够安慰她，使她的自我感膨胀的书：比如《即使对最优秀的人来说，人生也着实头疼》《看着镜中的你，说你好》以及《人生就是一场康加舞：舞起来！》。把人类精神中深不可测的东西转化为无脑子的人所需的一口智慧快餐：这就是你的情报提供人所喜欢的。

听好了：假如——万一——奥利弗那光芒万丈的性兴趣偶然盖过了普通的人，假如他的向日的目光投向了斯托克纽因顿那位不可思议的伽倪墨得斯[②]，那么，我说一句能让指控我的这位瓦尔理解的话——**我不会有任何麻烦的，伙计！**我从来就没有需要过什么肉欲代理人。

① 原文为德语。
② 希腊神话中为众神斟酒的美少年。

斯图尔特：

这件事与其他事情都没有关系。甚至连那个边都沾不上。好吧，我是向瓦尔倾诉过很多次，我觉得她是朋友，我以为朋友之间就是这样。但突然之间，诉说自己的心事却变成了一宗罪，而奥利弗成了一个犯了罪的同性恋，总是悄悄地在跟踪我。我倒想起了这位前朋友干过的几件坏事，但不是这一件。对付烂泥你只有一个办法，就是不去管它，否则它就会沾你一身。

看在上帝的分上，让我们继续讲下去吧。

瓦尔：

我明白了。奥利弗当然会说他不是酷儿（到底是什么事让别人看出来了这一点），但假如他是，那么他将大腿压在他好朋友斯图尔特的身上应该是毫无困难的。从我的心理学洞见来看，斯图尔特——尽管他是我不幸搭上的最无趣、最传统的人——却一点儿也不感到惊讶，更别提震惊了。他想说的只是**无可奉告**。陪审团成员们，我的话讲完了。不，我还要更明确地说，我认为他们俩其实是你情我愿的。

吉莉安：

从1973年起，大部分由女性提出的离婚诉讼得到胜诉，诉讼原因大多是丈夫的行为不可理喻。如此不可理喻的行为有暴力、过度饮酒、沉溺赌博或者经济上的不负责任，以及拒绝行房。

你提出离婚请求时，他们使用这样一个法律术语，**祈求**。离婚申请者**祈求**解除婚姻关系。

奥利弗：

还有一件事。她喜欢说瓦尔是瓦莱丽的简写（其实那是假的）——那可是一个虽然没有艳丽的美感，却具有无比理性的名字。据说在公司部门间备忘录和与情人的信件中，她断断续续地用了瓦莱丽这个签名。但你也不能相信她的这个说法。瓦尔其实是瓦尔达的简写——也许这是一个你想要玩味的细节。

斯图尔特：

这就是我所说的微妙，这就是我所说的设下一个精巧的暗示。我每天回到家里，回到自己的房子里的时候，你知道我会在桌子上看到什么吗？一本指南书，看似随意地放在那里。这是一本叫作《如何在离婚中幸存下来》的离婚指南，还有一个副标题《给单身和已婚夫妇的手册》。单身？我就要成为那样的人了吗？那就是他们处心积虑想把我推入的境地吗？

你知道吗？从1973年开始，在英国法庭上，男人向女人提出离婚的主要原因是因为妻子出轨。我问自己，这说明了女人的什么问题？反过来情况不是这样。男人出轨并不是女人提出离婚的主要原因。男人的情况很不一样。男人醉酒，拒绝行房，似乎成了女人要求摆脱配偶的主要原因。

我在一本书中读到了一句话，我很喜欢。你知道现在律师费有多贵吗？我也不知道。在地方上，无论如何也得要40英镑一小时（加上增值税）。在伦敦，一小时在60到70英镑（加上增值税）之间，而高端的律师事务所会收你150英镑（加上增值税），甚至更多。所以写书的那个家伙最后得出结论："考虑到如此高昂的费用，重新添置一些小物件（一张桌子、一把椅子、一副眼镜等）的成本显然要比离婚诉讼的代价低得多。"是的，这听上去非常明智。当然了，我把手中拿着的这个杯子，以及边柜里的五个杯子统统摔碎就是很合算的，那样我们就不必在财产分割问题上过多纠结了。再说，我从来就没有喜欢过这些杯子。那是我的岳母——她可是谁都看不上的——送来的。

如果我说，不，我不同意，我没有任何过错，我不同意离婚，看你怎么办？你也拿不出任何不利于我的证据。不管怎么说，用头撞击你妻子的情人，算不上"家庭暴力"，我想都没有想过，这都可以成为离婚理由。如果我就像刚才说的，我坚持说不，死活不让步，你知道她还有什么办法吗？她只好乖乖一个人搬出家去，在五年内都离不成婚。

你认为那样能将他们搞垮吗？

我的意思是，看看这些杯子，你可以用它来喝潘诺酒，但不能喝威士忌。重新添置这些小物件，比起离婚诉讼，是要便宜多了。都让她拿去吧，都拿去吧——除了这只之外——哎呀，这只杯子从我的椅子扶手上滑下去了，是吗？掉下去了，从六英尺高的地方掉下去了，摔碎在壁炉上了。你会为此做证的，对吗？

或许，这些都没什么意义了。

第十三章
我怎么想

斯图尔特:

我爱她。我的爱让她变得更可爱。他看得出来。他把自己的生活搞得一团糟，所以他现在来偷我的生活。这些房子都被**齐柏林飞艇突袭**完全毁掉了。

吉莉安:

我爱过斯图尔特。现在我爱奥利弗。每个人都受到了伤。我当然感到愧疚。换了你，你会怎么做?

奥利弗:

啊，上帝，可怜的老奥利，看看这坨黏糊糊的屎，多么昏黑，多么黏稠，多么阴郁……不，那不是我的想法。我的想法是，我爱吉莉安，她也爱我。这是所有一切的出发点。我**坠入爱河**了。而爱情是以市场力量的法则运行的。我曾把这个观点说给斯图尔特听，但他似乎并不理解。不管怎么样，我不期待他能用这种客观的方式来对待爱情。一个人的幸福常常建立在另一个人的不幸之上，这就是这个世界的规则。很残酷。这另一个人只能是斯图尔特，我为此感到无比难过。我或许就此失去了一个朋友，我最好的朋友。我身不由己，别无选择，真的。所有人都是身不由己的，否则就成了完全不同的另外一个人了。如果你想责备谁，就去责备创造这个世界的人吧，不要责备我。

我在想另外一件事：为什么人们总是站在他妈的乌龟这一方？换一个思路，我们来听听兔子怎么说吧。

是的，我知道我又说了一次“昏黑”。

第十四章

烟灰缸里有一支烟

斯图尔特：

对不起。真的对不起。我知道这件事我处理得不是特别好。

他来找我了。为什么我不去找他？

不，那样不太好。

我为什么这样做？我是想拖下去，还是想放手？两个都不想，两个都想。

拖下去：我想，等她看到我的时候，她或许会改变想法？

放手：就像上刑场不要求戴眼罩？就像转头向上，看断头刀飞速落到自己的头上？

看这烟灰缸里的香烟。这只是巧合，我知道，只是一个巧合。但这使情况更糟，因为这整个就是一个事故，就像变向的大货车冲破车道栏杆，将你的小车碾成碎片。我坐在那里，将我的一支香烟放到烟灰缸的一个烟灰槽里。这时我发现另一个烟灰槽里已经有了一支香烟。我很沮丧，一定是我放下那支香烟重新点起了这一支。我发现烟灰缸里还有一个烟蒂。烟灰缸里有三支香烟，两支还在燃着，一支已经熄灭。谁能受得了这个？一个人如何承受得了这种痛苦？你能想象我感受到的痛苦吗？不，你当然不能。你无法感受别人的痛苦，问题就在这里。这就是问题，整个世界的问题。要是我们能够体会别人的痛苦就好了……

对不起。真的对不起。我怎么能道歉？

我得想个办法。

吉莉安：

我永远无法忘怀的，是斯图尔特的那张脸。他看上去像一个小丑，一棵大头菜，一个万圣节面具。是的，就像万圣节上的南瓜，你把它刻成一张诡异的笑脸，里面点上灯，一闪一闪的，透出鬼一样的光芒。斯图尔特看上去就是这个样子。我想，我是唯一一个看见他那张脸的人，这个形象我永远不会忘记。我尖叫一声，斯图尔特就不见了，所有人四处张望。什么也没有，只有一个空荡荡的舞台。

婚礼前的一个晚上，我和妈妈待在一起。这是奥利弗的主意。当他提出这个建议的时候，我觉得他认为我需要妈妈来帮我做些事。其实根本不是那样。他这样安排，是想让整个婚礼显得更为圆满。从某些方面来讲，奥利弗是很守旧的。我即将成为那个离开父母家的孩子，将要踏上神圣之旅，去教堂结婚。只是，我做不了身披洁白婚纱、手挽父亲的手臂的处女新娘。

结婚前的晚上7点，我到了妈妈家。我们两个都有意识地小心翼翼。她叫我坐下，为我端来一杯咖啡，并叫我抬起脚，放好，好像我怀孕了似的。过了一会儿，她拎起我的箱子，进房间整理去了，这让我越发感到我是准备去医院似的。我坐在那里想事。我希望她不要给我什么忠告。我想，如果她给了，我会受不了的。该发生的已经发生了，快发生的也不能改变了。所以，让我们静静地待一会儿，看看电视里的肥皂剧，不要说起任何要紧的事。

但是，母亲与女儿啊，母亲与女儿。大约90秒之后，她拿着我的一件衣服，从房间里走出来。她脸上挂着一副微笑，让我感到我好像一下子变成了老太婆，需要别人怜悯，需要别人照顾了。

“亲爱的，你装错了衣服。”

我抬起头：“没有啊，妈妈。”

“这是我买给你的衣服？”

“是的。”是的，你明明知道的。为什么做父母的都像公诉律师一样，对最显而易见的事实都要一一核实呢？

“明天你准备穿**这个**？”

“是的，妈妈。”

于是，话头打开，潮水汹涌。她开始用法语讲个没完——在她憋足了的气必须释放的时候，她总是用法语。过了一会儿，她安静下来，开始换成英语。说来说去，她的基本意思是，我一定是疯了。只有一个脑子有严重问题的人，才会想着穿同样的衣服结婚两次。这是没有品位、没有礼貌的做法，显示对高品位穿着打扮的无知，是对教堂、对参加两次结婚仪式的每一位客人（当然主要是对她）的冒犯，是对命运、运气、世界历史，以及其他一些人和事的冒犯。

“是奥利弗想让我穿这件的。”

“我能问问为什么吗？”

“他说，他就是在我穿这件衣服的时候爱上我的。”

她第二次爆发了。真叫人笑话，把脸都丢尽了，等等。自找麻烦，自讨没趣，等等。没有母亲参加的情况下竟然结婚——如果你们就是这样打算的话，等等。她差不多讲了一小时。最后我把公寓房的钥匙递给她。她拿起那件衣服离开了。她把衣服远远地挂在她那伸开手臂的外侧，好像这衣服里有辐射一样。

过了一会儿，她回来了，手里拿着另外几套衣服。我看了看，没有一件是我喜欢的。

“你来选，妈妈。”我不想吵架。明天的事看样子不会轻松了，我只希望能让一个人感到满意就行了。但是，事情没有那么简单。这两套衣服她想都让我试试。为了让她宽恕我以前的巨大过错，我必须像一个模特那样任她摆布。太可笑了。我把这两套衣服都试了。

“你选吧，妈妈。”但那还是不行。我必须自己选，我必须有我自己的看法。我没有第二次机会，真的没有。就好像在说：“看，吉尔，我想你恐怕明天不能嫁给奥利了，就这样。那么，你想嫁给谁呢？这位还是那位？”

当我把这样的想法告诉她，她对我这样的比较并不欣赏。她觉得这样的比较叫人不舒服。很不好的品位。那好吧。当我嫁给斯图尔特时，我可以只考虑我自己。这是**你的**日子，吉莉安。人们说，这是你的大喜日子。现在我马上要嫁给奥利弗了，突然之间，这却成了每一个其他人的日子。奥利弗一定要在教堂举办婚礼，但我不喜欢；妈妈一定要我穿这套衣服，但我不喜欢。

我醒来了，记得刚才做了一个烦心的梦。我在沙滩上写下了我的名字，但实际上不是我的名字。奥利弗用脚把这名字擦掉。斯图尔特在一边号啕大哭。妈妈站在沙滩上，穿着我的绿色结婚礼服，那表情既不是满意，也不是不满意。就这样等着。等着。如果我们这样一直等下去，一切就会乱套，就会证明你是对的，妈妈。但这又有什么价值？

我们到达教堂的时候，奥利弗紧张得不行。我们不用排队走过教堂的过道了：我们只有10个人，牧师让我们直接在圣坛前集合就行了。我们开始集合的时候，我发现又有了一个问题。

"对不起，"我对奥利弗说，"老妈就是听不进我讲的道理。"

他看上去好像没明白我在说什么。他的目光越过我的肩膀，不停地往教堂门口看。

"礼服，"我说，"对不起，这礼服。"这是一套大黄色的礼服，妈妈说，这是乐观的颜色，你很难想象奥利弗会注意不到我换了一套礼服。

"你的样子真像一颗珠宝。"他说，但他的视线不在我身上。

在我的两次婚礼上，两套礼服我都穿错了颜色。第一次，我本应该穿上这套愚蠢的代表乐观的大黄色礼服；第二次，我本应该穿上那套内敛的苍绿色礼服。

“我所有世间的财产都将与你分享。”这是我的誓言。关于誓言的问题，我们事先发生了一场争论。常见的争论。“我所有世间的财产都将赠予你。”他说他觉得应该这样：他所有的一切都是我的，语言代表了一种灵魂状态，**分享**有点精神低俗，**赠予**则充满诗意。我说问题就在这里。你要宣誓，这誓言的意思就必须明白无误。如果说他把他所有的都赠予我，我把我所有的都赠予他，那么就意味着，我们交换我们所拥有的东西，用我正在按揭的公寓换他租来的那个房间——我觉得这似乎不是婚姻誓言的本意。而且，坦率地说，要论交换东西，我一定会吃亏。他说，那样说就小气了，也是钻在字眼里了。他说我们当然会分享所有东西，但我们用赠予这个词不是更好吗？他争辩说，还有什么词能比**分享**和**赠予**更能界定我的两任丈夫之间的差异呢？斯图尔特总是想做交易，而他，奥利弗，想的却是彻底地放弃。我说，他应该记得，我和斯图尔特是在婚姻登记处结的婚，我们当时既没有说**分享**也没有说**赠予**。

奥利弗找到牧师，问可否达成这样的妥协：在宣誓的时候他说赠予，我说分享？牧师说这不行。

“我所有世间的财产都将与你**分享**。”奥利弗故意重读了这个动词，想让大家知道他是不同意使用这个字眼的。问题是，这口气听上去好像他在抱怨什么东西都给了我似的。我们站在教堂外面让妈妈给我们拍照的时候，我把这个想法告诉了他。

“我愿把我所有世间的财产都租与你。”他回应我。现在他看上去轻松多了。“我要把我所有世间的一切都租给你，那些我自己真正想要的除外。我所有世间的东西，但是我需要一个收据……”诸如此类。一旦奥利弗这样说开了，最好不要打断他，就让他说啊说啊说。你有没有见过新的狗绳？那种带有很大卷盘的狗绳，在狗跑开的时候可以轻松伸长至好几百英尺，等狗站着不动的时候，在那里等着你的时候，你便可以轻松将绳卷回。在奥利弗开始长篇大论的时候，我脑子里就想到了这样的场景。他就像一条大狗。但他会等在角落，等你追上他，拍打他。

“我所有的餐馆账单都将与你**分享**。”我们驱车好几英里，来到了奥利挑选的一家很好的餐馆。我们坐在后面的一张长桌子上。经理已经在我的座位面前放上了很多很多的红玫瑰，我想这经理真是出手大方，但奥利却用高声耳语说这些红玫瑰很蹩脚。我们坐下来，喝了一杯香槟，咯咯地笑着闲谈着，说哪个人在路上堵车了，说牧师好像对我们很有兴趣，虽然他从没见过我和奥利弗，说我们没有说乱我们的誓言，说我看上去真幸福。“在**幸福**上还有追加的吗？”奥利说，又没完没了地说开了，“有人说光芒四射了？我左边的先生说光芒四射了。现在，在光芒四射上还有追加的吗？美丽动人？我听到了美丽动人？谢谢，先生！现在，谁说的美轮美奂？精彩壮观？惊心动魄？现在我右边的是美丽动人……美丽动人……美丽动人……我前面的客人说的是精彩壮观。我听到了精彩壮观……你们都说精彩壮观？成交！买主是拍卖师本人——奥利先生。”他将一个胡椒研磨机猛然拍在桌子上，就像拍下一个小木槌。在大家的掌声中他亲吻了我。

第一道菜上来了。我感到奥利弗没有在听我说话。于是我顺着他视线的方向看过去，只见一个人独坐在一张桌子旁，也不抬头看我们，只是静静地看他的书——这个人是斯图尔特。

接下来一切开始乱套，我只想把这余下的一段从我记忆中抹掉：我们吃的东西，我们说的话，我们假装真的什么事也没有发生。但是我无法抹掉这事件的结局：斯图尔特的脸突然出现在桌布上方，眼睛直盯着我，放出鬼一样的光，脸上露出恐怖的笑容。万圣节的南瓜灯复活了。我尖叫了一声。不是因为这张脸太吓人了，真的不是因为这个。只是因为这实在太令人悲哀了，我真的受不了。

奥利弗：

浑蛋！你这个整天手淫、吃屎、胖得像猪的小浑蛋！我这么多年辛辛苦苦都是为了谁！首先，是谁把你变得勉强有点人样的？是谁为了你的粗糙的外表整天打磨，累得抬不起手臂的？是谁把那么多小妞介绍给你，教你如何像模像样握刀叉的？不是我这该死的**朋友**？但是我得到了何种的回报？你搞砸了我的婚礼，你搞砸了本该是我一生最美好的日子。廉价、粗俗、自私的报复，你做的就是这个，虽然，毫无疑问在你灵魂的厕所里，你把你自己的这一动机隐约地看作是高尚的，甚至是正义的。好吧，让我来告诉你这位肥臀的前朋友：如果你胆敢再拱着鼻子来坏事，那你就是我不止一个意义上的前朋友了。我就会让你吃上整整一星期的碎玻璃，听好了，这话是绝不含糊的。千万不要对奥利弗存有任何的误判。我的心看似温柔，其实也是潜藏暴力的。

我第一眼看见你，就应该叫警察把你抓起来。以以下指控为由将你铐上：有企图地闲荡，大煞风景，无所事事，无端哀怨。将此人关起来，警官先生，他现在不能逗人取乐了，他不再风趣可笑了。上帝啊，我这是在开玩笑。爱开玩笑一直是我的弱点。要是我不再**开玩笑**，我就要上来将你两只毛茸茸的耳朵割下，把它们塞进你的喉咙，还要让你把你那副古董似的眼镜当作布丁吃下去。

本来一切都好好的，直到我看到你穿过马路，情况就不妙了。你不动声色、颇有节奏地走在街上，活像一个执勤的卫兵。嘴里冒着烟，像阿诺德・贝内特[①]笔下的大烟囱，不停地朝教堂方向投来丑恶的目光。不用说，你一定在心里盘算着一个愚蠢下流的计划。因此整理了一下带有淡淡的红绿色的白色康乃馨花之后，我穿过令人致癌的大道去迎你。

“我是来参加婚礼的。”你说。真是这样打算的吗?

“你参加过我的，”你继续哼哼唧唧地说，“所以我来参加你的。”

我向你解释：你的意图违背了礼节的要求，即在大不列颠与北爱尔兰联合王国这样一个进化不算很快的社会里，一个人，大体上来说，未接到邀请，是不会允许自己前去参加一个正式的活动的。因此，你与其前来质疑这个艰深难懂的礼仪传统，还不如立刻走人，最好在路上钻到一辆双层大巴底下。

---

① 阿诺德・贝内特（Arnold Bennett，1867—1931），英国作家，主要作品有《煤气灯下》。

我不敢说对你的离开有十足的把握，所以，在我们站在教堂里等待着牧师开始结婚仪式的时候，我一直十分警惕地注视着教堂的大门，没有一分一秒不在担心那扇橡木大门会被突然推开，探出你那张不受欢迎的脸。甚至在婚礼进行的过程中，我还想到，在我们到达一个重要环节——牧师问在场宾客，有没有谁对这桩婚姻提出异议，有什么东西阻止或妨碍我持有向美丽的吉莉安释放我身体的能量的权利——的时候，你或许会从教堂的某个阴暗角落里突然现身，表示反对。但你没有这样做。我和吉莉安嬉戏地完成起誓仪式。在那个讨厌的仪式中，你必须要说与你的妻子“分享”你所有的财产，于是我用反讽的口气说出了这个词。多少个世纪以来，每一个人总是起誓要把自己所有的财产“赠予”自己的配偶——也就是，我的一切都是你的——对我来说，这才是婚姻精神完整的全部和核心所在，是婚姻本质的真正表达。但是，现在不再是这样了。律师和会计对一切说了算。吉莉安一再坚持要用“分享”这个词，我为此感到一点点郁闷，感觉讨论这个问题太有失身份了，好像我打算马上从教堂里冲出去，将吉莉安的公寓中属于我的一半立刻卖掉似的。我极有雅量地同意她那一时兴起的念头。你也许会说，我的新娘现在沐浴在龙夫人的和风之中。

事实上，这也是一场略显肮脏的交易。我决定在教堂结婚，而吉尔觉得无所谓，她看不出这个教堂婚礼比第一次婚礼有更多的意义。于是我去选择教堂，她去美化人生故事。另外，她还得搞定牧师。现在的教堂，你应该能料到，到处争抢客户，真是到了疯狂的地步——

话虽如此，也不是每一个教堂都是欢迎像吉莉安这样的“堕落女人”去办婚礼的。我考察了各处的几个有可能接纳我们的教堂，但从他们那里得到的答复都是含糊其词的。于是吉莉安亲自出马，她三下两下就把那个固执难说话的牧师拿下了。好一个罗马教宗派出的使节！将此与她以前说服斯图尔特扮演军官和绅士的方法比一比吧——她以前可是从来没有干过这样的事。开始的时候，只要提到不雅之词，他好像就成了史前洞穴人，但是吉莉安还是连哄带骗地叫他同意了。顺便说一句，这段世界史的细节我是不想多回顾的。吉莉安还在看她的第一任丈夫——看得过于频繁。她离开了第一任丈夫，却还保留着在第一任丈夫家里的工作室。奥利弗，却被从工作室放逐了。奥利弗，事实上，只能**暂时**保持沉默。我的地位现在真还不如那个被塞进汽车后备厢，只与备胎和过时的地图为伴的后座。

那样的日子结束了。可回复性，我妻子的那个职业的闪光口号，在家庭领域也起作用了。吉莉安和奥利弗成了一个课税单位，马尔贝拉的那个分时共享幽灵终于被完全放逐了。停柩门旁边的那棵山楂树随风摇曳，轻轻地撒下五彩纸屑——不要装在盒子里的那种，**求求你**——岳母大人为我们照了一套俨然是卡蒂埃·布列松风格的照片，照相前，我苦口婆心地对她说，根据那些摄影先驱的理论，总的来说，在镜头盖取下的时候，这个设备的工作效果更好。然后，我们心情舒畅地悄悄跑到艾尔吉阿蒂娜图大酒店。我答应吉莉安不把经理叫过来，因为，说实话，那个笑话如今只能逗我自己发笑。

普罗塞克起泡酒躺在了冰桶里。这将成为一场令人难忘的婚宴，你要知道，这可不是一场胡刷信用卡的狂欢——你会在意大利餐馆点法国香槟吗？我们轻松地谈论着牧师的怪癖，谈论着通向大酒店的路——竟然是单行道，真是怪异。第一道食物上来了，是黑色的蛤蜊意大利[1]面。有人对此提出异议，说这食物不适于婚礼，更适合于葬礼。我只用一个玩笑加以化解——“妈妈，”我说（我已经解决了这个称呼的问题），“妈妈，布列塔尼人举办婚礼时，他们在教堂挂上黑布。不管怎么样，当他们用刀叉将面条送入嘴巴的时候，一切争议就化解了。”我将这长长的、软软的、不可侵犯的面条吸入嘴中——就这样，我将幸福吸入嘴中。就在这时，我发现了那个小杂种。

让我来重现这个场景。在餐馆后部一个小小的凹室里，我们10个人坐在一条长桌子边（哪些人？噢，只是几个精心挑选的朋友和行家[2]）——那样子有点儿像委罗内塞[3]的《最后的晚餐》。不远处，是一些乱七八糟的就餐者，他们尽最大努力、不失礼貌地装出对这场热闹的婚宴毫无兴趣。（噢，多有英国范儿啊。不要打搅别人的欢笑，不要穿过餐厅去敬酒，就假装没有人在结婚就好了，除非他们动静过大，那你就可以去投诉……）我向低头小心吃饭的那些面孔扫了一眼，你猜我发现了什么？就在我们对面，无耻地坐着那位老练机智的第一任丈夫，就一个人坐着，假装在看书。多么滑稽可笑！斯图尔特在看书？他还不如伪装一下，站到椅子上向我们招手呢。

---

① 原文为意大利语。

② 原文为意大利语。

③ 保罗·委罗内塞（Paolo Veronese，1528—1588），意大利画家。

我轻轻地从座位上站起来，推开新娘想要阻挡我的那只手，走过去，来到我新婚妻子的前任前面，和颜悦色地请他走人。他不抬头看我。他的眼睛一直盯着眼前的一碗宽面条，用刀叉毫无效果地戳来戳去。

“这是公共场合。”他口气虚弱地说。

“所以我才请你赶紧走，”我说，“如果是在私人场合，我不会这么对你好言好语了。你早就分成好几块躺在人行道上了，早就被人装进垃圾箱里了。”

或许是我弄出的动静有点大，餐馆经理迪诺过来了。“艾尔，”我说，恢复到我一贯的爱开玩笑的风格，“我们这里有一颗眼中钉。这是你们餐馆的事故黑点。烦请清除。”

你知道吗？他不愿意。他拒绝将斯图尔特赶走。他甚至还帮他说话。好吧，我不想再进一步扰乱餐馆的宁静气氛，于是回到我的位置。我嘴里阴郁的意大利面条味同嚼蜡。我解释了英国餐馆法的技术细节，因为这个法律，十几个开心的出手大方的顾客无法安静地享受他们的食物了（还说什么应该站在这个倒霉蛋一边），我们于是决定集中心思品味品味我们眼前的幸福（felicity）。

“啊，”我说，转过头去对着吉尔，“我不知道你名字的第二部分是菲丽希蒂（Felicty）。”大家都笑了起来，但这给奥利的感觉是，他好像在拼命开车上山，却挂错了挡位。尽管面前摆着光鲜夺目的带酱料的剑鱼[①]，大家的注意力还是一直转向那个可怜兮兮的斯图尔特，只见他用一个胖胖的手指头抽搐着画过书页（他绝对不是卡夫卡！），一边看书，一边竭力地不让他挂着宽面条细片的嘴唇蠕动。这舌头为什么不可阻挡地要伸向那个牙洞？为什么舌头总是不由自主地去搜寻那个粗糙的表面？总是不由自主地要去摩擦它，就像母牛总是想摩擦那个柱子？斯图尔特就是我们牙齿里的那个粗糙表面，我们突然形成的那个牙洞。有这么一个烦心的东西，一个人怎么能真正快活起来？

有人建议我不要理他。其他桌子的食客开始离开了，这就使我妻子的第一任丈夫更加显眼了。他的桌子上面升起一股香烟的烟雾。这个被抛弃的勇敢者在向他失去了的妻子放出烟雾信号。我是已经戒了烟的。吸烟是一个愚蠢的行为，自我放纵的行为。而那正是斯图尔特现在所需要的，所向往的——自我放纵。到最后，这家餐馆里就剩下我们10个人（每一个人前面都有一朵火红的花[②]），坐在窗口的一对迟迟不肯离去的男女（他们肯定在筹划某一个令人神往的郊区偷情计划），以及斯图。我站起来，看到他朝我们桌子的方向紧张不安地瞥了一眼，然后又点上了一支烟。

我在那个昏黑的厕所[③]撒了很大一泡尿，把他弄得有点儿出汗。然后我从他的桌子边上走过。本来我想居高临下地瞪他一眼，但当我走到他身边的时候，他大大吸了一口烟——真的要把肺吓得发抖——抬起头来颤颤巍巍地看了我一眼，然后又低下头去看着烟灰缸，将手里的这支烟放到烟灰缸的一个槽里，又抬头看我，突然放声哭了起来。他就这样坐在那里，一把鼻涕一把泪地呜呜哭着，就像被割破了的暖气片。

“啊，看在耶稣的分上，斯图。”我说，尽量不在脸上露出我的

---

① ② ③ 原文为意大利语。

恼怒之情。过了一会儿，他嘟嘟囔囔地说起了香烟——香烟这，香烟那。我低头看了一眼他的烟灰缸，只见这孤苦无助的家伙在上面放了**两支**点着了的香烟。那表明，他有多么愤懑。同时也说明，这家伙抽起烟来是多么**没有风度**。我的意思是，即使是土得掉渣的烟鬼也是要讲求最基本的尼古丁派头的。

我伸手将正燃着的两支香烟中的一支掐灭——我这是无事找事吧，我想。看到这儿，他便抬头看我，脸色张狂，突然咯咯咯地发笑，然后又突然停止笑声，开始胡说乱讲。斯图尔特的这副又哭又闹的样子，我是很不忍心讲给你听的。接下去他又号啕大哭，就像一个丢了一整套泰迪熊的小孩子。于是，我把迪诺经理叫来，问他这下该怎么办。迪诺对我的态度看上去强硬起来，对我来了一通令人沮丧的拉丁做派，好像在公共场合发飙是他这个餐馆的重要特色，顾客就是为看这个才来这里的，好像斯图尔特是他雇来的**大牌演员**。他还真的上前安慰起这个身心俱伤的银行家了呢。这时，我立刻点了12杯双份格拉帕餐后酒，看他能不能马上放弃这项义务的安慰活动，去给我们准备餐后酒。点完之后我就悄悄回到了我们的桌子边。你猜怎么着？他完全是阴冷着脸，对我的态度是冷若冰霜。别人还会以为是我惹哭了那家伙。别人还以为是我搞砸了这整个婚宴。

“把那该死的双份格拉帕酒端上来，迪诺。”我喊了起来，这时，我这桌上的一半人，包括可怜的新娘和我混账的岳母，竟然告诉我他们不喜欢喝这餐后酒。“这他妈的是怎么回事？”我大喊。

到此事态完全失控了。餐馆工作人员纷纷走上来，围在斯图尔特周围，好像这餐馆原本是**他**预定的，整个婚宴已经完全没有了欢庆的气氛，那对偷情的男女也明目张胆地盯着这边看，那几杯餐后酒像便秘似的迟迟上不来：老奥利是什么心情？坦率地讲，他感到自己好像成了一个放了三天的臭鱼头。不过，我天才的机智犹存。我恶声恶气地吓唬一个服务生，叫他赶紧拿来了他们店里最大的桌布。不管别人的反对，我移过来两个帽架，拿来几个空酒瓶做压重物，用刀子在桌布上整齐地划出两个洞。好了：我们做成了一个简易的屏风。那对探头探脑的情人不见了，嘟嘟囔囔的斯图尔特不见了，格拉帕酒上来了！奥利的机智过人的胜利！他开始发挥说笑逗乐的才能，想重新点燃婚宴喜庆的气氛。

这还真差不多成功了。经理脸上的冰霜开始融化了。大家都觉得应该再加上最后一把火，将欢快的气氛推向高潮。我正对着客人们兴致勃勃地讲着长篇的奇闻趣事，这时远远地传来椅子的吱嘎声。噢，天哪，他终于滚蛋了。但是，只不过几秒钟之后，正当我要把故事推向高潮之时，吉莉安尖叫一声，接着就放声大哭。她的脸色煞白，好像看见了鬼一样。她的双眼盯着我刚刚做好的这个临时屏风的顶部。她看到了什么？只有那墙皮斑驳的天花板。她的眼泪似乎是止不住地往下流，她的脉搏跳动得就像割断了大动脉。

没有人想听我把那个故事讲完。

吉莉安：

一个小丑。一棵大头菜。一个万圣节面具……

第十五章
收拾一下，走人

斯图尔特：

我要走了。这就是我的命。这里已经没有值得我留恋的东西了。

但是，有三件事我无法忍受。

我不能忍受婚姻的失败。不，直截了当地说吧，我不能忍受的是我这个人的失败。我突然开始关心起人们是如何讨论这些事的。“婚姻失败了，”他们说，“婚姻崩溃了。”噢，这真的是**婚姻**本身的错吗？听着，我想通了，其实世上根本就没有叫作婚姻的东西，只有你和她，所以不是她的错，就是你的错。那个时候我觉得是她的错，现在我觉得是我的错。我让她失望了。我让我自己失望了。我没能让她幸福，没能让她永远待在我身边。我没能做到这一点，我失败了，我为此感到羞耻。相比之下，我才不管别人有没有说我的鸡巴不管用呢。

我受不了婚礼上发生的事。她的尖叫声至今还在我的脑子里回响。我不是去坏事的。我只想在现场，悄悄看着他们，也不被他们看见。但一切都乱套了。我怎么能道歉？只好走了。

更令我无法忍受的是，他们竟然说想与我做朋友。如果他们只是说说而已，那就是虚伪；如果他们确实这样想，那情况更糟。都发生这样的事了，他们竟然还说得出这样的话？我的罪过——我在罗密欧与朱丽叶之间就这样不合时宜地短暂插了一杠——就这样被宽恕了。呃，滚蛋，你们俩。我不会就这样接受你们的宽恕，**你们也不会**就这样被宽恕，你们听到了吗？我现在已经忍无可忍。

所以，我只得走开。

我唯一放不下的一个人，说来有点儿好笑，是怀亚特夫人。从一开始她就对我坦诚相见。昨天晚上，我打电话告诉她我要走了，同时也为我在婚礼上的所作所为向她致歉。

“别想这事了，斯图尔特，”她说，“你做的或许是对的。”

“您的意思是？”

“或许是这样：如果一开始就是一场灾难，那么等你回首往事的时候，就不会假装那事原本很完美。”

“您知道吗？您是一个哲学家呢，怀亚特夫人。”

她笑笑，笑得很奇特，我从来没有看到过她以这样的方式笑过。

“真的，”我说，“您是一个睿智的女人。”

不知怎的，这句话让她笑得更厉害了。我突然意识到她年轻的时候一定是个调情高手。

“多联系，斯图尔特。”她说。

她人真好，不是吗？我或许会与她联系的。

奥利弗：

时不时地，总会让人想起，人生有讽刺性的一面，不是吗？这位是斯图尔特，快乐的银行家（《我是快乐的银行家》——为什么以这一行业为题材的歌剧如此之少？我纳闷，我纳闷），小小的但坚固的资本主义堡垒、市场力量的东奔西走的拥抱者，具有敌意的无形并购者，买入卖出的跑腿者。我是奥利弗，容易轻信他人的、用别针和眼罩投票的自由派，温和的和平艺术马戏团领班，本能地支持弱者反对强者：支持鲸鱼，反对全日本捕鲸船队；支持幼海豹，反对短夹克衬衣的野蛮猎杀者；支持热带雨林，反对腋下除臭剂。不过，当这些相冲突的哲学观念的传播者将注意力转向爱情问题时，一个人突然相信保护主义和垄断委员会，而另一个人则赞成自由市场的天然智慧。猜猜哪个人相信了哪种主张？

这也与啪啪啪有关，与床笫之欢有关，与引发了多少焦虑的那根可伸展的小肉棒有关。心之神谕——有多少吟游诗人高唱低吟——最终也是通向床上的，我们不应该忘记这一点。我在此必须抵制必胜主义者的高调（尽管只有一点点），但是我们也不能不谨慎地注意到：自由市场主义者变成了保护主义者，或许是因为他意识到他的**商品不符合市场要求**；有时候，只是像摇晃早餐麦片罐那样摇出**哧——咯——哧——咯——哧——咯**的声响是不会让情妇心旌摇荡的，那要到太阳下山才行；常常会出现这样的情形：人们呼唤夏日的闪电闪过亚撒哈拉的天空。天上依然还有流星的时候，谁会要带着塑料螺旋桨和拧紧了橡皮筋的飞机模型？人类之所以与低等动物不同，难道不就是因为人类立志高远？

但是，在爱情问题上，如果一个人不可避免地要挥舞一根猎杀海豹的大棒，如果一个人内心的捕鲸船必须被派到南方的海域去执行任务，那么，这也不意味着，当他回到港口之后，一定还会继续做以前那样的野蛮事。可怜的斯图尔特——我依旧向他伸出友情之手。事实上，我给他打了电话。尽管那个意外事故带给我脸上的伤疤至今还在（很好：我是扬扬自得的决斗者奥利，而不是半失业的犯罪受害者奥利弗·拉塞尔），我还是要连哄带骗地将他拉回正常的生活。

“你好，我是奥利弗。”

电话那头，一阵沉默，这沉默的时间长得有些叫人无法琢磨。接着我听到一句话，无须琢磨：“滚你的，奥利弗。”

“等等……”

“滚你的。”

“我能想象……”

“**滚你的滚你的滚你的**。”

有人还以为我打电话给他是为了向他道歉，你以为是**我**毁了**他**的婚礼？那个老水手[①]没有能挡住斯图尔特的路，斯图尔特就这样到了教堂，还尾随我们到了餐馆。你知道，我真该找警察把他抓起来。警官，您发现那边那个老家伙了吗？他一直缠着别人说话，说什么要

---

① 英国诗人柯勒律治在1789年发表了长诗《老水手之歌》，诗中写道，一位出海多年的老水手上岸后拦住一个正赶路去参加婚礼的男人，对他讲海上传奇故事。

淹死一只海鸥。麻烦您马上赶走他，最好叫他在纽盖特监狱[①]待上一夜，听凭女王陛下发落。

但是我没有这样做。我是一个讲道理的人。可我竟得到了这样的回报——一连串的"滚你的"犹如意力士牌滴耳药直灌耳膜。如果知道这部电话机——从中不断传来滚蛋声的这部电话机——不是别的电话机，正是那部外面罩着亚黑色外皮套的便携式电话机，正是我用来向他妻子表白的那部电话机，这一切就显得尤为粗鄙了。要是我的朋友不急于挂断电话，在电话线上多停留片刻，我也许就会与他分享这个高妙的讽刺性故事了。

当然，我没有拨斯图尔特的——**她**的——号码！我只是按下了那个神圣的、永远不会忘记的1号键！——完全是我主动按下的。有的时候，一件高尚事件的诞生，往往需要女助产士的协助。是吉莉安建议我给斯图尔特打电话的。

顺便说一句，你不要误解了吉莉安。我从没有想过，在梦到她的时候，要对着光线举起彩色幻灯片。只是因为她比我厉害。我向来就知道这一点。

我喜欢这样。用丝线将我绑起来吧，**求求你**。

吉莉安：

奥利弗说斯图尔特不想与他说话。我也给斯图尔特打了一次电

---

① 曾是伦敦最重要的监狱，位于老贝利街和纽盖特街交会处，由伦敦老城西边的旧罗马城门改建而成，1188年开始使用，1902年关闭。

话，他接了。我说："我是吉莉安。"我听到一声叹息，他就挂断了。我不能怪他，对吗？

斯图尔特接手了我们的房子属于我的那份按揭。财产分割是很公平的。你知道斯图尔特是怎么做的吗？他做了一件让我吃惊的事——让我吃惊的别的事还不少。我们同意离婚的时候——更准确地说，他同意和我离婚的时候——我说我讨厌让律师到我们的家里来决定财产如何分割，谁拿什么谁不拿什么。离婚的事本来就已经够让人痛苦的了，再让律师介入，让我们为每一个便士吵得不可开交，这只能让事情更糟。你知道斯图尔特怎么反应？他说："我们何不让怀亚特夫人来裁决呢？"

"妈妈？"

"我相信她比我见过的所有律师都更公平。"

这不是太超乎寻常了吗？她来了。我们告知律师我们达成协议了。法庭批准了。

还有一件事。我们离婚与性生活没有任何关系。我不管别人怎么想。我不想把细节讲出来，我只想这样说：如果有人认为他或她没能在性生活上得到满足，那么，他或她只会更加努力地去做爱，不是吗？反过来，如果他或她认为性生活非常完美，那么，他或他可能变得懒一点儿，甚至不愿意多做爱。所以对旁人来说，这两者的差别并不大。只要夫妻双方认为是好的，就行了。

我搬出去之后，斯图尔特说我可以继续使用工作室。他也不愿收我租金。奥利弗不喜欢这样，他说斯图尔特也许会打我。他当然没有打我。

分割财物的时候，斯图尔特一定要让我把妈妈送给我们的玻璃杯——或者说是剩下的几个玻璃杯——都拿走。本来一共有六个，现在只剩下三个了。真好笑，我不记得自己打碎过啊。

怀亚特夫人：

婚礼上吉莉安的礼服出了问题，我很后悔。我不是存心想让吉莉安难受。但她的想法太荒谬了。岂止荒谬，简直傻得不能再傻。两次结婚都穿同一套礼服——你们谁听说过？所以，有时候做母亲的就要拿出做母亲的样。

婚礼是一场灾难。真的不夸张，什么都乱套了。我不能不注意到，香槟酒不是产自香槟地区。一开始吃的那些黑黑的食物，拿到葬礼上吃可能更合适。斯图尔特再来添乱。灾难，真是灾难。最后，奥利弗一定要给我们点意大利的消食饮料，这样的东西或许你用来擦到生病孩子的胸口还差不多。放到你肚子里？绝对不行。要我说，这婚礼完全是一场灾难。

瓦尔：

我说他们就一年。我是说正经的。我愿意打赌。你出多少？10镑，50镑，100镑？我就说一年。

听好了，如果斯图尔特，这个天生的好丈夫和这厉害的泼妇——她可是能捏碎男人的蛋蛋呢——只过了那么几天，那么奥利弗这个家伙能搞多久？没钱，没前途，还是一个酷儿。这场婚姻能维系多久？说不定哪一天他在床上会把她喊成斯图尔特。

还有……

奥利弗和斯图尔特：

出去。

把那婊子赶出去。

快。

出去。

出去。

出去。

瓦尔：

他们不能这样对我。你不能让他们这样对我。我一样是有权利的……

奥利弗和斯图尔特：

出去。要么她出去，要么我们出去。出去，你这个婊子。**出去**。要么她，要么我们。

瓦尔：

你知道这是完全违反规则的吗？

我的意思是，你知道现在你在干什么吗？你知道这可能会酿成什么后果吗？你考虑过后果吗？这是队员的权利。嘿，你——你难道不是想做经理吗？你难道不是想完全掌控这个球队吗？

奥利弗：

你有围巾吗，斯图？

瓦尔：

难道你还看不清现在的形势吗？这是在直接挑战你的权威啊。帮帮我，求你了。如果你帮我，我就告诉你他们的勾当。

奥利弗：

我去抓住她，你堵住她的嘴。

斯图尔特：

好的。

瓦尔：

你们太变态了，知道吗？你们俩，太——变——态——了。

斯图尔特……

奥……

奥利弗：

呜呼。真好玩儿。被制服的瓦尔达。呜呼，呜呼。

斯图尔特，看……

斯图尔特：

不。

奥利弗：

就像过去那样，不是吗？就像过去那样，你还记得吗？《祖与占》？

斯图尔特：

滚，奥利弗。

奥利弗：

我拿回你的围巾之后，我可以把它转送给别人吗？

斯图尔特：

滚开，奥利弗。

如果你再张嘴说话，我……

滚，快滚。

奥利弗：

我最近在看肖斯塔科维奇的回忆录。瓦尔刚刚的闹剧让我想起了回忆录的前几页，作曲家在那里写道，他将尽可能只写真人真事。肖斯塔科维奇经历了许多重要的历史事件，结识了许多杰出的历史人物。他将尽量诚实地记录这些人和事，而不去加以捏造或歪曲：他的回忆录将成为一个目击证人的一份证词。很好，太好了。接着，这个被低估的讽刺家继续写道，我在此原文引述："当然，我们俄罗斯确实有这样的说法，'他撒起谎来就像一个目击证人'。"

这正是瓦尔的写照。她撒起谎来就像一个目击证人。

还有一个脚注，或者说这也是斯图尔特或许愿意讨论的问题——如果他心情好，愿意为我腾出时间的话。肖斯塔科维奇在他的歌剧《麦克白夫人》中写道："这部歌剧也是关于这个主题的：如果这个世界不是充斥着那么多邪恶的事，那么爱情又会怎么样？摧毁爱情的正是邪恶。还有法律、财产、经济的忧虑，以及警察国家。如果情况不一样了，那么爱情也会变得不一样。"说得没错，情况改变爱情。那么如果出现了极端情况，比如斯大林主义的大恐怖，又怎么样呢？肖斯塔科维奇继续写道："人人似乎忧心如焚：爱情会怎么样？我认为，爱情将永远是那样，给人的感觉似乎永远是，爱情的末日就要到了。"

试想一下：爱情之死。这是可能发生的。我想告诉斯图尔特——你知道我给你颁发了一张市场力量和爱情学的博士文凭，其实我真的不知道这张文凭究竟有多少意义。这不过是一个重奏，真的。现在我意识到我明白了一些事理。"如果情况不一样了，那么爱情也会变得不一样。"说得很正确，相当正确，只是我们对此所做的反思太少。爱情之死：这是可能的，这是可以预想的，我真受不了。"见习军官拉塞尔，你为什么想加入这个团？”“我想为爱情缔造一个安全的世界。我正是这么想的，长官，我正是这么想的！”

戴尔夫人：

那个年轻人住在这里的那些日子我很开心。当然，他爱说谎，谎话张嘴就来。另外，他还欠我最后两周的房租，他本来说好会寄来的。

如果你问我，我得说他是有点儿疯疯癫癫的。我老听见他在房间里自言自语。他的确谎话连篇。我觉得他根本不是什么电影编剧。他从不把自己的车停在街上。你觉得他到底有没有艾滋病？他们说得了艾滋病，人就会发疯。那样可能就解释得通了。不过，他还算是一个不错的小伙子。

他走的时候，问我是否可以从外面的树上砍点东西带走。做个纪念，他说。于是他拿走了智利南美杉的一些枝叶。

吉莉安：

斯图尔特要走了，我想这是一个明智的决定。有时候我想我们也应该离开这里。奥利弗总说他要一切从头开始，但我们依然生活在这个城市，依然干着这同一个工作。也许我们也应该离开。

奥利弗：

当然，测试结果是阴性。我知道肯定会是阴性的。你真的没有为我**担心**，是吗？不好意思，我真的感动了。要是我意识到这一点，我一知道结果就会马上告诉你的。

怀亚特夫人：

你问我对他们俩怎么看，斯图尔特与奥利弗，我更喜欢哪个？我不是吉莉安，问题就在这里。她对我说："我想，我知道了被人爱是什么感觉，但我不知道被人喜欢是什么感觉。"我说："那么你为什么还要拉着长脸呢？"就像你们英国人说的，如果你拉着个长脸，那么连风向都会改变。

真是世事难料——事情从来不按照你希望的那样发生。和别人家的母亲一样，我也会偏心自己的女儿。我第一次见到斯图尔特的时候，以及之后他们结婚的时候，我就在想，看你敢伤害我的女儿。他每次坐在我面前，就像在接受医生、小学校长或别的什么人的盘问一样小心翼翼、规规矩矩。我记得他的皮鞋总是擦得油光锃亮，每当他觉得我没有注意他的时候，他便眼睛向下看看皮鞋，不让皮鞋蹭到什么地方。他非常急切地想讨得别人的欢心，我的欢心。我觉得这是很让人感动的，当然我也有一点儿抗拒。是的，你现在很爱她，我看得出来，是的，你对我彬彬有礼，把皮鞋擦得干干净净，但是如果你不介意的话，我希望再等几年看看。当周恩来被问到怎么看待法国大革命对于世界历史的影响的时候，他说："现在下结论，为时尚早。"这也是我对斯图尔特的看法。我觉得他是一个诚实的年轻人，也许有点儿迟钝，但赚的钱足以养活吉莉安，这是个不错的开始。但是，如果说我在审视他——就像他以为的那样——那么，我现在的想法是这样的：现在下结论为时过早，过几年再看不迟。所以，我在等待，我在观察。我从来没有这样反过来问自己：如果我的女儿伤害了斯图尔特，该怎么办？所以你看，我不是一个那么睿智的女人。就像那些堡垒，他们把所有的枪口都对准那个方向，以为敌人就从那里发起进攻，结果敌人从后门发动攻击，城堡失守了。

现在吉莉安与斯图尔特离婚了，跟了奥利弗，我对此怎么看？奥利弗认为把皮鞋擦得亮不是讨得我欢心的最好方式。相反，他的一举一动让人感觉到，要让我不喜欢他，那是不可能的。他办事说话的样子就好像我们早就彼此熟悉了一样。他对我说，哪种英国鱼做浓味鱼肉汤最好，可以替代我无法买到的地中海鱼（他首先都没有问我是不是喜欢浓味鱼肉汤）。我想他是在以某种方式与我调笑吧。他从来都没想过我会阻止他拆散吉莉安与斯图尔特的婚姻。他想——我该怎么说呢？——他想让我分享他的一部分幸福。这说来怪怪的，却也感人。

你知道几天前他对我说什么吗？“妈妈。”他说。他不称呼我怀亚特夫人，自从他拆散吉莉安与斯图尔特的婚姻之后，就这样称呼我了，他这样叫我，我总觉得有些怪异。“妈妈，您为什么不让我们给您找个丈夫呢？”

吉莉安盯着他，好像他说了什么最不该说的话，也许是吧，但是我不介意。他说得是有点儿轻佻，给人的感觉好像是，要是没有遇见我的女儿，他就会向我求婚。多不要脸？是的，但是我不会因为这个讨厌他。

“我想我不会再结婚了。”我说。

“一个蛋就够了？”他说，对着自己讲的这个笑话咯咯地笑了起来。这算不上什么好笑话。吉莉安也笑起来，笑得很厉害，我没想到她竟然这么会笑。他们忘记了我还在这里，这一会儿把我忘记了——这倒也是一个好主意。

你要知道，我想我不会再结婚了，噢，但我没说我不会再爱上别人了。这是两码事。不管他们嘴上怎么说，每个人对爱情都是没有抵抗力的，除非你死了。但是婚姻……我要告诉你我对婚姻的看法，毕竟我与戈尔登过了这么多年，不管你们怎么想，那大抵是很幸福的时光，我要说，我与别人一样幸福。我对婚姻的结论是：你一直与一个人生活在一起，你就会慢慢地丧失使他们幸福的能力，而你对他们造成伤害的能力丝毫不减。当然，反之亦是如此。

这个看法不乐观？可是，一个人的乐观只在别人眼里，不在自己眼里。啊，你会说——奥利弗肯定会说——这只是因为你与戈尔登生活过，他让你备受折磨，人生对你不公，所以，爱情啊，你得让它再来一次。这不只是因为与戈尔登生活过，我才有了这样的婚姻观：我看过太多太多形形色色的婚姻。我开诚布公地告诉你吧。如果人生只给你展示过一次真相，那么你还可以忍受这样的真相。这样的真相就不会压迫你，在这样的真相旁边你仍然可以打上问号。但是，如果同样的真相向你展示两次，那么，它就会压迫你，让你窒息，这竟然是真的，两次都是真的，我就不能忍受。所以，我就要离那个真相远远的，离婚姻远远的。一个蛋足够了。你们英国人还怎么说？不打破蛋，怎么能做蛋卷？所以，我不要蛋卷。

第十六章

金钱的慰藉[①]

斯图尔特：

如果你问我——我现在有时间考虑这个问题了——爱情，或人们口口声声所说的爱情是什么，我就要说，爱情，只不过是这样一种制度——你与人上床之后，那个人还会叫你一声“亲爱的”。

那件事后，我诸事不顺。但我没有崩溃，没有就此趴下。我知道我的生活还将继续，大概还得一成不变地干同样的工作，我的个性一定还是那样，我的名字一定依然照旧（还记得吗？我是一个行不更名、坐不改姓的人），一直到……一直到我放弃工作，岁月蚕食我的个性，死神最终取消我的名字为止。但那件事改变了我。啊！这件事并没有让我变得成熟，没有让我成长起来，但它真的改变了我。

你还记得我的父母吧，我总感觉我让他们失望了。我想这种失望

① 原标题为拉丁语。

感只有在父母与儿女之间才会有，如果你幸运，或许不会碰到这样的事。我现在看，失望是普遍存在的，问题只是谁对谁失望，谁让谁失望罢了。比如，当那事发生的时候——其实我们所有人都在经历这样的事，我现在明白了，不只是我一个在经历这样的事——我总觉得，是我让吉莉安失望了。我想——我又要说了——我让父母失望了，但他们从来没有解释我怎么让他们失望了；现在我让我妻子失望，这原因也是一样不可捉摸。过了一段时间之后，我慢慢意识到，其实不是我让他们失望，而是他们让我失望。我的妻子让我失望，我的好朋友让我失望。因为我性格的原因，我自己还往往觉得愧疚，这种愧疚使我在以前不能看清问题的实质：是他们让我失望了。现在，我有了一个原则。我不知道你是不是常看橄榄球比赛，几年前在橄榄球场上有这样一个著名的说法：一定要反击在先。现在，按照这一原则，我形成了我的生活准则：一定要让我对人失望在先。在他们对你失望之前，先下手对他们失望。

工作让我重新振作起来。开始的时候，我觉得这只是去什么地方上上班，做一份我依然能够敬重的事而已。工作自有它自己的体系。没有我，它将永远运行。但有了这份工作，我才有可能坐在电脑前，处理我的人生。我感激工作，我感激金钱——我的工作就与金钱打交道。我有时候感到难受，我也会去买醉，我也会愤怒，但是，只要我坐到金钱前面，我的心马上就平静下来。我总是敬重金钱。如果第二天要上班，我绝不会在头天晚上喝醉。我总是穿着干净的衬衣去上班。我只在星期五和星期六的时候才花天酒地自我放纵一把。但是一到星期一，我就衣着整洁，头脑清醒，坐到电脑面前，与金钱交谈。

因为这个工作是我一生中最擅长的事，越做越得心应手，越做学到的东西也越多。我从没有打算做一个有远大抱负的人，我只是一个满足于中等层级的人。我从来没想过要把宝押在高风险的海外（比如沙特）巨额投资上，我这个人坚决反对这样干。我说，不要太过激，不要让我们的资产倾囊而出，要记取康贝尔特第二花旗银行的教训。我非常擅长于发表这方面的看法。我们不能做推车叫卖的货郎，形势好的时候，大发其财，形势不好，就直接完蛋。所以，当银行总部决定在美国开设更多分行的时候，他们就派我去华盛顿，做一位头脑清醒的中层职员。这就是我现在的工作。

金钱也帮了我的大忙。我敬重金钱，金钱给我回报。我还记得第一次金钱帮了我大忙的那个时候。那是在我的前妻与我的前好友结婚之后不久——他们真的给了我最后的终极的失望感。你能想象，那是我最难过的日子。那个时候，我都不轻易相信人了，哪怕最小的事情都不敢托付给别人。我怎么能知道——那个人站在那里就等我走上前去，然后贴到我身边，冷不丁地拔出失望的匕首刺我一刀呢？

有一天，准确地说是下午，我非常想找个小姐寻欢作乐。吉莉安对我做的别的恶心事我就不说了，最恶心的是她拒绝与我做爱。你要知道，我出去找小姐的时候，心里想的并不是性。我想的是，他们对我不仁不义，我要给予反击。所以，我在想，我怎样反击好呢？我想起来了，在别人眼里，我还算得上一个西装革履风光体面的生意人，所以，我就要以这样的身份来行事。那是一个星期六的下午，我提上一个箱子，叫了辆出租车到贝斯沃特的一家酒店，办完入住手续之后，出门买了一份生意人常买的杂志，回到了酒店。

我浏览了杂志上的广告，最终选定了一家。他们说有经验丰富的女孩，能提供按摩和陪侍，可以到酒店上门服务，接受信用卡。我在信用卡问题上稍微犹豫了一会儿。用信用卡好吗？我从没有想过使用信用卡的这种可能性：我是带了不少现金来的。或许他们想得到你信用卡的卡号，然后勒索你？但是我现在肯定是这一带少数几个不用担心被人勒索的人之一。我没有家室，所以无须瞒着谁到这里来。要是我的老板发现了，怎么办？他们或许只会反对我使用未经他们认可的信用卡吧——那种信用卡透支利息高，有损我的职业声誉。

过了一会儿，我拿起电话，突然我感到一阵恐慌。如果他们派来的小姐长得像吉莉安，那该怎么办？我心里真的咯噔了一下，那样的话事情就难办了。所以，当他们问我有什么特殊的要求时，我问他们有没有东方小姐。于是他们为我派来了琳达，或者说，他们派来了一位自称琳达的小姐。她要100英镑。这就是她的价格，花那个钱，就能买到你想要的东西。具体细节我就不说了，有些人对那种事的细节津津乐道，但我不是那种人。总之，还是一分价钱一分货。而且，她还很会说话。我刚才说了，我要的不是性。我只想找一个小姐，做这样一件事。但很快我就发现，我其实喜欢性这东西，我很高兴现在我想要这东西。她走后，我看了看信用卡单据，看看她在“数量和说明”这一栏里写了什么。她写的是“商品”，就这个词。“商品”。

有时候她们会写上“服务器材”这样滑稽的词，有时候什么都不写，或者，你想叫她们写什么，她们就写什么。但我永远忘不了琳达写的“商品”。这是一个交易，一桩生意，所以就这样写。自那以后，我还碰到了不少像琳达一样的女孩，有些女孩也叫琳达。这些女孩似乎都有相对固定的名字，如琳达、金姆、凯利、罗琳和林兹。但我没有怎么碰到过夏洛特和艾玛，有，不多。干这行还有一点好处，就是一个女孩在决定给自己起个什么名字的时候，用不着寻思一个身穿灰色西装、手拿信用卡的生意人希望她叫吉莉安这个名字。至少，不用想到是“吉——莉——安”这一模一样的三个字。我觉得我无法搞定这件事。有一次——在曼彻斯特——一个女孩说她叫吉尔。

“你的名字怎么拼？”我问。我正要从钱包里取出信用卡来，突然手就停在那里了。

“什么意思？”她看上去有点儿生气了，好像我在搞她之前先要测试一下她的智商似的。

“只是问问你的名字怎么拼，开头是J，还是G？[①]”

“当然是J。”

当然。

我喜欢美国，美国很适合我这个外国人。是外国人，说的却是英语。还是英国人。美国人很友好——人家这样告诉我们，这样的话我们都听了一百万次了。我认识的美国人是很友好，但是如果他们靠我太近了，我马上就会后退。他们便把这归因于我是一个英国人。他们

① 吉尔在英语中可能是Jill或Gill。

觉得我有点儿保守，屁眼很紧。他们这么说，我没意见。我主动避而远之——我先让别人失望。

美国的女孩也都不错，我的意思是她们很专业。在大西洋这边，不少女孩叫雪莉，不少叫马琳，但没有一个叫夏洛特或艾玛的。在这一行，没有人叫这样的名字。也没有人叫吉莉安，没有以G开头的吉莉安。

说到这里，你可能不喜欢我了。也许你从来没喜欢过我。没有关系。我现在做的工作不需要人喜欢。我不在乎是不是有人喜欢我。我的意思不是说，要做一个为富不仁的大亨，净干些见不得人的事。我不会故意去恶心人，我不是那样的人。只不过，现在是不是有人喜欢我，都无关紧要了。我过去总是想法子去讨好别人，去让别人对我产生好感。现在，我都不管了。举个小例子吧，我现在重新戴上有框眼镜了。以前我戴隐形眼镜，只是因为我觉得那样吉莉安会更喜欢我。

提起金钱，人们首先会说，金钱是虚幻的，金钱只是一个概念。如果你给别人一张一美元的钞票，它本身不“值”一美元——它只不过是一张用油墨印着图案的小纸片。但是每一个人都认同，都相信这个幻觉：它值一美元，于是它就值一美元。世上所有的钱之所以值钱，就是因为人们都认同这个幻觉。那么金子、银子呢？就是因为人们把价值赋予在它们上面，诸如此类。

你或许猜到了接下来我要说什么。这世上还有一个幻觉，这个幻觉的存在是因为每一个人都同意把某种价值加在它的身上。这另一个幻觉，就是爱情。现在你也许觉得我看东西有偏见，但这就是我的结论。我曾经离爱情那么近，我曾经与爱情鼻子贴着鼻子，真是亲密无间。就像我与金钱交谈时，与电脑屏幕鼻子贴着鼻子一样。我觉得，金钱与爱情之间好像有相似性。爱情只是一件人们都认为确实存在的东西，都同意在上面加上一种概念性的价值的那个东西。现在，爱情几乎被所有人当作一件商品加以珍惜。只是我不那样珍惜它。要是你问我，我认为，爱情的价格被人为炒高了。总有一天，爱情的价值会跌落低谷的。

奥利过去经常随身带一本名叫《哲学的慰藉》的书。“太给人慰藉了！”他常常这样故作高深地感叹，还拍拍书的封面，好像要让作者领情似的。但我从没见他读过，也许他只是喜欢书名吧。但是我今天要把这书名改一改，把它更新一下。我把它叫作《金钱的慰藉》。相信我，金钱确实给人慰藉。

现在我有钱了，人们觉得我比以前有趣了。我不知道我是不是比以前有趣了——或许没有那回事——但是他们觉得我比以前有趣了。这是一种慰藉。我喜欢买东西，占有东西，如果不喜欢了，就把东西扔掉。前几天我买了个烤箱，一星期之后我不喜欢这烤箱的样子了，我就扔了它。这是一种慰藉。我喜欢雇用别人帮我做我自己不想做的事，比如洗车、购物、打扫公寓。这是一种慰藉。虽然我不如跟我打交道的不少人有钱，但我还是比身边的不少人有钱。这是一种慰藉。如果我能够继续以现在这样的速度赚钱，并进行明智的投资，那么等我退休的时候，就可以衣食无忧地安享晚年直到死去。对我来说，当我们面对人生的种种忧虑和不安时，金钱似乎更能给人以慰藉。

我是一个物质主义者。如果你不是一个佛教徒，那么你还会是什么呢？统治当今世界的两大教义——资本主义和社会主义——都是物质主义的。只不过一种教义比另一种更物质主义罢了，最近的很多事件证明了这一点。人类喜欢消费品，过去喜欢，将来一定也喜欢。我们会习惯这种现象的。金钱不是什么万恶之源，而是大多数人幸福的起点，大多数人的慰藉所在。金钱比爱情可靠得多。

你看到的就是你得到的，你得到的就是你花钱买的。这是金姆、凯利、雪莉和马琳的世界的法则。我不是说这里就没有骗子。当然有，就如有些女孩是有病的，有些女孩实际上是男孩。这里跟其他行业一样，有骗子，有坏人。你找到对的人，付出对的价格，就能得到你想要的。可靠，专业。我喜欢她们进门说的那些话。我有什么可以帮到您？您心里想要什么？您有什么特别的喜好？别的顾客可能会花很长时间讨价还价，啰唆半天之后才肯拿出信用卡，女孩从装有安全套的小包里拿出刷卡机吱吱嘎嘎地刷起来。我就简单多了。如果她们问我有什么特别的要求，我从不会麻烦她们穿成学生妹的模样，也不要她们带鞭子或别的什么。我说我只要她们完事后叫我一声“亲爱的”就好了。一声就好，就这样。没别的。

我不是故意刁难。不要误解我。我工作，我辛苦工作，我辛苦赚钱。我住在离杜邦环岛不远的一个漂亮的公寓。我有朋友，男性朋友、女性朋友都有，我经常和他们一起打发时间，我与他们保持着想要的那种距离，不远也不近。让我对别人失望在先。是的，我在这里有不少女朋友。有的我睡过，她们会叫我“亲爱的”。事前叫，事中叫，事后叫。我当然很喜欢，但是我不全信。我唯一相信的一句“亲爱的”，是我付了钱之后得到的那句“亲爱的”。

你明白了吧，我认为我不是一个心怀偏见、愤世嫉俗、对任何事都不抱幻想的人。只是，这个世界我现在比过去看得更清楚了。爱情和金钱，就像两张巨大的闪耀发光的全息图，像真正的三维物品一样在我们周围旋转飞舞着。你伸出手去，就能直接穿过它们。我以前总以为金钱是虚幻的，我还以为，即使不是虚幻的，金钱的力量还是有限的。我现在相信金钱的力量是多么强大。我以前不知道爱情也是如此。我不知道你的手也可以直接穿过爱情。现在我明白了。我比以前睿智多了。

所以，你看，从某种意义上，我认同了奥利弗的观点。我们当时两个人都醉醺醺的，他竭力为我解释这个观点，还带着侮辱我的口气，到最后我对他发了酒疯。爱情是根据市场力量的原则运行的，他说，以此作为偷走我妻子的辩解。如今，我多活了这么几年，见识也多长了一些，我慢慢也同意这样的看法了：爱情确实具有金钱的不少属性。

但这并不是说我宽恕了他们俩所做的这件事。这事还没有完呢。还没完结。我不知道该做什么，怎么做，什么时候做……我得按照我的方式来做……怎么做?

依我看，有这样两种方式：立刻支付，或将来支付。立刻支付，就是我刚才描述的那种方式——管用、高效，你只要采取常规的风险规避措施就行了。未来支付，就是所谓的爱情。总的来说人们都喜欢未来支付这种方式，这不让人奇怪。我们买东西的时候都喜欢分期付款。但是，我们做交易的时候，几乎都不看册子上的那几行小字。我们从不考虑利率……我们从不计算最终的成本……我要立刻支付。

有时候，在我解释我对事物的看法时，有人会对我说，是的，我明白了你的观点。这样事情就简单了。说起花钱买性这件事（当然，我们在做这件事的时候通常是醉意朦胧的）——他们总是这样非常权威地指出，虽然他们从来没有真的买过性：妓女不亲嘴。他们说，这是很悲哀的，因为他们愉快地想起他们的妻子是亲嘴的（敢问亲了谁的嘴？还亲了谁的嘴？），我点点头。我犯不着打破他们的幻想。人们对妓女总怀有这种伤感的情绪。人们认为，妓女看上去对你爱意绵绵，其实是装模作样，等她们下来躲进自己的天地，才把心和嘴唇献给她们真正所爱的人。呃，有一些情况的确是如此。妓女真的不亲嘴？她们当然亲嘴。只要你付给她们足够的钱。想一想，只要能得到钱，她们还会愿意亲你别的什么地方？

我不想要你的怜悯。我比以前更睿智了，你们现在不能轻易让我屈尊俯就了。你也许不喜欢我（或许从来就没有喜欢过我）。我说过了，我不会再在意是否有人喜欢我了。

金钱不能买来爱情？啊，能，能买来。我说过了，爱情只不过是这样一个制度：它让人在完事之后叫你一声“亲爱的”。

第十七章

真是疯了，这些英国人[①]

戈尔登：

我的名字叫戈尔登。你不会认识我的。戈尔登·怀亚特。这下有点儿耳熟了？

我想我不应该与你谈话，这是违反规则的。毕竟，我知道你是怎么想我的：肮脏的老色鬼，诱骗女学生，抛下妻子和孩子……一个带着这样恶名的人可不会有多少人听你讲话。

有关戈尔登·怀亚特案的几个看法。这位戈尔登很久以前接受“军法”处置，被发配到盐矿干苦力去了：

一、我们刚认识的时候，她，玛丽-克里斯汀是一个开心果。结了婚，我把她带到了英国。我们结婚差不多刚一年，她就有了外遇。

① 标题原文为法语。

以为我不知道。我当然知道。这给我不小的震动，但我挺过来了。怀疑她在吉莉安出生之后又与人有了一腿，不是很确定。这些我都能忍受。但是我不能忍受的是她不再那么有趣，不再让人开心了。好像中年提前到来，对什么事都有想法了。可怕。一点儿也适应不了她。一心想找个对的。你明白我的意思吧？

二、女儿探望权被法庭剥夺，原因：申请者曾对年轻女人行为不轨。（看在上帝的分上，难道他们认为我会引诱我自己的女儿吗？）随后我提出私下探望的要求，也总被夫人断然拒绝。现在是决定时间：你知道一切都与你作对（来自所有人的蔑视——法庭、律师和法官、法警，等等），但你还是要忍受着希望对你的折磨，还是要设法去看你的女儿吗？同样，对提到的那个孩子，对于她哪个情况最好：让她知道外面有一个可能与她有关的人，或者绝对没有这样的人？决定是不容易做的。

三、我想说的要点是：我不能容忍强加在我妻子头上的这个诽谤之词。我现在的妻子。我并没有“勾引”她，她没有对我做出洛丽塔那样的行为。我们一见面（在校外），嘭，就那样。什么也没干。从此一直相爱，没有说过一句气话。还有两个活泼的孩子。当然在人生地不熟的他乡要找一份教书的工作很难。靠接点翻译的活儿维持生计。现在日子依然紧巴巴的。但是克里斯汀成了养家糊口的人。我成了他们所说的“家庭主夫”。我还真喜欢做家庭主夫了，就好像鸭子喜欢水。这让夫人很吃惊。老实话，我不知道女人整天在抱怨什么。我喜欢——“窝在家里”——这是他们的说法。

啊，我知道门在那里。注意了，我确实答应过我不会公开谈论这些事。克里斯汀真的不喜欢这样。过去的事都去另一个国度了，就是这样。所以，不要到处张扬，如果你不介意的话。非常感谢。那么，再见了。

奥利弗：

我开的是这辆老爷车，标致403。我从一个农民那里买来的，他还幻想他自己开的是丰田兰德酷路泽呢。绿灰色的——他们不再生产这种颜色的小车了——边角圆润。小小的散热器网格就像狱卒的窥视孔。非常老气。开着开着，好端端地就坏掉了，常常坏得很是时候。

每天早上，当我爬进车子，坐到方向盘后面的时候，老皮座椅就会吱嘎作响。我驾车前往图卢兹。我小心翼翼地穿过这个村子，因为我怕轧着朗吉斯盖先生的狗。我不知道那只狗是什么品种的，但眼睛直接能看到的是，中等体形，毛色棕如七叶树的果实，脾气暴烈。它不容易被人眼直接看出的特性是什么？狗的主人朗吉斯盖先生第一次遇见我们的时候就向我们解释了——当时我与吉尔散步经过村子，这个长着四条腿的家伙伸着舌头一下子扑到我们身上。“Il est sourd，”它的主人说，“il n'entend pas.[①]”原来是一条聋狗。上帝啊，多么伤

① 法语，意为：它耳朵聋，听不见人说话。

心。想一想，它无法听到自己主人笛声般的口哨。

所以我开得非常小心，一路上向当地村民频频点头，像皇室旁支成员那样向他们致意。车子开过一个尘土飞扬的菱形场地，这场地一半用作村子的广场，一半用作一家咖啡馆的前院，一对老夫妇拿着印有监狱标志的矮胖杯子，慢慢喝着早咖啡。车子开过放在食品店外面的道达尔汽油公司的几个货架，开过尚留淡淡的BRILLIANTINE PARFUMÉE和SUZE广告印迹的墙壁。这些名字！这些名字！接着开过一座小桥边上的一个公共洗衣房——抑或是从前的洗衣女工房？然后拐到合作酒厂边的大路上。与周围的大多数村子一样，这里也有两座城堡：老的城堡，它的城墙曾鲜血流淌；新城堡是用亮闪闪的不锈钢材料建成，上面的红色印记来自压碎的葡萄，而不是压碎的囚犯。战争的艺术，和平的艺术！我觉得，建筑师们应该更加不遗余力地强化这两座城堡的反差：合作酒厂那闪闪发光的筒形谷仓应该加上具有讽刺意味的红辣椒式样的高塔，而水风车的箭孔也许应该装饰在闪闪发光的垂直建筑上。

这就是生活——我每次步履轻松地穿过葡萄园时，都会这样想。一点儿神索葡萄，一点儿慕合怀特葡萄，一点儿马尔贝克葡萄，一点儿坦普兰尼洛葡萄，把这些葡萄混合起来，就能生产出上等的葡萄酒，香味能够引来黄鼠狼。我们目前是VDQS[①]，但还是希望能有更好的销路。

---

① Vin de Qualité Supérieare，优良产区葡萄酒。

看到那边的那个小塔了吗？那个圆圆的石头堆成的东西。那是个简陋的储物窖，建造这个，是为了抵制时间的侵蚀，也是为了抵御棉铃象鼻虫的侵害。有意思吧？嗅一嗅这里的空气，看一看悬在空中的老鹰。这不就是生活？对不起，稍等片刻，我得向那边身穿蓝色工装、使劲铲着铲子的一个工人招招手，给他带去皇室的问候。以前我是个对什么事都太悲观的人。我曾说过生活就像是一场入侵俄罗斯的战争：突如其来地开始，难以忍受地缓慢行进，与“一月大将”的可怕混战，然后就是血洒雪地。但现在我不这么看了。为什么人生的道路不应该是一条穿过葡萄园的洒满阳光的幽静小道？这里，一切是那么让人欣喜、让人雀跃。或许一切就像太阳那么明亮、那么纯粹。你还记得他们发现了抑郁症与家里房间照明亮度的关系吗？换个大功率的灯泡，省下看心理医生的钱！来到这阳光普照的户外不是很好吗？那是说天气与抑郁有关吧——这种理论当然适用于快乐的奥利。

到图卢兹，在A61高速公路要开大约一小时。清晨，雾气在草地上升腾，像干冰一样包围在农舍的四周。我的车子转了一个大弯，在学校的院子里停了下来。我像撒葵花子一样把连串妙语抛向正等着我上课的学生们。今天他们个个都穿得很干净，而且人也……漂亮——男孩女孩都是这样。他们想学英语！这岂不是太棒了？要知道，做教师的看到学生的学习热情如此高涨，总是会感到热心沸腾、干劲倍增。但是，在下雨的星期二，面对艾德威尔路边上那一排湿湿的玉米袋，你就不是这样的心情。这里的情况就大不一样：他们使得我很想教书！

我上了一整天的课。下课后与一个学生悠闲地喝上一口葡萄酒——她总是弄不清不同种类的过去时态（我们不也是一样吗）——然后慢悠悠地从葡萄园穿回来。你可以看到几公里外合作酒厂的钢结构在那里闪着光芒。路上，我看到了我最喜欢的一个标志：ROUTE INONDABEL。高卢人特有的简洁。要是用英语写，就得这样写：DANGER ROAD LIABLE TO FLOODING[①]，而这里只用了ROUTE INONDABEL这两个单词。我开车小心翼翼地穿过村子，回家投入妻儿温暖的怀抱。我那彩虹一样灿烂的孩子，我的小萨尔，跑上来拥抱我。她扑在我身上，就像一块湿湿的浴幔一样紧紧黏着我。这不就是生活？

吉莉安：

现在听我来讲。听**我**讲。

我想我最好还是从我们生活的村子讲起。这个村子在图卢兹的东南方向，属于奥德市，在密内瓦葡萄产区的边上，靠近南方运河。村子周围全是葡萄园，但过去不是这样。现在你开车经过这里，可能会以为以前一直是这样，因为这里大部分地方看上去都很古老，其实并非如此。铁路来了，一切都变了。以前，像这样的地区，大多都是自给自足的——从农业的观点来看。要羊毛，他们就养羊；想喝奶，他们有奶牛，或许还有山羊。他们还种水果和蔬菜，还种——我不知道，或许还种向日葵和鸡豌豆，他们用葵花子榨油。但是铁路改变了

① 意为：道路容易积水，危险。

这里的经济面貌，就像铁路改变了所有地方一样。他们不养羊了，因为通过铁路运来的羊毛比他们自己生产的便宜。混合农业消失了。当然在农民家的后院里偶尔还能看到一只山羊，但整个情况就是这样了。现在，整个地区开始酿酒。但是，如果别的地区酿出了更好更便宜的酒，如果我们的山坡，我们的葡萄树，得到最大限度的开发，还是竞争不过人家，那时又该怎么办？当然我们是不会饿肚子的，我们可以吃欧盟的救济——经济学家的说法。别人出钱让我们酿酒，但这酒又没人要，酿好了只能把它变成醋，或者干脆倒掉。那样就会出现第二次贫穷，你明白吗？那就太悲哀了。

那些田间小石塔让我们了解了这里过去是什么样子。人们以为这些石塔只是储物窖的顶棚，但以前石塔是张着帆布的：这曾是磨坊，从他们现在坐着的这些田地上收割来的玉米就在这里磨成粉。现在磨坊都被废弃了，石塔上没有蝴蝶一样的翅膀了。穿过村子的时候，你看到那个"城堡"了吗？现在他们都称它"古堡"，奥利弗还编了很多野蛮人的故事，还有什么油锅烹人的故事。当然这个地方当年战事频仍，主要发生在卡特里派教徒叛乱时期；我想，英国人也来过这里，那是一两百年以后的事了。这只是一个广阔大平原中间的一个小村庄，完全没有什么战略意义可言。所以，这里从来不需要什么城堡。那个又矮又胖的石头只不过是古老的谷仓而已。

整个村子能吸引游客的也只有教堂西端的那一条中世纪饰带。那条饰带绕外墙整整一圈，在墙中间的门上边弯过去。饰带上一共刻了大约36个石头像，一半是天使的头像，另一半是骷髅头，骷髅头下面是两根交叉的骨头。一个天使挨着一个骷髅头，就这样连续排列着。天堂，地狱，天堂，地狱，天堂，地狱……就这样轮转。或许是复活，死亡，复活，死亡，复活，死亡……就这样像旁边经过的火车一样咔——嗒——咔——嗒——咔——嗒重复着。只不过，我们现在再也不信地狱和救赎了。在我看来，这些天使不像天使，倒像一群小孩。像一个小孩，像我的女儿苏菲·安娜·路易丝。我们给她起了一个包括三个单词的名字，这三个单词法语和英语都有。这样，如果她想改自己的名字，用不同的口音念出来就行了。这些随着时间的推移被渐渐磨平了的石头像，让我想起了我的女儿。这些头像现在对我说：活着，死去，活着，死去，活着，死去。

这个地方怎么了？在伦敦，我从来不像这样思考时间和死亡的问题。在这里，一切是那么美丽、那么宁静。不管未来怎样，我开始了新的生活，我发现自己不禁思考起时间和死亡的问题了。难道是因为苏菲吗？

就说这个喷泉吧。这是一个普通的、略微有些气势的公共喷泉，建于查理十世时期。一块用粉色大理石做成的方尖碑，现在人们仍在山那边开采这种石头。方尖碑的基座上有四个能旋转的头，每一头有一个喷射嘴，只是现在再也喷不出水了。在1825年建成这个喷泉的时候，人们从遥远的尘土飞扬的山上把第一股清澈的泉水引到这里，那个场景一定非常壮观吧。如今，村民们更喜欢瓶装水，喷泉也干枯了。现在，这个喷泉也被当作战争纪念品。在方尖碑的一个斜面上刻有在第一次世界大战中丧命的26个村民的名字。在它的对面，刻着3个死于第二次世界大战的村民的名字，底下还刻着一个死于印度支那的人的名字。在方尖碑的第三面上，你可以依稀分辨出1825年就刻上去的碑文：

MORTELS，SONGEZ BIEN
LE TEMS PROMPT A S'ENFUIR
PASSE COMME CETTE EAU
POUR NE PLUS REVENIR[①]

上面说，水就像生命。但是再也没有水流到这里来了。

我在观察那些老年妇女。因为干家务，所以她们穿着印花连衣长裙，一排纽扣从上扣到底，不是工作服，比工作服好看。每天早上她们都要出来打扫自己家外面的人行道。接着去扫马路，用她们那老掉牙的扫帚把沥青马路上的灰尘扫掉，也就打扫那么几英尺。到傍晚时分，气温开始下降了，她们又来到人行道上，这一次她们坐在直背的粗糙椅子上。她们一直要坐到天黑，织着东西聊着天，享受白天热气消散之后的好时光。这下你就明白她们为什么要打扫人行道了，因为这是她们的庭院，她们喜欢坐在这里。

一到周末，来自蒙彼利埃的那些刚刚发家的有钱人纷纷朝我们这个方向拥来，但并不是到我们村子来。他们觉得我们的村子风景还不

① 这段法语碑文的大意是：人哪，终有一死，好好珍惜这如水一般一去不复返的短暂时光吧。

够优美：他们开着吉普到别的地方去，在看得见山景的地方点起了木炭盆火。他们觉得我们的村子很乏味，没有像样的录像店，不能让他们租到想要的录像带。我们这里只有两间酒吧，就在我们住的对面有一家带餐厅的旅店，还有一家面包店。自从那家餐厅也开始卖面包之后，面包店才开始做黑面包和全麦面包。另外，还有一家卖小灯泡和老鼠药的五金店。去年法国的大多数地区都庆祝了法国革命200周年。我们村唯一的庆祝活动在古鲁哀先生的五金店外举行：他订购了六把塑料扫帚，两把红的，两把白的，两把蓝的，把它们插在店外的展示桶里。这些扫帚的硬毛和塑料柄都是同一个颜色，看上去很喜庆。后来有人——一个老太太说那是一个路过的共产党员——买走了那两把红扫帚，这样，庆祝性展出活动就结束了。虽然我们村的庆祝活动结束了，但我们还能听到从别的村子传来的烟火声。

每星期三上午9点，一辆从海边开来卖鱼的货车停在村里的广场上。我们会买些鲷鱼和一种叫作巴萨尔的鱼，我一直找不到一个英语单词来翻译这个法语单词。这个广场呈不规则的长方形，里面有条小路，路两边种满了被胡乱修剪的椴树，常有不少老年男人在树下打滚木球，有时候老太太们搬来硬椅子坐在那边观看这项她们无法参与的活动。到了夜里，男人们在泛光灯下打球；从他们的头顶看过去，你能看到远处那一排针叶松树黑黑的松顶。人人都知道在法国村子针叶树意味着什么：墓地。

村公所和邮电局在同一个建筑里，各占半边。我头几次去买邮票的时候，发现自己走错了地方，来到了村公所。

说了这么多，你都厌倦了吧，是不是？确实不太有趣。看得出来，我的故事让你厌倦了。你想听点别的了。很好。

斯图尔特：

让我来给你说说什么呢？就说说我稍微有些厌恶的事情吧。听起来可能是极其鸡毛蒜皮的事，但也确有其事。

到周末她总是睡懒觉。我总是先起床。周末的早上我们总会吃一个葡萄柚，或者至少一天的早上会吃，不是星期六早上，就是星期天早上。哪天吃由我来定。星期六早上，我到了楼下，如果觉得想吃一个葡萄柚，我就把葡萄柚从冰箱里拿出来，切成两半，拿出两个碗，一个碗放半个。如果我这天不想吃，那就改在星期天吃。吃完了我的半个葡萄柚之后，我看了一眼吉莉安碗里的那一半。我会想，那是她的，她醒来就会吃的。我小心翼翼地把她那半个葡萄柚的子一个一个挑出来，这样她就不必自己动手去子了。有时候，这子还真不少。

你知道吗？我们还在一起的那些日子里，她从来就没有注意到我已经给她的葡萄柚去了子。或者她注意到了，但从来不说。不，那不像她。她就是没有注意到。我心里一直希望她什么时候能注意到，每一个周末我总是会感到一点儿小小的失望。我那时老想，也许她相信有人通过嫁接的方式种出了无子的新品葡萄柚。那么她知道葡萄柚是如何嫁接出新品种的吗？

也许她现在已经发现葡萄柚原来是有子的。他们两个由谁去切葡萄柚？我不能想象是奥利弗……噢，去他妈的。

这事还没完。我不知道为什么没完，反正没完。有些事必须去做，有些事必须看见。我走了，他们走了，但是事还没有完。

奥利弗：

她比我厉害，你要知道。呜呼！呜呼！呜呼！我喜欢这样。快用丝线将我捆起来，求求你。

哦，我以前说过这句话。不必皱眉头嘛。皱眉和叹气——都不能叫人提气啊，我发现。每当我嬉皮笑脸的时候，吉莉就小声叹气。你知道，这会对人造成一种压力，你会感到，在黑魆魆的地方，默不作声的观众坐在那里，对你抱有很大的期待啊。一个人不是做演员，就是做观众，对吗？有时候，我真的希望观众上台来亲身试一下，哪怕只试一次。

我来给你说点你以前从来没有听说过的东西。“普拉夫达”这个词在俄语中表示真理。我猜你是知道的。但我想告诉你的是：在俄语里，没有哪个词与“普拉夫达”有相同的韵脚。好好想想这个缺陷。这难道不能在你思想的峡谷里产生些回响吗？

吉莉安：

我们到这里来，是因为奥利弗在图卢兹的一个学校找到了一份工作。

我们到这里来，是因为我听说奥古斯汀博物馆可能有工作机会。那里有我的不少私人客户，他们多次给我介绍了这家博物馆。

我们到这里来，是因为伦敦不适合养小孩了，因为我想让苏菲说两种语言，像我妈妈一样。

我们到这里来，是因为这里气候宜人，生活舒适。

我们到这里来，是因为斯图尔特开始给我送花了。他给我送花了——你能想象吗？你能想象吗？

来图卢兹之前，我们是好好商量过的。我们谈论过以上所有这些问题，但最后一个问题除外。斯图尔特怎么会那样做？我真想不出，这是出于真心——他是来道歉的——还是某一种病态的报复？无论是哪一种原因，我都无法处理。

奥利弗：

这是吉莉的决定。当然，我们是经过伟大的民主程序的，我们举行过神圣的协商会谈。但是事到最后，等炸薯条变得疲软的时候，你是不是发现婚姻中的两个人往往一人性格随和，另一人性急好斗？听了这句话，你一定不要以为睾丸被切除的男子只会发出习惯性的哀鸣。相反，我们可以看到这样常见的现象：那些自愿用婚姻来折磨自己的夫妇，总是交替承担这样截然不同的角色。当我向她发起追求攻势的时候，我是一根筋的强硬派，她是瑟瑟发抖的中立派。但是当我们讨论是否要把伦敦巴士臭热浑浊的气息换成普罗旺斯香草清新高雅的幽香时，喜欢游走天涯的吉莉安激动的脉搏跳起来，嗵嗵嗵，犹如J.亚瑟·兰克重重地敲响了铜锣。而我呢，一想到要亡命国外，我的心跳就只有用听诊器才能听到了。

是这样，她为我找了一份工作。她从一份发霉的季刊里看到不少来自外国的真心实意的招聘消息。因为那个臀脂丰厚的家伙带着他的一身肥肉去了另一个大陆，我在伦敦便过上了快活逍遥的日子。但是我好像听到了吉尔的翅膀在沙沙作响，我好像看到她在黄昏时分静坐在电话线旁，一心做着去南方的美梦。如果——我以前曾对斯图尔特说过——金钱可以比作爱情的话，那么，婚姻就是账单了。开个玩笑。不管怎么样，我是半开玩笑半认真的。

吉莉安：

当然啦，奥利弗与大多数男人一样，骨子里都是好吃懒做的。他们以为只要做出一个很大的决定，以后几年就可以像山顶的狮子一样优哉游哉地晒太阳了。我父亲带着他的一个女学生跑了，那也许是他一生中做出的最重要的决定。而现在，奥利弗也差不多成了这样。他的动静往往弄得很大，但实际上一事无成。不要误解我：我爱奥利弗。但是我确实也太了解他这个人了。

我和奥利弗再像以前那样生活下去是不现实的了，斯图尔特以前以那样的方式占据了我生活中的位置，现在奥利弗是不可能以完全同样的方式进入我的生活的。即使是我怀孕了这件事，似乎也不能让他集中心思好好想想未来。我努力想把这些东西解释给他听，但是他用一副哭丧的脸说：“但我很开心啊，吉莉安，我太开心了。”我当然爱他，爱他这个样子，我们相互亲吻，他轻轻地抚摸我的小腹——现在还与薄饼一样平坦呢——说了几个关于蝌蚪的愚蠢的笑话，这样一来，这个晚上接下去的一切就都很美妙了。这就是奥利弗：他就是有本事让我们开开心心过好这个晚上。但是，第二天的早晨总是要来的。到了第二天的早晨，我想，我因为他的开心而开心，同时我自己也很开心，这应该是非常令人满足了，但实际上并不是这样的，对吗？你不仅要开心，而且要面对现实，这才是正理。

呃，我不想让我的丈夫去征服世界——如果我想那样的话，我就不会跟这样两个男人结婚了——但是我同样不想让他得过且过，一点儿也不为未来考虑。自从我认识奥利弗开始，他的事业——如果那也算得上事业的话——只有一个运动方向，那就是向下。他被莎士比亚学校炒了鱿鱼，现在在提姆的学校工作。任何人都看得出来，他其实应该比这做得更好。他需要有人给他指明正确的方向，尤其是在我怀孕的时候。我并不想……哎呀，我知道我以前说过这样的话，我以前说起斯图尔特的时候就这样说过，那是我的真心话。我想我不以此为耻。我不想让奥利弗失望。

我想他提到过朗吉斯盖的那条狗。他老是对别人说两样东西：一是村里的那个城堡——他每说一次，这个城堡的重要性就被提升一次，现在在他口中，它已经成为一个越来越重要的十字军或者卡特里派的军事堡垒；二是那条狗。确实是一只很友善的狗，名字叫普利多，黄褐色的毛闪着亮光，但它很老了，耳朵完全聋了。奥利弗和我对此都感到很伤心，但是我们各有伤心的原因。奥利弗感到伤心，是因为他觉得，当主人带着普利多穿过田地时，它再也听不到主人友好的口哨声了，它完全被隔绝在无声的世界中了。我觉得伤心，是因为它有可能哪一天被汽车轧死。它突然从主人的房子里跑出来，气喘吁吁的，一副满怀希望的样子，好像到了外面它的听力能够恢复似的。但是司机们看到狗，一般不会想到狗的耳朵是聋的。我一直在想，会不会有哪个年轻人开车经过这个村子的时候速度快了一点儿，看到普利多跑过来，就很不耐烦地对它按喇叭，按喇叭，心里还骂这蠢狗，等到他猛打方向盘想避开它的时候，一切为时已晚了。整个过程我都想象到了。我对朗吉斯盖说，他应该把狗拴起来，或者至少用一根长绳牵着它。他说他拴过一次，但拴上后普利多就郁郁寡欢，不吃不喝，他就放了它。他说他想要普利多开心，但我跟他说，你是应该让它开心，但你也必须面对现实——这条狗说不定哪一天会被车轧死的。我就知道。

你明白我的意思吗？

斯图尔特：

我想了好几个方案。最先想到的方案是，去那个学校，就是奥利弗现在教书的那个破学校——他竟然落魄到这个地步——花钱雇一个女学生去控告他，说他勾引她。这或许确有其事，他不是在勾引这个女孩，就是在勾引那个女孩。或许他可能被学校开除，或许这次警察也会介入。不管怎样，吉莉安就会明白，她抛弃了我，找了一个什么样的人。这总是会让人痛苦的，说不定她以后再也没有安全感了。这个方案真不错。

到了美国，我又想到了一个方案。我要假装自杀。我想在他们的心头插一刀，你明白了吧？我不知道该如何实施。一个办法是，用假名给我的中学校友杂志《爱德华人》写信，让他们登一则讣告，然后让他们一定设法把杂志寄到奥利弗手里。我也想过派一个人到伦敦去，将我自杀的消息带给他们，当然是有意无意地说出来才好。“斯图尔特就这样寻了短见，真让人伤心啊，不是吗？离婚的事他还没想通，没有迈过这个坎。啊，你不知道……”谁愿意干这件事？总会有人的，只要我出钱，总会有人干的。

我从各方面考虑了这个方案，思考了太多太多的东西。这让我感到心头阴沉，心情抑郁。这个方案是有点儿诱人，不知道你明白我的意思没有。真的想实施一下，把它变成现实，惩罚他们。但是我放弃了。

但这事还没有完。啊，我的婚姻是完了，我知道。但是这事没完。直到我感觉已经完了的时候才算完，直到这事不再让我心痛的时候才算完。还有很长的路要走。这是不公平的，所有这一切都是不公平的——我无法让自己释怀。我应该把它放下，不要再为难自己，应该这样吗？

怀亚特夫人和我经常通信。你猜怎么着？她与别人好上了。真好，怀亚特夫人。

奥利弗：

或许我这么说是不对的，但是我从来不是靠说对话来谋生的。很多时候，我很想念斯图尔特。是的，是的，你不必告诉我。我知道我是怎么做的。我咀嚼着我的负罪感，正如长途跋涉的布尔族老人咬着干肉条。有时候我觉得斯图尔特是这个世界上最懂我的人，想到这里，我更加难受。我希望他一切安好，我希望他已经找到了一个美丽可爱的小情人。我看见他们在灌木柴火上烧烤，北美红雀俯冲下来在草地上盘旋，蝉儿鸣叫着，就像芝加哥交响乐队在演奏。我希望他能得到一切：健康、壁炉、幸福、疱疹[①]。我希望他有一个热水浴缸，但我想他不至于在里面养热带鱼。啊，上帝，只要一想到他，我就忍不住要咯咯地发笑。

他是不是搞上一个女孩，你知道吗？我想他一定有一个昏黑的秘密，有一个隐秘的淫窝。可能会是什么样的秘密？色情游戏？露阴？色情电话？色情传真？我希望他在那里又吻又抱又摸，干得正起劲呢。我希望生活没有把他吓得屁滚尿流。我希望他……翻过身来，不要老在底下。

斯图尔特：

我希望澄清一个问题。你或许忘了，奥利弗以前常跟我开这个玩笑。呃，是针对我的，所以，我不太喜欢这个玩笑。是关于我以为曼特拉是一个汽车牌子的玩笑。那个时候我想，他想笑话我，就让他笑话我吧。但现在我想说的是："实际上是曼塔，奥利弗，不是曼特拉。"是曼塔瑞，确切地说。一款动力非常强劲的车，通用汽车公司生产，是根据科尔维特的车型改造而成的。我刚来美国的时候，甚至

---

① 原文用了四个押头韵的单词：health, hearth, happiness, herpes，体现了奥利弗一贯玩弄文字的风格。

想着要买一辆这个牌子的车呢。但我不会买的。如果你买了，不就是太屈从于过去了，是吗？

我相信奥利弗是开错玩笑了。

怀亚特夫人：

斯图尔特常给我写信来。我给他回信，如果有什么消息，我就告诉他。他还是无法释怀。他说他正在开始新的生活，但我感到他还是无法忘记过去。

有一件事，我觉得可以让他将以前的事都放下，但我觉得我无法告诉他。是小孩的事。他不知道他们已经有了一个小孩。你心里装着一件你觉得会伤害到某一个人的事，那种滋味真是难受。而且，因为我没有马上告诉他，所以以后要告诉他恐怕就更难了。

你知道，一天下午，他们俩一起来看我。我女儿不在房间，只留下斯图尔特一个人坐在那里，等着我的考察。他的皮鞋擦得油光锃亮，梳着一个大背头。他对我说："我们会要孩子的，您知道。"这时，他突然显出一脸的尴尬，又说，"我的意思是，我不是说现在……我的意思不是她现在已经……"这时从厨房里传来一些动静，他看上去更加尴尬了。他说："吉尔还不知道呢。我的意思是，我们还没有谈过这件事。但是，我肯定，我的意思是，噢，哎呀……"他不知说什么好了。我说："好吧，这是我与你之间的秘密。"他突然看上去如释重负。过了一会儿，我从他脸上的表情看出，他是迫不及待地盼望着吉莉安赶紧回房间来。

当奥利弗告诉我吉莉安怀孕的消息的时候，我一直在回想那一幕。

苏菲·安妮·露易丝。这名字起得有些自命不凡，你不觉得吗？也许用英语念出来更好一些。苏菲·安妮·露易丝。不，听上去还是有点儿像维多利亚女王的孙女。

吉莉安：

奥利弗是一个好老师，我不想让你有什么误解。上学期期末，学校开了一个小型酒会，教务主任特意告诉我他与学生的关系是多么和洽，他们又多么喜欢他。但是奥利弗后来说起这事好像很不屑一顾。他老说的一句话是，教英语《会话与文明》这一课简直小菜一碟，最容易不过的了，因为你上课的时候脑子想到什么，就可以说什么，什么稀奇古怪的东西都可以说，学生们呢，则把这些话看作英国式幽默的范例，觉得好得不得了。奥利弗老是那样说。他的确喜欢虚张声势，故作英雄状，但实际上他一点儿自信都没有。

离婚两年之后，你给你前妻送起了花。这算怎么回事呢？

当我还是一个懵懂少女的时候——现在想想那是多么遥远的事了——我给自己准备了一套常规的说辞。你想从男人那里得到什么？你想寻找什么样的男人？在其他女孩子面前，我通常会说出几个电影明星的名字。但到了只有我一个人的时候，我就会对自己说，我想找一个我爱、我敬重、我仰慕的人。我认为，如果想让幸福持久，一个人就应该去找寻这样的目标。当我开始与男人交往的时候，我发现这样的男人似乎很难找到，就像你很难在老虎机一连得到三个草莓一样。你今天找了一个，过了一阵子又可能找了另一个，但到这时第一个早就走了。有一个按钮，上面写着“保留”，但这个按钮似乎失灵了。

爱，敬重，仰慕。这三种感情，我以为在斯图尔特身上都找到了。我以为在奥利弗身上也都找到了。但是，或许三种都找到是不可能的。也许你最多能找到两种，这个“保留”按钮总是出故障。

里夫斯夫人：

他说他是加拿大人。不是魁北克人。他想要一个前面的房间，他不知道自己要待多久。他又对我说了一遍他是加拿大人。加拿大人又怎么样？金钱不分国籍。

吉莉安：

必须要有规则。而且必须是非常严格的规则，这是显而易见的，不是吗？你不能只要“开心”，你还得经营幸福。这是我现在非常明白的一个道理。我们来到这里，我们重新开始，这次真的要好好开始了。新的国家，新的工作，还有新生的婴儿。奥利弗又要开始大谈特谈这个新发现的黄金之地了，说起来又没个完。有一天，苏菲比平常多吃了几口奶，这时我打断了他的话。

“我说，奥利弗，有一个规则，不能再出去偷情。”

“什么？”

“不能再出去偷情了，奥利弗。”

或许是我说话的方式不对吧，我不知道，他这下可暴跳如雷了。

你可以想象一下他会乱说些什么。我都不记得了。因为现在当我很累的时候，我不会全听他胡说了，我有一种过滤的本事，从他一大堆话中只取自己想要的，只要让对话能继续下去就可以了。

“奥利弗，我的全部意思是……鉴于我们见面的情形，鉴于人人都认为我在偷情，从而导致了斯图尔特与我婚姻破裂这样的情形……我只是想，为了我们两个都好，我们应该小心一点儿才是。”

现在奥利弗可以用极其刻薄的语言来讥讽挖苦你，你也许已经看到了。但他说他没有讥讽你，他说讥讽是庸俗的表现。“最多是嬉笑性的反语而已。”他声称。那么，他对我说下面这些话的时候，他或许只是在嬉笑，只是在说反语吧：如果他没有记错的话，在我与斯图尔特婚姻尚存的时候，他没有与我偷情，原因是**他**当时拒绝了**我**的一个非常迫切的要求（这时他做了各种解剖式的分析，我在这里就略去不谈了），所以，如果一定要怀疑有人现在在偷情的话，那么这个人就是**我**，如此等等，等等，等等。我觉得，除了他没有说到的下面一点之外，他的话也不全无道理：一边工作，一边还要带婴儿的母亲，总体上来说是没有精力急切地上别人的床的。

真是太可怕了。完全是一场谁也不让谁的喊叫比赛。我只是想就事论事，出于对奥利弗的爱，说出我的真心话，而奥利弗则情绪激动，上蹿下跳，态度越来越充满敌意。

这样的情绪不会一下子消退。等各自冷静下来，情况变得更糟。接下来的一周我们两个人相互看不顺眼，过得非常难受。你猜怎么着？那辆可笑的老爷车，他还以为开起来很拉风呢，竟然在路上坏了三次。三次！他驾驶的这辆傻里傻气的坦克，他自以为时髦得很，竟然坏了三次。三次！当他第三次提到那个汽化器的时候，我的脸上一定流露出了怀疑的表情，因为他突然对我恶声恶气。

“有话就说吧。”

“什么？”

“来吧，说啊。”

“好吧，”我说，我知道我不应该说这样的话，“她叫什么名字？”

他这样咆哮了几句，逼着我说出来了，好像是他赢了似的。我盯着他看，他站在我面前，高过我一大截呢，我知道——我们两个都知道，我想——他可以很轻易地打我。如果我再多说两句，他准会打我。

他赢了，但我们都输了。这算不上一次真正的吵架，不为任何事，就是莫名其妙地、毫无理智地想吵架。在经营幸福这件事上，我失败了。

后来我哭了。我想到了那些果蔬标签：CAULI’S COX’S SPROUT’S SWEDE’S TURNIP’S SWEET POTATO’S。没有人告诉过那个家伙，没有人纠正过他。或者他们告诉过他，但他就是听不进。

这里不是英国，这里是法国。因此我举一个不同的类比。前几天我与朗吉斯盖先生交谈了一会儿。他在村子外面有几公顷的葡萄地。他告诉我，以前他们会在每一排葡萄的两端种上一些玫瑰树。如果有病虫害发生，玫瑰会先显现出病状，所以玫瑰就起到了病虫害早期预警系统的作用。他说，现在这种种植传统在当地已经消亡，但在法国的其他地区依然存在。

我想，人们在生活中也应该种植这样的玫瑰树。我们也需要这样的预警系统。

奥利弗来到这里之后简直与以前判若两人。其实我的意思是正相反。奥利弗还是以前那个奥利弗，将来还是这个奥利弗。不同的只是他所接触的人。法国人不能真正读懂他的心思。在我们搬来这里之前，我从没有想到过这一点。奥利弗是一个环境感非常强的人。我第一次见到他的时候，觉得他身上有太多的奇异色彩了，但现在看来他似乎就没有那么多色彩了。这不仅是时间和熟悉程度在起作用。问题是这里只有我一个英国人在与他交往，这真的是不够的。他身边需要像斯图尔特这样的人。这与色彩理论是一个道理。你把两种颜色并排放在一起，就会影响你单独观察每一种颜色的感觉。对于人，也是完全一样的道理。

斯图尔特：

我休了三星期的假，去了一趟伦敦。我想这次我会比上次处理得更好。我不笨，我不会去那些以前和吉尔一起待过的地方。我只是感到既愤怒又悲伤。人们说，“愤怒—悲伤”比“悲伤—悲伤”要好得多，但我不那么相信。如果你是“悲伤—悲伤”型的人，人们会对你很友善，但是如果你属于“愤怒—悲伤”型，那么你就只想走到特拉法尔加广场中央，对着别人大喊。**这不是我的错！看他们对我都做了什么！为什么会发生这样的事？不公平啊！**“愤怒—悲伤”的人这样做并不能解决他们的问题，到头来他们是会发疯的。我就是那种你在地铁上看到的老是大声自言自语的人，那种你唯恐躲之而不及的人。不要靠他太近，他可能会跳下去，也可能会推人。他可能会突然跳到火车前面——他可能会把你推下去。

我去看了怀亚特夫人。她把他们的地址给了我。我说我想给他们写信，因为我们最后一次见面的时候，他们说要与我做朋友。但我把他们推开了。我不确定怀亚特夫人是否相信我的话。她很会看人。我换了一个话题，问她的新情人怎么样。

“我的老情人。”她说。

“哦。”我说。我在脑子里想象一位老年绅士坐在那里，膝盖上盖着一个小毯子。“您没有告诉我他的年龄。”

“我的意思是说，我的旧情人。”

“对不起。”

“你不用道歉。他只是……一个过客。Faut bien que le corps exulte.[①]”

“是的。”你知道，我没有想到她会用那个词。在英语中，我们会说身体狂喜吗？身体是会有开心的好时光的，我想，但我不知道是否会真的狂喜。或许我就是那样。

我要走了，怀亚特夫人说：“斯图尔特，我想还有点儿早。”

“什么有点儿早？”我以为她指的是我没待多久这么快就要走了。

---

① 法语，意为：我需要让身体狂喜。

“给他们写信，有点儿早。再等等。”

“但是他们请求过我……”

“我不是说他们，我说你，你有点儿早。”

我好好想了想。过了一会儿，我买了一张地图。离我最近的机场好像是图卢兹，但我没有飞到图卢兹，我飞到了蒙彼利埃。你知道，我可以先去别的地方。我先去了别的地方。我朝反方向走。过了一会儿，我想我这样做很愚蠢，于是拿起地图又看了看。

我两次开车经过这个村子，但我都没有停车。第一次经过的时候，我很紧张，于是加大了油门。一只该死的狗蹿了出来，差点儿卷到车轮底下，我只好来了个急转弯。第二次我开得很慢，看到了那家旅店。

天黑之后我去了旅店，要了一个房间。一点儿也不费劲。这个村子看起来很让人开心。这也不是一个敲诈游客的黑心旅店。

我不想听他们说：“啊，我们的村子里还有英国人。”于是我告诉前台的夫人我是加拿大人。我想办法用了个假名来登记。

我要了一个前面的房间。我站在窗户边。我往外看。

吉莉安：

我没有预感，我不会心灵感应。我不是人们所说的“第六感觉告诉了我……”的那种人。但是当别人告诉我这事的时候，我就明白了。

说实在的，我们搬到这里之后，我不怎么想斯图尔特的事。苏菲占据了我的大部分时间。苏菲变化很快，每天都有新的变化，需要我每天照看她，眼睛一刻也不能离开她。还有奥利弗，还有我的工作。

我只在心情不好的时候想斯图尔特。这听起来有点儿不厚道，但确实如此。比如，我第一次意识到这事的时候就想起斯图尔特：你不能——不管什么情况，你都不要——把什么事都告诉与你结婚的这个男人。我以前对斯图尔特是这样，现在对奥利弗也是这样。我的意思不是去说谎，真的不是。我的意思只是，调整一下说法，实话也要简单地说。第二次你这样想的时候就不会那么吃惊了，但第一次这样想的情景你是怎么也忘不掉的。

星期三早晨，卖鱼的小货车来了，我站在货车边上等着买鱼。在英国，大家会自觉站成一排。但在这里大家一齐挤在货车前面，但都知道下一个该轮到谁。如果轮到你了，你又不急，你就让别人先买。我不急。您先请。里夫斯夫人站在我旁边，问我英国人是不是喜欢鳟鱼。

“当然喜欢。”我说。

“我现在有一个英国房客。Sont fous，les Anglais.[①]”她一边说一边大笑，但特意说明我不在这样的英国人之列。

这个英国男人三天前来的这里，整天待在房间不出门。只有那么一两次，还是快半夜的时候，他悄悄地溜出门去。他说他是个加拿大人，但拿的是英国护照，护照上的名字与他在我们这里登记的名字也不一样。

听到这里，我明白了。我明白了。

① 法语，意为：真是疯了，这些英国人。

“那他有加拿大名字吗？”我问，语气显得很随意。

“什么加拿大名字，我看不出有什么不同。他叫‘尤斯’什么的，那是加拿大名字吗？”

尤斯，这名字听起来不特别像加拿大人。这是我第一任丈夫的名字，我以前是斯图尔特·尤斯太太，只是我没有改姓他的姓。他以为我改了，但我真的没有改。现在我也没有改姓奥利弗的姓。

奥利弗：

我要做一个好男人。我正从根子上[①]学习家庭的美德。假如我们生了双胞胎，我会给他们起名拉列斯和珀那忒斯[②]。每当图卢兹的懒散影响到我们的生活时，不是我打电话催他们的？每天夜里不是我起来给小萨尔换弄脏的襁褓，替换上干净的棉絮？我不是新开辟菜园骄傲的园丁？看，我种的红花菜豆的藤蔓长势多好，正蜿蜒着颤颤巍巍地爬上我搭的竹子棚屋。

问题是，近来吉尔性趣寡淡。就像想把泊车咪表塞进牡蛎壳。这样的事发生了，的确发生了。根据从前的洗衣女工那里流传下来的那个发了霉的神话，这是一个不争的事实：哺乳期的妻子是无法怀孕的。现在我终于找到了这个旋转不停的真理水银球，正是这个水银球确定了这个神话的比重（请原谅这化学术语），可以给这个不解之谜一个确切的解释了。事实是，哺乳期的妻子常常拒绝她所嫁的那个男

① 原文为拉丁语。

② Lares、Penates，罗马神话中的家庭守护神。

人的热情基因库的征用：不准水平慢跑[①]！难怪她不会怀孕。

这就有点儿叫人想不通了，要小萨尔一开始就是她的主意。我只好拖着沉重的步子艰难地往前走，就像我们以前一样。

斯图尔特：

我对自己说，我没有任何计划，但实际上有。我假装是在极其偶然的情况下来到伦敦的。我假装飞到蒙彼利埃是去办事的。我假装开车碰巧路过这个村子，好一个巧合……

我来这里，是来与他们对质的。我来这里，就是要站在特拉法加广场中央大声呼号的。**这不是我的错**。**看看你们对我做了什么**。**你们为什么这么待我？**更确切地说，我不是来与**他们**对质的，我要与**她**对质。都是她的事。归根结底，是她最后说了“是”。

我要等到奥利弗离家去图卢兹的破学校上课之后再去找她。怀亚特夫人的话听上去不错，但我想她那是为吉莉安说话，说过头了。都是废话。我要等他走之后再去找吉莉安。我得想想说些什么话，说些什么话好。

但是，我现在不能去。我往窗外看去，看到了她。她似乎还是老样子，穿着一件绿衬衣——我太熟悉这件绿衬衣了。她现在剪成了短发，这让我心里一惊。还有让我更吃惊的。她手里抱着一个孩子。她的孩子。他们的孩子。他妈的，奥利弗的孩子。

---

① 原文为horizontal jogging，英国俚语，意为性交。

怀亚特夫人，你为什么没有告诉我？

这让我难受不已。这让我想起了我永远不可能拥有的未来。让我想起了我被偷走的一切。我不知道自己还能否挺得住。

你认为他们一天到晚操个不停吗？你从来没有对我说过你的想法，对吗？以前我老想他们一定是一天到晚操个不停，后来我冷静下来了，想想他们不会那样，现在我又想着他们一天到晚操个不停了。一天到晚。多么恶心的记忆，就是挥之不去。我甚至无法回望我的那个小小的人生片段，我无法厚着脸皮说那是我的幸福时光。他们把我过去唯一一点儿好时光都毒害了。

奥利弗很幸运。像我这样的人没有杀人的狠心。我不会去想着割断他车子的刹车线。有一次我喝醉了，用头撞了他，但是我没有机会去尝尝杀人是什么滋味。

我希望我能够辩论过奥利弗。我希望我们来一次争辩，我要向他证明，他说的都是胡说八道，所有一切都不是我的错，吉莉跟着我会多么幸福。但是我争辩不过他。奥利弗一上来就占尽风头，一切话题会围着他转，他的说辞是多么风趣，他的观点是多么繁复。我最后只会说，**闭嘴，你错了，滚**。但这能有什么满意的效果？

我有时想，奥利弗一事无成——这多少让我有点儿安慰。在过去的十年里，他除了偷人家的老婆，戒了香烟之外，还干了什么？他是很聪明，我从不否认，但还没有聪明到这个地步：你必须知道光有聪明是远远不够的，你必须还有别的本事。光通达人情世故，光会逗人取乐，这不算什么。奥利弗的人生策略总是这样的：他自以为是，觉得自己很有能耐，他以为这样无所事事下去，就会有人过来给他送钱，好让他继续自以为是。就像他们对色情演员送钱那样，只不过还没有人给他们送过钱。坦率讲，有人正好路过这个小村子，想给他点钱让他表演点什么，这样的可能性微乎其微。那么，残酷的现实是什么？一个旅居国外的35岁上下的英国男人，带着妻子和孩子，在法国乡下勉强度日。他们把伦敦的房子卖掉了，已经从伦敦房产市场出局——相信我，一旦出局，你就无法再进入。（这就是为什么我买下了原来属于吉莉安的那一半房产。我想有一个可以回去的地方。）我看到了几年之后的奥利弗：一个类似嬉皮士一样的人物，天天泡在酒吧，从到这里旅游的英国人嘴里讨一口酒喝，问他们，伦敦街头是否还有红色大巴士在开？还问，对了，您这份《每日电讯》看完了吗？

我告诉你吧，吉莉安肯定受不了。年复一年，日复一日，她肯定受不了。她骨子里是一个很实际的人，做事风风火火，对身边的事情很敏感，痛恨乱糟糟的样子。奥利弗就是一团糟。也许她应该出去工作，让他留在家里带孩子。只是怕他一不小心把砂锅放到婴儿车里，把孩子给煮了。实事求是讲，与她适合一起过日子的人是我，不是奥利弗。

啊，他妈的，见鬼。我说过我再也不会想这些了。见鬼，我……你能等我一会儿吗？好，就这样。就让我一个人待一会儿。我可以确切地告诉你这样的时刻会持续多久。确切多久。我已经被折磨得够呛，上帝啊。

啊啊啊啊。呼呼呼呼呼。啊啊啊啊。呼呼呼呼呼。啊啊。

没事。

好了。

好了。

美国有一个好处，就是不管什么时候，你想要什么就能得到什么，不管白天黑夜，不管何时何地。很多时候，我感到孤苦无助，只好花钱买醉，这时候，我想到了给吉莉安订花。通过电话越洋送花。你只要报上信用卡号，其余一切就交给他们了。这样做有一个好处，容不得你后悔，你没有时间改变主意。

“要留言吗，先生？”

“不用了。”

“啊哈，给她一个秘密的惊喜？”

是的，秘密的惊喜。她会知道的。然后，她或许会感到内疚。我不在意她是否会感到内疚。不过，她能够为我做的，也就这个了。

我说过了，我已经不再在意有没有人喜欢我了。

奥利弗：

我在菜园里整理一两根长歪了的红花菜豆枝蔓。它们旋转地生长着，这是没错的，但是长着长着，就不分方向胡乱长了，就像小猫乱跑。所以，你得将这个细嫩的枝蔓轻轻扶正，让它顺着杆子往上长，慢慢地缠绕这杆子。就像看着我那小不点萨尔紧紧抓住我的中指，她还以为抓住了一根毛竹呢。

这不就是生活？

在过去的几天里，吉尔动不动就发脾气。产后，经前，哺乳期，每一个时期都是闷闷不乐，情况没有什么不同。你拿了一副坏脾气的同花顺，好，我输了。奥利弗又一次逗乐失败。第15次。或许我该到药店去配点解热药。

但是你觉得我还是很风趣可乐的，不是吗？只有一点点？来吧，实话实说吧。给我一个笑脸！嘴角上扬！

爱情与金钱：这是一个错误的类比。好像吉尔是一家上市公司，我出价买下了她一样。听着，他妈的整个市场都归吉尔管，她始终掌管。女人管。可不是短期的，是长期的。

吉莉安：

他就在街对面的旅店里。他能看到我们的房子、我们的汽车、我们的生活。早晨，我拿着扫帚出去打扫人行道的时候，我觉得我能看到旅店的一个窗口站着一个人。

要是在以前，我或许会这样做：穿过街道，到旅店去，问候他，建议我们坐下来，理智地谈一谈。但是我不能那样做。我伤害了他，我不能那样做。

我必须等他来找我。他应该知道他想做什么，他应该知道他想说什么。他在这里都三天了。但是，如果他不知道他自己想做什么呢？

如果他不知道，那么，我就得给他点什么，给他看点什么。什么？我能给他什么？

里夫斯夫人：

保罗做鲑鱼的时候喜欢放杏仁，通常他都是这样做的。这个英国人说，他喜欢这样做。这是他到现在为止说过的第一句评价这家旅店，评价他的房间，他的早餐、中餐或晚餐的话。过了一会儿，他说了一些别的，一开始我没有听懂。他的法语不是很好，口音很重，所以我叫他重复一遍。

"我以前与妻子一起吃过这个。在北方，在法国北方。"

"你妻子没有与你一起来？她一个人待在加拿大？"

他没有回答。他只说他想来一份焦糖蛋奶，后来又要了一杯咖啡。

吉莉安：

我有一个主意。算不上是一个计划。关键是我不能，我绝不能告诉奥利弗。原因有两个：一是我不相信他能做对事情，除非我让他以为是**真的**。如果我让他做什么事，他一定会弄得乱七八糟，把它变成一场表演，最后就搞砸。二是**我**打算亲自去做，我去安排，我去处理。这是**我**欠的账。你明白吗？

斯图尔特：

我站在窗前。我向外看着等待着。看着等待着。

奥利弗：

眼下西葫芦正长势喜人。我种的品种叫"尼斯圆"。我不知道你们英国是否也种这个品种，你们那里好像更喜欢种又长又黑的西葫芦，那种西葫芦只适合放到海滨风光明信片里。“真羡慕你的西葫芦，布兰金少普先生！”Har bloody har. 尼斯圆，顾名思义，就是球形的。等它长得比高尔夫球大但比网球小的时候，把它摘下来，放在锅里稍微蒸一下，切成两片，加点黄油和黑胡椒，然后就——吃。

昨天晚上，吉莉安开始盘问我与学校里一个女孩的关系。说的都是无边无际的事，就像指控佩利亚斯与梅丽桑德[①]有一腿（但我相信他们肯定搞上了，对吗）。这么说吧，吉莉安开始狗啃骨头，刨根问底了。我是不是喜欢——叫什么名字来着——西蒙尼小姐？我是不是经常与她见面？那就是你那辆高贵的标致车上星期又一次歇火的原因？最后，为了息事宁人，我轻声说：“亲爱的，她连你一半漂亮都没有。”——你知道的，这句话意义并不含糊，是奥斯卡在审判他的法庭上说出的一句反驳的话。不明智，不明智啊！对于奥利弗来说，对奥斯卡也一样，睿智的言辞只能使他落得个身陷囹圄的下场。等长夜将尽，雷丁监狱简直就像乔治五世了。那一刻，吉莉安是什么样的状况？你能猜得到吗？

如果有一件事可以让人在背后嚼我的舌头，这件事就是，我的手掌还没有出汗呢，就指控我纵欲过度？

吉莉安：

这不公平吗？什么是公平？什么时候公平与我们的生活有了那么

---

① 法国德彪西根据梅特林克的原著《佩利亚斯与梅丽桑德》，花费10年时间于1902年完成的歌剧杰作中的男女主人公。

多的关系？没有时间去想这些问题，我就是得把事情办了。为斯图尔特安排好事情，这是我欠他的。

斯图尔特：

每天早上，等奥利弗走后，她就出来打扫人行道。然后，与村里的其他女人一样，她也打扫一点儿马路。她们为什么天天出来打扫？为了省下一点市政清理费？我不知道。她把孩子放在门里边的高脚椅子里。我分辨不出是男孩还是女孩，我也不想知道。她把椅子放在屋里，一来她时刻能看到孩子，二来不会让灰尘落到孩子脸上。她一边扫地，一边不时地回望孩子。我看到她的嘴唇一动一动的，好像在说什么话。她扫了一会儿，带着扫帚进屋，抱起孩子到里面去了。

我真受不了。那原本应该是我的生活。

吉莉安：

也许这能行。也许这就是斯图尔特想要的。不管怎么样，这是我能想到的最好的办法。想到他枯坐房间，对着马路胡思乱想，我就感到不寒而栗。

昨天晚上我就开始了，今天晚上我要继续这样做。明天早上该试一下效果了。我知道斯图尔特能看到奥利弗开车出门——我看到他站在窗口。奥利弗每天晚上要起来给苏菲换尿布，他确实牢骚满腹。我一般也不去帮他，因为那是他的事。但是明天就不一样了。

对于大多数人，情况往往是这样：如果他们做了不该做的事，而受到别人的指责，他们就会变得很愤怒。本来应该内疚，却表现为愤怒。这是很正常的现象，不是吗？但是，奥利弗相反。如果你指责他做了不该做但已经做了的事，他会露出嬉皮笑脸的样子，他几乎要恭喜你发现了他干的坏事。但真正使他恼火的是，他没干那事，你却指责他。好像他会想，上帝啊，本来我是可以干那事的。如果我被人怀疑我在干那事，那我还不如真的干了呢，或者至少想着要去干。所以，他就很生气，因为他失去了一个机会，失去了一部分机会。

这是我选择西蒙尼的原因。这个法国女孩总是微微皱着眉头，思考着严肃的问题。她总也弄不明白奥利弗的话。我记得在那次小型酒会上，有人特意把她指给我看，因为她有一次在课堂上竟然想纠正奥利弗的英语。他当然不会喜欢这样。

因此我选定了她。这似乎还真奏效了。

你们可能会很感兴趣，可能想知道，我们结婚以后奥利弗对我一直是忠诚的吗？对不起，不管是在法国，还是在英国，从来没有这样的事。

我现在在做的事情面临各种各样的问题。第一，如果奏效了，那我们也许不得不离开这村子。这个倒可以安排，我们可以走。第二，我以后再把实情告诉奥利弗？或者，我会告诉他吗？他会理解我这样做的苦心吗？或者，以后他会因此更不信任我吗？如果他知道这一切都是经过精心设计的，也许他以后再也不会相信我了。

另外，还有一个风险。我相信我们能重新过上斯图尔特来到这里之前的生活。我能处理好，这是我所擅长的。等这事完了之后，我们将摆脱斯图尔特，斯图尔特也将摆脱我们。

我想今晚我是睡不了多久了。但是我不想帮奥利弗为苏菲换尿裤，该他做的事还得他自己做。

你要知道，其实我讨厌这么做。但是，如果我再思前想后，犹豫不决，那么我可能会更不愿做了，那就真的什么也做不成了。

斯图尔特：

我束手无策。完全束手无策。彻底瘫痪了。当他们家的灯光全部熄灭时，一般是在晚上11:45到11:58之间，我会出去散步。但是，今天我不去散步。我站在窗前。

我注视着。注视着。我想，这本应是我的生活。

吉莉安：

我心里确实有这样的恐惧。恐惧这个词用得对吗？我的意思或许是预感。不，我没有。我指的是恐惧。恐惧的就是这个：我要演给斯图尔特看的，结果弄假成真。

奥利弗：

你知道我在想什么？我想，他们应该在人生的高速公路上竖起路标。CHUTE DE PIERRES. CHAUSSÉE DEFORMÉE. ROUTE INONDABLE.是的，就是这样的路标。ROUTE INONDABLE.DANGER:ROAD

LIABLE TO FLOODING.[①] 他们应该在每一个路口都竖起这样的路标。

斯图尔特：

我出去散步。在午夜。

> 天空渐渐变暗
>
> 夜莺耳语在我耳边……

吉莉安：

我小的时候，我爸老对我说："不要拉长着脸，不然风向都会改变。"要是现在变了风向，怎么办？

奥利弗：

天哪。天哪。

好，我道歉。我不应该做那事。下次再也不会了。我真的不是那样的人。

老天啊，我真想一脚油门踩到底，一骑绝尘，离开图卢兹，从此再也不回来。他们说的女人怎么样怎么样，都是真的，不是吗？所有这些事迟早会证明，都是真的。

这几天她太让我心烦了。就像……哎，我们换一个方式，你自己

---

① 分别为法语、英语，意为：注意落石，道路变形，道路容易积水。

去想象，自己去填补这出戏的场景吧。所有这些罪，我都受够了。

她累了，我累了，行了吧？这星期是谁每天晚上守着苏菲的小床？是谁每天在A61高速公路上来回跑好几个小时？最让人受不了的是，每天回家还要面对西班牙宗教法庭[①]的审讯。

事情是这样开始的：吉莉安昨晚看到我回家，一点也不高兴。所以，我跑到花园烧起了树叶屑。我为什么要烧树叶屑？当然，她马上就下结论：为了掩盖我身上带着的那个情妇的香奈儿69号口红和香水的味道。我求你了。

如此等等。这个晚上就这样没完没了。到了床上，已经精疲力竭。通常都是要换睡衣的，今晚我也懒得去拿了。凌晨3点钟，我起来看孩子。小家伙的屁屁终于拉出来了，那臭味简直要熏得眼睛流泪。这是胡扯，有人非常有把握地告诉我。与后面发生的事情相比，这简直是玫瑰香水和新鲜的报春花香了。

闹钟响了，那声音就像大鸡巴的缓缓抽动，温柔彻骨。不一会儿，恶战就全面开始了——吃早饭。我以前从来没有见过她这个样子，无休止地叨叨，让我心乱如麻，给人感觉好像这些年来她一直就是这样，一直闹到了今天。就知道什么地方是要害，知道针该扎在哪里。吵架的针灸学。我看着她的脸——她与那个不合适的人结婚的那一天，我就爱上了的这张脸，现在满是怒气。头发也顾不上梳了，脸也鄙视化妆品了。她的嘴一张一开。我尽量不去听她在讲什么。我突

---

① 西班牙天主教法庭（1480—1834），以残酷迫害异端闻名于世。

然情不自禁地想，不要披头散发弄得个像老泼妇似的，这样或许才能更好地说服你丈夫不要与别人偷情——其实他真的没有偷情。我的意思是，太超现实了。极其超现实。

她开始满屋子追我。你得想想她是真疯了，还是装疯。虽然看她的行为是像疯子一样，但是我不相信她真的疯了。我的意思是，我也对着她喊叫。过了一会儿，我准备离家上班去，她又指责我要跑掉，要去会我的女朋友。我一边向门口走，一边对着她尖叫，她也是对着我尖叫，我们相互尖叫个没完。

就这样尖叫、吵架，不停地尖叫、吵架。她追出来，追到了我的汽车边，像乌鸦一样刺耳地尖叫着。就在大街的中央。他们后来说，在众目睽睽之下，她声嘶力竭，骂着各种难听的话，骂我这个人，还骂我的工作。尖叫。怀里还抱着萨尔——为什么不把孩子放在家里？我不明白她为什么这样做。她向我追来——就在我忙乱地想着如何打开车门的时候，她向我追来。我手忙脚乱，低声乱叫。这该死的钥匙！怎么也打不开车门。就在这时，她直接扑到我身上，嘴里依然乱骂。所以，我就打了她。用我手里的钥匙划向她的脸。她的脸被划出了口子。我觉得自己都要崩溃了。我看着她，似乎要对她说，这都是假的，对吗？别拍了。按下倒带按钮，这只是一个录像带，对吗？她继续尖叫，一脸的疯狂和仇恨。我真不敢相信。“闭嘴，闭嘴，闭嘴。”我喊道。看她还叫个不停，我又打了她。我把门撬开，跳进车子，开走了。

我在后视镜里回望。她还站在那里，在街的中央，一只手抱着孩子，另一只手拿着一块手绢按着流血的脸。我开着车。她还站在那里。我像疯子一样开着车。真是疯了，大轰油门，连挡位都忘了换。我在合作酒厂的边上来了个急转弯。她已经不见人影了。

里夫斯夫人：

真是疯了，这些英国人。住6号房间的那个加拿大人。他只在天黑后才出门：他是英国人。他对我说了两回，他是加拿大人。他把护照放在房间的桌子上，女服务员和我进去整理房间，发现他登记入住的时候都没有用真名。他换了一个名字。他沉默寡言。他在这里住了一星期。他走的时候，握着我的手，第一次露出笑容。他说他在这里过得很开心。

还有那对年轻夫妇。他们买下了老伯丁的房子。他们对人好像还不错，她很自豪于她的孩子，他很自豪于他那辆愚蠢的老标致，那破车经常坏。我对他说，哪一天他应该买一辆雷诺7，像其他人那样。他告诉我他已经放弃了这个现代世界。他老是说这样的蠢话，但他的说话方式太让人着迷了。

后来他们怎么样了？他们在这里待了六个月，大家也开始喜欢他们了。可谁想他们竟然站在大街上大吵大闹起来。所有人都停下来看。最后，他打了她的脸，打了两次，然后跳上那辆老爷车，开走了。她站在马路中央，大约有五分钟，满脸流着血，然后就进了屋，没有再出来。这是我们最后一次看见她。一星期之后，他们收拾好东西，走了。我丈夫说，英国人是一个野蛮暴力的民族，他们的幽默感是十分怪异的。房子要卖掉了：就是那个，就在那边，你看到了吗？希望下次我们能看到理智一点儿的人来买这个房子。如果是外国人来买，最好是比利时人。

从那以后，这个村子平安无事。朗吉斯盖的狗被车子轧死了。狗耳朵聋了，朗吉斯盖也是一个老蠢货。我们对他说，你应该把狗拴起来。他说他不想干涉普利多的自由和幸福。呃，他还是干涉了它的自由和幸福。他一打开前门，普利多就冲了出去。一辆小汽车开过来，轧死了它。有些人对朗吉斯盖深表同情。我不。我说："你是一个老蠢货。你或许有英国血统吧。"

图书在版编目（CIP）数据

尚待商榷的爱情 / （英）朱利安·巴恩斯著 ；陆汉臻译. -- 上海 ：文汇出版社，2020.1

ISBN 978-7-5496-3047-9

Ⅰ. ①尚… Ⅱ. ①朱… ②陆… Ⅲ. ①长篇小说一英国一现代 Ⅳ. ①I561.45

中国版本图书馆CIP数据核字(2019)第242337号

尚待商榷的爱情

作　　者 / ［英］朱利安·巴恩斯
译　　者 / 陆汉臻

责任编辑 / 徐曙蕾
特邀编辑 / 孙宁霞　叶　子　姚红成
封面装帧 / 苏　哲

出版发行 / 文匯出版社
上海市威海路755号
（邮政编码 200041）
经　　销 / 全国新华书店
印刷装订 / 北京中科印刷有限公司
版　　次 / 2020年1月第1版
印　　次 / 2020年1月第1次印刷
开　　本 / 880mm×1230mm　1/32
字　　数 / 195千字
印　　张 / 9.5

ISBN 978-7-5496-3047-9
定　　价 / 58.00元